BOOKS on DEMAND

AF198589

KAPITELÜBERSICHT

T.A.M. Lang

GESICHTER AUS STEIN

THE DEEP WEB

KRIMI

Bibliografische Information der Deutschen Nationalbibliothek:
Die Deutsche Nationalbibliothek verzeichnet diese Publikation in der
Deutschen Nationalbibliografie; detaillierte bibliografische Daten
sind im Internet über http://dnb.dnb.de abrufbar.

Vollständige Taschenbuchausgabe 3/2018
Copyright © 2016 by T.A.M. Lang
www.tamlang.de

Cover: ›Wet Scary Eye With Runny Mascara‹
© 2009 by D. Sharon Pruitt
Back: ›Tastatur‹
© 2011 by gammelstaad
piqs.de – Some Rights Reserved
Autorenportrait: © by Mario Lenz
Lektorat / Textbearbeitung: Paul Lung, Linz
Cover ›Als du fortgingst‹ © by Dean Hormann

Herstellung und Verlag:
BoD – Books on Demand, Norderstedt
ISBN: 978-3-7460-7727-7
www.bod.de

Für meine Lieblinge,
die mir – trotz allem – immer
Zeit zum Schreiben lassen.

THE DEEP WEB

Das ›Deep Web‹ (auch Hidden Web, Darknet, etc.) bezeichnet den Teil des World Wide Webs, der bei einer Recherche über allgemeine Suchmaschinen (z.B. Google) nicht auffindbar ist und mit den herkömmlichen Web-Browsern (z.B. Firefox) nicht erreicht werden kann. Im Gegensatz dazu werden über Suchmaschinen auffindbare Seiten Surface Web (Oberflächennetz) genannt. Das Deep Web besteht größtenteils aus themenspezifischen Datenbanken, Foren, Chatrooms, Marktplätzen und Tauschbörsen. Dabei handelt es sich meist um Inhalte, die nicht frei zugänglich sind, und/oder Inhalte, die nicht von Suchmaschinen indexiert werden oder nicht werden sollen. Die Nutzung ist legal.

Gespeicherte Daten:
ca. 8 Petabytes
(≈ 110 Millionen Laptops à 750 GB Festplatte)

Sprachen der Dark-Websites:
Englisch: 57%, Deutsch: 8%
Französisch/Arabisch: 7%

Währung:
Bitcoins (Stand 2016: 1,00 BTC ≈ 400,00 €)

Gefährlich ist es nicht, wenn du hinuntergehst.
Gefährlich wird es, wenn es zu dir hinaufkommt.

SPIEGELBILD

Franziska Schmitt kommt aus der Küche – Typ klar strukturierte, schwedische Gemütlichkeit in Bordeaxrot – und stockt zwischen den nächsten beiden Türrahmen in der Bewegung. Sie schaut suchend um sich, findet den vermissten Eisbeutel schließlich in der linken Hand wieder und setzt ihren geplanten Weg fort. Im Badezimmer angekommen, drapiert sie sorgfältig die Eiskügelchen, die eigentlich für den Single-Malt-Whisky ihres Mannes vorgesehen waren und in Reih und Glied eingeschweißt in der reißfesten Plastikfolie liegen, auf ihrer linken Wange. Die Uhr zeigt drei Uhr morgens.

Ihre Augen ruhen auf den Armaturen in Gold und Edelstahl. Ebenfalls schwedischer Herkunft. ›Mora Armatur‹ steht in geätzten Buchstaben auf dem Wasserhahn, der irgendwie an eine schiefe Thermoskanne erinnert. Absichtlich schaut sie ihn an. Ihn und die Zahnbürsten in dem IKEA-Wasserbecher. Ein paar Zentimeter oberhalb das, wovor ihr graut. Trotzdem würde ihr Nacken bald so sehr schmerzen, dass sie sich strecken muss und unweigerlich in – Ja, genau jetzt ist es passiert! – das Gesicht starrt, dessen Augen sich in ihre bohren. Vorwurfsvoll und irgendwie schrecklich wütend, so als wollen die fragen, was zum Geier ihr eingefallen war, dass sie so etwas mit sich machen lässt.

Dabei hatte doch alles so verheißungsvoll begonnen. Kosmische Glückseligkeit sollte eigentlich vorherbestimmt sein, wenn man am 7.7.77 um sieben Uhr (sechs) – auf diese Minute schiebt sie im Allgemeinen alles, was nicht genau so abläuft, wie es erhofft ist – als Kaiserschnittbaby im Bezirkskrankenhaus Rostock zur Welt kommt. Ja, in Rostock, Bezirk Rostock, Deutsche Demokratischen Republik. Nur, weil man im näheren Kreiskrankenhaus Güstrow, wo sie eigentlich hätte auf die Welt kommen sollen, um vier Uhr morgens, als bei ihrer Mutter Krämpfe anstatt der Wehen einsetzten, nicht auf Notkaiserschnitte vorbereitet war. Dann eben ab nach Rostock. Im Barkas-Krankenwagen. Also nicht Güstrow, Bezirk Schwerin, sondern Rostock-Südstadt. Nicht der Blick auf das Renaissanceschloss mit Lustgarten samt Baldachinen aus sattem Efeu und elegant daher ziehenden Schwanenpärchen auf dem Wassergraben, der das Areal liebevoll einschließt. Stattdessen: Platte und ein paar wenige, noch lange nicht hoch genug gewachsene Birken zwischen verdorrenden und gierig nach Wasser flehenden Grasbüscheln, die man vor acht Jahren dort eingesetzt hatte, wo man den Boden nicht in Beton goss.

In der Kindheit verhielt sich diese sagenumwobene und zerstörerische Minute jedoch unauffällig. Zumindest merkte Franziska sie nicht. Ihr Vater, Holger Voigt, Landwirt-Viehwirtschaft in der Landwirtschaftlichen Produktionsgenossenschaft Tierzucht, LPG(T), ›Bernhard Quandt‹, Abteilung Schweinemast und SED-Mitglied seit 1962, hatte es zu was gebracht. Vorzeigeobjekt: das eigene Häuschen in Garden am See. Stil: Finnenhütte. Drei Zimmer, Küche, Bad und ein ausgebauter Dachboden, der nur aus Wandschrägen bestand und in dem selbst die zehnjährige Franzi große Probleme hatte, aufrecht zu stehen. Bis sie eins-dreizehn war, stieß sie sich aber zumindest noch nicht den Kopf. Warum sie das kleine Zimmer, hinten raus, nicht behalten konnte, war ihr schon immer ein Rätsel. Jedenfalls zog sie im Alter von sieben Jahren nach oben und liebte es. Vor allem das ›Bullaugenfenster‹ mit Blick auf den See, der dem Ort den Namenszusatz gab. Angeblich hatte ihr Vater es von jemandem auf der Rostocker Werft organisiert. Der kannte jemand, der einen anderen kannte, bei dem so eins rumlag. Also in irgendeinem Spind des volkseigenen Betriebs. Genau dort, unter diesem Bullauge, hatte ihr Bett gestanden. Auch dieses Marke Eigenbau und seiner Zeit mehr als nur voraus. Heute würde man es als Futon bezeichnen.

Ihr Vater galt allseits als geschickt und erfinderisch. Das Einzige, was sie nicht mochte, war der Geruch nach Schweinestall, den er täglich mit nach Hause brachte. »Schweine stinken nicht!«, hatte er immer wieder beteuert. Die Mutter gab darauf ständig zurück: »Dann solltet ihr öfter sauber machen und vielleicht auch mal durchlüften!« »Deine Schuld«, konterte er dann.

Ihre Mutter Lise. Mit einem E, keinem A! Das Skandalmädchen, denn sie hatte sich in den zehn Jahre älteren Holger Voigt verknallt, als sie selbst noch sein Lehrling war. Sechzehn und schwanger! Nicht, dass dieses Alter irgendwie anrüchig gewesen wäre, in der DDR galt frühe Mutterschaft als Beispiel sozialistischer Emanzipation, einzig der Altersunterschied stieß den Dörflern sauer auf. Franziskas Vater kam vor den Kadi, musste beknien, dass er so was mit keinem anderen Lehrling jemals gemacht hatte, machte oder machen würde, und wurde von den weniger anrüchigen Schafen zu den Schweinen versetzt. Lise hingegen musste ihre Ausbildung in der LPG (Pflanzenzucht) ›Friedrich Engels‹ beenden. Als Franzi dann mit einem Jahr in die Krippe kam, wurde Lise wegen ihres Abschlusses und des ehrenvollen Titels ›Vorbildlicher Lehrling 1978‹ unter der Berufsbezeichnung Landwirt-Saatzucht wieder angestellt.

Franziska wuchs also dort auf, was die Dörfler der Umgebung ›Mecklenburger Wandlitz‹ nannten. Eigenheime, von denen es ganze sieben gab, eine saisonale Gaststätte mit angeschlossenem Zeltplatz, ein Vier-Seiten-Hof, in dem der alte Reusenfischer wohnte, und ein Ferienlager. Außerhalb gab es noch eine Datschensiedlung des Gewerkschaftsbundes, wo sich allerdings nur die hohen Tiere der Parteiführung rumtrieben. Nur zu den Sommerferien waren dort die Kinder der SED-

Kader untergebracht. Alles inmitten in einer End-moränenlandschaft mit dichten Kiefernwäldern, saftigen Wiesen, ein paar kleineren klaren Seen und satten Äckern, nur zwei Kilometer vom Dorf Lohmen – Kirche samt Pfarramt, HO-Konsum, Kindergarten, Schule, Fischräucherei und Gast-stätte samt Tanzsaal – entfernt. Ein echtes Kinder-paradies auf Erden.

Hier wurde sie erstmals straffällig und vom ABV, dem Abschnittsbevollmächtigten, verhört. Ihr Delikt: wiederholter Diebstahl sozialistischen Volkseigentums. Verständlicher: Sie hatte Kartof-feln vom Acker geklaut und sich diese im Eltern-haus gekocht, wenn sie von der Lohmener Schule nach Hause kam. Sein Urteil: Sie möge doch ihre Grundeinstellung überdenken, denn ihr Verhalten passte so gar nicht zu dem eines Thälmannpio-niers und sei der erste Schritt, hin zum Vandalen-tum.

Schöner war da der erste Kuss mit einem Jungen. Pavel. Er kam aus Włocławek, Volksrepublik Polen. Seine Finger waren die ersten unter ihrer Pionierbluse. Da war sie gerade zwölf und Franzi hatte bitterlich geweint, als Pavels zwei Wochen Ferienlager in der DDR vorbei waren und er wieder zurück nach Polen musste. Das einzige Erinnerungsstück, das ihr blieb, war seine Man-schette für das Halstuch.

1989 hatte, neben dem ersten Liebeskummer, aber noch weitere und bedeutend unangenehmere Überraschungen parat. Am neunten November brüllte ihr Vater zu ihr ins Zimmer hinauf – sie wälzte gerade ihr polnisches Wörterbuch, um ihre sehnsüchtigen Liebesschwüre an Pavel auf ein parfümiertes Blatt Papier zu kalligraphieren, während Tinos Stimme von der Schallplatte über die ach so süßen Verlockungen kleiner Mädchen schmachtete – sie solle zu ihnen herrunter ins Wohnzimmer kommen. Es gäbe was zu feiern. Das tat sie dann auch, nachdem sie den endlos langen Brief mit einer liebevoll schnörkeligen Unterschrift beendet hatte. Vor dem Fernseher standen ihre Eltern. Sie weinten vor Freude. Papa verbrannte gleich seinen Parteiausweis über der Spüle und nahm einen großen, langanhaltenden Schluck aus der Rotkäppchenpulle. Franziska wurde überschwänglich umarmt und abgeknutscht, während Günter Schabowski vom SED-Politbüro irgendetwas vollkommen Unverständliches über Ausreisegenehmigungen faselte.

Fast genau einen Monat später, am sechsten (!) Dezember, Nikolausi, stand der weiße Familien-Dacia 1310 TX, Namens Abrax – nach Abrax, dem kühnen, blonden Bengel der Abrafaxe – frisch poliert und mit einem für immer geborgten LPG-Anhänger, vor der Tür. Ihre Eltern luden nur das Nötigste ein und fuhren los.

Franzi schlief irgendwo hinter Dessau auf der Rückbank ein und erwachte in einem völlig fremden Bett in Hammelburg, Unterfranken, Bayern, Bundesrepublik Deutschland, während ihre Eltern etliche Kartons in die Drei-Zimmer-Wohnung im oberen Stockwerk schleppten.

Seit diesem Tag hasst sie Nikolausi abgrundtief. Von nun an sollte sie jedes Mal, wenn sie sich einen neuen Kalender zulegen musste, diesen Tag mit einem Totenkopf schmücken. Das tut sie immer noch.

Die Anfangsschwierigkeiten ließen nach drei Jahr nach. Mit fünfzehn wurde sie, dank des Gebalzes vom Moosbrugger Anton, immerhin Schützenprinz, und seiner öffentlichen und von inniger Zuneigung triefenden Frage ›Samma zam?‹ nach einem leidenschaftlichen und weißbierschwangeren Kuss, beim Cliquentreff hinter dem Hexenturm, den Titel ›Zuagroaste‹ los. Nun galt sie als fesch und das von ihren Eltern gut gepflegte meckelbörger ›Franzi‹ wich dem urbairischen ›Fanni‹.

Knapp ein Jahr später wurde sie von genau jenem Moosbrugger Anton, an gleicher Stelle und mit ebenso leidenschaftlichen und von Weißbier schwangeren Trieben vergewaltigt. Genau am sechsten (!) Juli. Nur einen Tag vor Franziskas sechzehntem (!) Geburtstag, welchen sie im Krankenhaus und mit polizeilichen Vernehmungen verbrachte. Ihr Vater Holger, mittlerweile arbeitslos, fing an zu saufen und ihre Mutter Lise, Aushilfe im Supermarkt, entdeckte ihren Herzenswunsch, sich ständig dafür entschuldigen zu müssen, von Garden nach Bayern gezogen zu sein, ohne sie je danach gefragt zu haben, ob sie das überhaupt wolle. Wahrscheinlich wäre die klare Antwort zu diesem Zeitpunkt ohnehin ein Nein gewesen. Schließlich bekam Lise einen Nervenzusammenbruch und musste fünf Monate lang stationär behandelt werden.

Die zuständige Ermittlerin war es dann, die in Franziska den Wunsch weckte, solchen Säcken in die Eier treten zu können und sie ein für alle Mal hinter Gitter zu bringen.

Franziska Voigt wechselte aufs Gymnasium, kniete sich rein, verschloss sich sämtlichen pubertären Annäherungsversuchen der Stadtjugend, die hinter dem feschen Madl her war, wie die Wespen hinter Fassbrause, trat dem örtlichen Schützenverein bei, übertrumpfte die aktuelle Bestmarke – gehalten durch *den Wichser* Moosbrugger Anton – um glatte zehn Zähler, trat stolz wieder aus dem Verein aus und machte mit achtzehn ihr Abitur mit der Note 1,1. Klassenbeste.

Noch im selben Monat bekam sie die Zusage für die Landespolizeischule in Sulzbach-Rosenberg, Oberpfalz, Bayern und mittlerweile einziges Deutschland, wo sie mit zwanzig, planmäßig, zur Oberwachtmeisterin ernannt wurde, sich für die Laufbahn Kriminalpolizei entschied – obwohl sie da gar nicht überlegen musste –, sich noch mehr abkapselte, selbstredend als Nebenfächer Kriminalistik und Kriminalpsychologie wählte und mit fast dreiundzwanzig nach München kam. Als frischgebackene Polizeikommissarin im Beamtenverhältnis auf Probe.

Zwei Jahre hatte sie in der Landeshauptstadt zu absolvieren, wurde stellvertretender Dienstgruppenleiter beim Landeskriminalamt, nahm alle zusätzlich stattfindenden Abendkurse der Richtungen Sexual- und Tötungsdelikte mit und stand am sechsten (!) März im Foyer der irgendwie heimatlichen Polizeiinspektion Hammelburg. Sie war jetzt – *noch* – vierundzwanzig und das ›auf Probe‹ war gestrichen.

16

Und da stand er: Polizeikommissar Wolf Schmitt. Tatsächlich Wolf. Nicht Wolfgang! Schlicht Wolf. Und genauso sah er auch aus: schwarzes, gesundes Haar, schwarzer Dreitagesbart, durchtrainiert, Knackarsch.

Sechs (!) Wochen später war sie schwanger. Die obligatorische Taufe – Wolf Schmitt, fränkisches Urgestein, war selbstverständlich Katholik – mit anschließender Hochzeit samt sichtbarem Babybauch, sechs (!) Monate danach. Ihre Eltern hatten sich inzwischen scheiden lassen und würdigten sich während Trauung und Feier keines Blickes. Trotzdem empfand sie – eine ganze (kurze) Weile lang –, es sei der schönste Tag ihres Lebens gewesen.

Nur sechs (!) Wochen waren Fanni und Wolf, verheiratet, als ihm seine Hand zum ersten Mal ›ausrutschte‹. Er grübelte über einer Fallakte, trank Whiskey – weil der seiner Meinung nach die Inspiration beflügelte – und bat seine Frau nach deren Meinung. Sie machte ihn auf einen Absatz aufmerksam, scherzte über seine Schusseligkeit und stichelte: »Du trinkst vielleicht zu viel«. Er, augenblicklich sauer, wiegelte es mit Phrasen ab. ›So weit hab ich noch nicht gelesen‹ und ›Es ist schon spät‹. Sie nimmt ihn in den Arm, sagt, er könne ruhig zugeben, wenn er was überlesen hat, schließlich kennt sie so was auch. Er wird laut, sie fragt, was los ist, er schiebt es auf den Stress, sie versucht, ihn zu trösten, er mag das nicht und stößt sie von sich. Sie ist gekränkt, er flucht und gönnt sich einen weiteren Schluck. Sie sagt, er solle das lassen, er: »Das geht dich nichts an!«, sie klaut ihm die Flasche, er greift danach, sie hält die Pulle fest, er holt aus ...

Franziska schaut ihrem Spiegelbild tief in die Pupillen, zieht den Eisbeutel von ihrer Wange und fragt sich, wie oft sie diese Prozedur schon hinter sich hat. ›Zu oft‹, antworten ihre vom Heulen geröteten Augen in einem sorgenvollen Gesicht, dass von verschwitzt klebendem, aschblondem Haar gekränzt wird. Sie horcht auf und vernimmt Wolfs Schnarchen, das von der Couch im Wohnzimmer kommt. Wieder ein Blick in den Spiegel, der sagt, dass es ein Ende haben muss.

Langes Warten und Schweigen, dann schleicht sie die Stufen hinauf und nimmt Jessika, jetzt acht Jahre jung, auf ihre Schulter. Sie wirft ihr eine Decke um. Jessika schläft direkt wieder ein. Unter dem Bett: die gepackte Reisetasche. Sie kontrolliert kurz die Papiere – ihre Ausweise und Geburtsurkunden –, dann geht sie leise hinunter, schlüpft in ihre Sneakers und tritt hinaus in den Schnee. Bevor sie die Tür hinter sich zu zieht, sieht sie nochmals zurück auf ihren Mann. Der schmatzt im Schlaf und dreht sich zur Lehne um, wobei sein Hintern aus der Hose rutscht, der von den kitschig blinkenden, bunten Lichtern des Weihnachtsbaums surreal angestrahlt wird.

Dennoch: Gesundes, schwarzes Haar, schwarzer Dreitagesbart, durchtrainiert – *und ein Arschloch!*

PRINZESSIN

1

Ende Juli und es geht heiß her. Seit Tagen bereitet sich die Stadt Hammelburg nun schon vor. Auch das Wetter schließt sich – zum Glück – dem verabredeten Datum an. Eine leichte Brise, die sanft Luft zufächelt und die Menschen rettet, kurz bevor die einen Hitzeschlag bekämen. Zum frühen Abend, dem Zeitpunkt des Festes, ziehen endlich ein paar Quellwolken über den purpurnen Himmel und spenden ein wenig Schatten. Alles ist bereit.

»Mochst fei des noch o«, brüllt der Huber Alois seinem Neffen quer über die Bühne zu, auf der die Blaskapelle ihre Probe gerade mit einem Crescendo ausklingen lässt. Der kann nur ein kaum hörbares »Wos?« zurückrufen.

Es folgen noch ein paar schiefe Töne, um die Mundstücke frei zu blasen, Lachen und ein schnatterndes Durcheinander.

Der sechzigjährige örtliche Polizeichef nagelt die letzte Girlande fest, prüft kritisch und klettert die wackeligen Sprossen seiner Klappleiter hinab. Seit mehr als einem Vierteljahrhundert leitet der ebenfalls Zuagroaste vom Tachinger See, mit seinem unverwechselbaren und brummigen Dialekt, nun die örtliche Inspektion, deren Ermittlungsquote seit Jahren über dem Landesdurchschnitt liegt. Auf diese positive Statistik ist man stolz und hört nur ungern neidische Zwischenrufe, welche unentwegt darauf hinweisen wollen, dass in Hammelburg sowieso nie was geschieht.

Tatsächlich entspricht das irgendwie der Wahrheit. Verkehrsdelikte, die zum größten Teil auf der A7 geschehen, und von Weißbier heraufbeschworene Wochenendschlägereien machen der Polizei die meiste Arbeit. Dennoch gönnt man sich den Luxus, zwei Kommissare zu beschäftigen. Alois Huber und Franziska Schmitt. Immerhin ist der Zuständigkeitsbereich 425 Quadratkilometer groß. Die Hälfte der Einwohner ist in der Gastronomie oder mit dem Weinbau beschäftigt. Die andere Hälfte gehört, und sei es auch bloß über fünf Ecken, zur Kaserne.

Die bestimmt seit 1895 die Stadtgeschichte, und legt seither, so sagen viele, eine einschüchternde militärische Aura über alle Einwohner der Stadt und des Umlands. Deshalb werden, freilich nur hinter vorgehaltener Hand, die Hammelburger stets mit der kastrierten Form eines männlichen Tieres verglichen, über die der Verfasser von Brehms Tierleben sagte: ›Seine Furchtsamkeit ist lächerlich, seine Feigheit erbärmlich.‹

»Gut schaut's aus!«, klingt es zu ihm durch.

Nach kurzem Suchen, entdeckt er seine Kollegin, die mitten in der sich sammelnden Menge steht.

»Fanni! Do schau her! Mogst ned kimma?«

»Wieso?«

»Wei'd koan Dearndl o'hast«, gibt er mit gespielt zorniger Stirn zurück.

»Das würdest du gerne sehen, was?«

Er zwinkert kurz, besinnt sich dann aber wieder seiner Aufgabe, Fannis persönlicher und selbst ernannter Integrationsbeauftragter zu sein und nicht zuletzt auch der Gegenwart seines erst siebzehnjährigen Neffen.

»Bairisch, Fanni!«

»Das versteht er doch auch«, scherzt sie.

»Du woasst, wos i moan.«

»Das ist anstrengend«, prustet sie und fleht um Gnade.

»Wir sind in Franken, Lois.«

»Pseudo-Bayern«, rümpft Alois die Nase. »Aber nur, weil's heut Stadtfest is«, mahnt er und hebt den Zeigefinger.

Zufrieden wischt sich Franziska den imaginären Schweiß von der Stirn.

»Also? Kein Dirndl, Fanni?«

»Ich hab mich eingeteilt.«

»Du drückst di?«

Sie zuckt mit den Schultern und lächelt schief.

»Ich mag diese Feste nicht. Schieb's auf meine Ochsenhörner. Außerdem brauchen wir heute Abend jeden Mann.«

»Ausreden«, kontert er und zieht die Riemen seiner Krachledernen gerade. »Des mit den Mecklenburger Hörnern hast' dir doch grad ausg'dacht. Du bist erst neununddreißig, Fanni.«

»Reib's mir unter die Nase.«

»Hab a bisserl Spaß!«

»Ich hab Spaß, Lois.«

»Weshalb du ständig dahoam sitzt! – Du schaust zu gut aus, um di zu verkriechen.«

»Du willst meine Titten sehen«, gibt sie zurück, sich sehr wohl bewusst, dass dieser Gegenschlag ihn aus der Bahn bringt.

Alois fängt sich, als die Farbe in sein Gesicht zurückkommt und Sepp, sein siebzehnjähriger Neffe, den Mund endlich wieder schließt.

»Dass du des ned lassen kannst. Mir san koane Preuß'n. Red anständig«, ermahnt Alois sie zum unzähligsten Mal. »Willst du wirklich Streife laufen? Heut?«

»Back to basics.«

»Keine Anglizismen, Fanni, mia san in Bayern.«

Franziska winkt ab.

»I kann di scheinbar ned zwingen, di in was Schöneres zu werfen. Passt dir deine Uniform überhaupt noch?«

»Ich bleib in Zivil.«

»Wie du meinst, dann werd i mol weitermachen. – Sepp! Hosd lang g'nug rumg'sess'n! Los 'etz.« Mit einem kurzen Winken dreht er sich um und müht sich wieder zurück auf die Bühne.

»Na los, Josef«, grinst Franziska den Jungen an. Der ist sichtlich genervt und steht nur maulend auf. »Schöne Grüße an ›J‹, Fräulein Schmitt.«

»Frau, Josef. Frau Schmitt. – Übrigens noch immer Frau Schmitt, Alois!«, ruft sie ihrem Chef nach, der sich verdattert zu ihr umdreht und sie mit dem typisch leeren Ausdruck ehrlicher Unwissenheit anstarrt. »Du hast die Papiere doch endlich weitergeleitet?«

»Welche Papiere?«

»Sag nicht, die liegen immer noch auf deinem Schreibtisch!«

»Gleich Montag, Fanni. Versprochen!«

Damit muss sie sich wohl wieder einmal zufriedengeben, obwohl sie den Papierkram für die Namensrückänderung auch noch ein zweites Mal machen könnte. Sich sämtliche Stempel und Kopien der Urkunden zu besorgen, anschließend einen Vormittag im Stadtamt zu verbringen und zu warten, geht es ihr durch den Kopf, würde irgendwie schneller gehen.

»Bestellen Sie sie?«

Erst jetzt wird Franziska auf Josef Hubers scheuen Gesichtsausdruck aufmerksam. Er sagte ihren englisch ausgesprochenen Kosenamen – *Buchstaben* –, der zurzeit in ist. Franziska sagt Jessika, Jessy oder Jess, obwohl Letzteres nur, wenn sie sich über ihre Tochter aufregt. »Ist da was, dass ich wissen sollte, Sepp? Bist du nicht ein bisschen alt für Jessy?«

Er hebt abwehrend beide Hände, grinst aber dabei. »Nur Grüße, Fräulein Schmitt.«

»Frau!«

2

Die Musikanten haben sich gestärkt und kommen auf ihre Plätze zurück. Der Marktplatz quillt schon über. Als Tourist ist man klar in der Mehrheit. Die Einheimischen halten sich im Hintergrund und lieber ein gemütliches Weißbier in der Hand, während sie dem Trubel von den Bänken in den Biergärten folgen, anstatt sich die Beine in den Bauch zu stehen.

Das Spektakel gilt der neuen Weinkönigin. Alle zwei Jahre setzt sich der Hammelburger Winzerverein mit den Hoteliers und sämtlichen Gastronomen der Kleinstadt zusammen. Viele haben Töchter, einige sogar sehr ansehnliche, und unter denen wird dann ausgewählt, wessen Vater wohl in den kommenden beiden Jahren am meisten für die Stadt spendieren mag. Diesmal ist es der Aschbrenner Jochen, Wirt des Burghofes. Seine Tochter: Nessi, gerade fünfzehn Jahre jung (Mindestalter), Neuntklässlerin, erste Ministrantin und größte Medaillenhoffnung des Bogenschießvereins. Den Titel der deutschen Jugendmeisterin hatte sie im April gerade erst geholt. Sie misst einen Meter neunundsechzig, hat wallendes, blondes Haar und eine viel zu üppig geratene Oberweite, die jedes noch so schlichte Dirndl zu einem Augenschmaus werden lässt.

Die debütierende Königin wird sprichwörtlich mit Pauken und Trompeten von den hunderten Zuschauern empfangen. Die Kapelle spielt zünftig, die Kutsche, mit den antiken Weinfässern, gezogen von zwei opulenten Schimmeln, wird johlend beklatscht und Vanessa Aschbrenner, nebst Kutscher in historischer Winzerkluft samt Hut und Schürze, lässt Bonbons auf die Menschenmenge regnen.

Es folgen die Reden des Vorsitzenden des Winzervereins, der Sprecherin des städtischen Touristikverbandes und natürlich des Bürgermeisters, Alois Hubers zweites und liebstes Amt.

Im Gegensatz zu den Ortsfremden hören die Ureinwohner in den Biergärten kaum zu. Brav warten sie auf den Sonnenuntergang. Erst als die Fackeln entzündet sind, die Kapelle ›Gott mit dir, du Land der Bayern. Heimaterde, Vaterland‹ anstimmt und alle mitsingen, ist es an der Zeit, dass die bisherige Monarchin, unter viel Beifall und Jubelrufen, ihre Krone der Nachfolgerin aufs Haupt setzt. Choreografiert zum Ausklang der vierten Strophe. ›Deutsche Heimat – weiß und blau.‹

Nun beginnt das eigentliche Stadtfest. Die Blaskapelle spielt fröhliche Tanzmusik, vor allem Polka, denn das ist man den vorwiegend fernöstlichen Gästen schuldig.

Franziska schlendert am Rand des Marktes entlang, unterhält sich mit Bekannten, Touristen und ein paar Jugendlichen, die nicht nur Bier trinken, und ermahnt sie. Ganz so, wie Alois es auch machen würde. Der ist der diplomatischen Ansicht, dass man bei Weißbier auf Festen ein Auge, oder manchmal auch zwei, zudrücken sollte. Schließlich ist ›Bei Freunden dahoam‹ das städtische Motto, was man auch so auslegen konnte, als würde man sich zu Hause ein Bierchen gönnen.

Und das Zuhause ist nun mal Privatsphäre. Kein Grund also, den Familienmitgliedern wegen gesetzlicher Altersbeschränkungen auf die Nerven zu gehen.

Fanni sieht das nicht wirklich so. Schon gar nicht, wenn der Teenager, den sie im Auge hat, gerade mal vierzehn ist und Jessika Schmitt heißt.

»Jess!«

Die verschluckt sich augenblicklich am Weißbier und bekleckert ihre Dirndlbluse.

»Mama!«

Um den Anstand zu wahren, nimmt Fanni mit einem Lächeln, aber pechschwarzem Blick, das Glas aus der Hand ihrer Tochter und blitzt die hauptsächlich aus Jungs bestehende Gruppe furchteinflößend an. Die kratzen sich nervös am Hinterkopf und versuchen, schleunigst aus der Gefahrenzone zu entkommen.

»Mama, es ist Stadtfest.«

»Und da gelten keine Regeln mehr?«, zischt ihr Fanni kaum hörbar, aber mit Nachdruck zu. »Du weißt, was ich dir gesagt hab.«

»I bin ned Opa.«

Jetzt gilt das finstere Funkeln ihr. »Das hat nichts mit Opa zu tun. Du bist vierzehn und ich bin schließlich im Dienst.«

»Ja, ja«, gibt Jessika trotzig zurück und rollt mit den Augen unter ihren frisch blondierten Haaren. »Und jetzt soll ich heim, oder was?«

»Gut, dass dein Gehirn noch funktioniert.«

»Echt jetzt?«

Fanni zieht die Brauen hoch. Ihr unmissverständliches Zeichen, dass sie es todernst meint.

»Aber meine Freunde ...«

»... sind herzallerliebst. Vor allem ihr geradezu vorbildlicher Umgang mit Alkohol.«

»Bis zwölf? Biiitte!«

»Elf.«

»Halb?«, feilscht sie zurück und macht ihre dunklen Kulleraugen riesig, während ihr Schmollmund – *Ist das mein Lippenstift?* – an den Winkeln zu zittern beginnt.

»Ich ruf zu Hause an. Wehe, du bist nicht da.«

»Bin i«, strahlt Jessika, drückt ihr einen Kuss auf und umarmt ihre Mutter überschwänglich. »Danke. Hab dich lieb.«

Fanni lächelt, während sich ihre Tochter an ihr vorbeischiebt und winkend in Richtung Tanzfläche aufbricht. Eine ganze Zeit lang bleibt ihre Mutter noch in der Nähe und hat ein Auge auf sie, bevor sie mit einem Lächeln weiterzieht.

Das Funkgerät knackt erstmalig gegen Mitternacht. Sie hätte es beinahe überhört, weil sich gerade jemand ganz in ihrer Nähe leidenschaftlich übergibt, während er sich schaukelnd auf den Knien abstützt.

»Geht's, oder soll ich dich zum Sani bringen?«

»Naa, geht scho.«

»Genug gehabt heute, klar?«

Das kraftlose Heben der Hand genügt ihr fürs Erste.

Ein weiteres Knacken und die Durchsage: »Nullsiebenundachtzig an Zehn-sechs«

»Zehn-sechs hört. Aber du bist nicht mehr auf der Polizeischule, Georg. Wir benutzen die Codes nimmer«, grinst sie ins Funkgerät.

»I woass. Kimmst nauf zum Schloss? Mia ham a ...
Zehn-sieb'ner. In der Saaleckstraßen.«

»Dein Ernst?« Sie kann sein Nicken fast sehen.
»Gleich da.«

Zehn-sieben ist die veraltete Abkürzung für eine
tot aufgefundene Person. Der Leichencode. Zuletzt
hatte man den vor sieben Jahren benutzt. Damals
war Fanni allerdings mit Jessika im Urlaub und
ärgerte sich ewig, dass ihr erster Fall mit Todes-
folge noch immer nicht von ihrer To-do-Liste
gestrichen werden konnte. Während ihrer Dienstzeit in München durfte sie zwar schon bei mehr als
einem Dutzend derartiger Einsätze assistieren,
aber der hier war ihr erster eigener. Sie beeilt sich.
Sehr. Gleich ist allerdings übertrieben. Der Fundort der Leiche befindet sich gute zwei Kilometer
entfernt und nur Fußstreifen sind unterwegs.
Etwas außer Atem, denn sie hatte die Abkürzung
hinter dem Franziskanerkloster genommen,
welche leider deutlich steiler den Berg hinauf
führt, kommt sie bei ihrem Kollegen an.

»Kann es san, dass du wos g'ahnt hosd?«, fragt er,
wartet aber auf keine Antwort und deutet mit
seiner Taschenlampe voraus.

»Wenn ich das geahnt hätte, Georg, wäre ich als
Privatperson unten auf dem Fest und nicht hier«,
schnauft sie und schaut, sich mit den Händen auf
ihren Knien abstützend, die Böschung hinab. Eine
Lüge. Aber gerade hier, im konservativen Bayern,
schickt es sich schließlich nicht, eine morbide
Ader zu besitzen und sich nach einem Toten
geradezu zu sehnen. Aber sie tut es. Das ist einer
der Gründe, die sie für ihren Beruf begeistern.

Sie erkennt das Dirndl sofort, als der goldene Brokat im Schein der Taschenlampe aufblitzt.

»So hob i aa g'schaut.«

»Hast du sie gefunden?«

Seine Antwort ist ein Nicken.

»Ist sie es?«

»Wir warten noch auf die Spurensicherung. Schau.« Mit der Taschenlampe beleuchtet er ihre Schritte und führt sie hinter sich zum reglosen Körper.

Dort, wo das Gesicht hätte sein müssen, gräbt sich ein Granitbrocken tief in den Schädel. Er bedeckt ihr ganzes Gesicht. Von den Brauen bis zum Kinn. Der Unterkiefer liegt schräg unter dem, was einst der Kopf gewesen war. Auf den Stein sind, in blassrosa Farbe, die Züge eines Lächelns gemalt. Vermutlich mit dem Lippenstift des Opfers. Ein sehr unangenehmer Anblick.

Fannis Magen zieht sich zusammen, während sie gleichzeitig furchtbare Schmerzen im Kiefer verspürt. Aber sie hält sich.

Das Kleid ist bis zu den Hüften hochgeschoben, der Slip aus Spitze klemmt zerrissen in ihrer rechten Kniebeuge. Überraschend für sie ist, dass der Boden nicht aufgewühlt ist. Die Finger liegen auch nicht verkrampft, sondern entspannt über dem Kopf des Opfers.

Der durstige Waldboden hatte die Körperflüssigkeiten schon gierig in sich aufgesogen, weshalb es keine Blutlache gibt. Nur eine klebrige Masse zwischen ausgedörrtem Moos und den Borkensplittern eines umgestürzten Baumes.

»Ein einziger Schlag, oder?«

Georg kniet sich zu ihr herunter und schaut sich genauer den zerschmetterten Schädel von allen Seiten und aus jedwedem Winkel an. Schließlich räuspert er sich und kommt stöhnend wieder auf die Beine. »Entweder a Schlag, oda ...«

»Oder?«

»Na ja. Des Ding wiegt mindestens zwanz'g Kilo. Den hätt der Täter bloß ...«

»... auf sie fallen lassen müssen«, beendet sie den Satz. »Ob sie geschlafen hat?«

»Möglich«, gibt Georg achselzuckend zurück.

»Ich versuche mal, von unten an sie ranzukommen. Fordere ein paar Streifen an, damit die schon mal absperren können«, sagt Fanni, folgt dem Pfad zurück und späht die Straße aus.

Es riecht nach Trauben. Der Weinberg ist gleich hinter der nächsten Biegung und an den Stöcken reift der Wein, dank der großen Wärme, sehr früh. Der Nachteil: Der Boden ist knochentrocken. Fußspuren zu finden ist so gut wie ausgeschlossen. Dennoch findet sie eine winzige Stelle, an der einige dürre, abgebrochene Grashalme auf dem Asphalt liegen. Sie legt ihren Kugelschreiber daneben, versucht, sich die Stelle einzuprägen, macht eins, zwei Fotos und folgt dem gewundenen Weg weiter bergab.

Es ist dunkel. Der Mond ist schon längst hinter dem Schlossberg verschwunden und die Sonne würde erst in ein paar Stunden hervorkommen. Schließlich findet sie doch eine Stelle, wo sie es hätte versuchen können. Das Mädchen befindet sich jedoch viel zu weit entfernt. »Sie liegt viel zu weit oben!«, ruft sie durch die Bäume hindurch, als sie das Aufblitzen von Georgs Taschenlampe sieht. Sie tritt zurück auf den Belag und geht die Straße wieder hinauf.

»Wos hosd g'sagt?«, fragt Georg, als sie sich ihm nähert.

»Von unten kann ich nicht rein.«

Zur Antwort nickt er wieder und beantwortet das Knacken im Funkgerät, dem Franziska nicht zuhört. Sie hätte ohnehin kaum etwas davon verstanden. Es war aber wohl nicht mehr als eine Wegbeschreibung für den Rettungswagen. Stattdessen nimmt sie Fotos vom Leichnam, geht abermals den Weg hinab und findet ihren vorher abgelegten Kugelschreiber wieder. Hier bleibt sie stehen und mustert die Umgebung.

Im Tal, hinter den Weinstöcken, sieht sie die Lichter des Truppenübungsplatzes. Nur nachts waren die Ausmaße des Geländes überhaupt zu erfassen. Die Fitzelchen Gras hätte auch ein winziger Luftzug auf die Straße wehen können. *Wenn aber ...* Der Gedanke ist selbst ihr zu fadenscheinig, weshalb sie den Kopf schüttelt und ihren Kuli aufhebt. Sich umblickend wartet sie, bis die von ihr angeforderten Streifenwagen kommen.

»Hast du da was?«

»Nur Gras.«

»Zum Rauchen?«, grinst der Kollege und sie lächelt gequält zurück.

»Witzig«, stöhnt sie und winkt sie weiter.

Ganz am Ende schnurrt ein smaragdgrüner 3'er die Serpentinen herauf. Alois' Wagen.

Der hält neben ihr und lässt die Scheibe auf der Beifahrerseite herunter.

»Is sie's?«

»Möglich.«

»Wos hoasst möglich?«

»Ihr Gesicht ist ... nicht mehr vorhanden.«

»Steig nei«, sagt er nach einer kurzen Überlegung, abgebrochen durch einen tiefen Seufzer, als das Handy klingelt.

»Aschbrenners.«

»Warte noch ab.«

»Kann i ned«, brummt er sie an. Alois ist aufgebracht und sieht sie mit weit geöffneten Augen an. »Irgendoana hod g'schwatzt. Herrgott, es san moi Freind. I woass scho, wos du sog'n wuist.« Er sieht ihren angestrengten Gesichtsausdruck und quält sich mit Hochdeutsch weiter. »Des Dirndl! Der Schoasch hod g'sagt, es is ihr's. A Einzelstück. G'rad'wegs aus München. – Bist du dir ned sicher, dass es ihr Dirndl is?«

»Ja, doch.« Fanni zückt ihr Smartphone und lässt ihn die Bilder, die sie am Tatort geschossen hatte, durchgehen.

»Himmi, Herrschaftszeiten!«, ruft er entsetzt aus und schüttelt unentwegt den Kopf. »Harter Tobak«, schließt er und sieht seine Kollegin nachdenklich an.

»Was?«, fragt Franziska endlich.

»Oiso?«

»Naa! – Wirklich?«, ruft sie überrascht aus. »Was willst du denen denn erzählen, wenn sie Nessi sehen wollen? Du hast doch gerade die Fotos gesehen. Willst du den Aschbrenners etwa das gemalte Grinsen zeigen, oder was soll diese Schnapsidee?«

»Des ist ned witzig.«

»Richtig. Ist es nicht. Erst wenn wir die Fingerabdrücke verglichen haben, Lois.«

Ihr Vorgesetzter vergräbt sein Gesicht in den Händen,

reibt sich die Augen und atmet schwer. »I muss!«

»Du weißt, ich könnte es dir untersagen.«

»Dann mach's oder sei still!«, fährt Alois sie aufgebracht an.

Fanni öffnete eine Sekunde lang den Mund, atmet dann doch hörbar aus und nickt. »Mei, nu fahr scho.«

3

Jochen und Agnes Aschbrenner starren schon seit Stunden auf die handgeschnitzte Uhr an der getäfelten Küchenwand. Monoton tickt sie, halbstündlich durch den Kuckuck unterbrochen, aber stetig lauter – so scheint es jedenfalls. Das Phänomen wiederholen ebenfalls die unsäglichen Heuschrecken, deren Gezirpe selbst durch die fest verschlossenen Fenster deutlich zu hören ist. Mittlerweile schweigen sich Vanessas Eltern nur noch an. Zumindest das hatte sich während des Wartens geändert.

Anfangs hatte Agnes ihren Mann angeschrien, weil er ihrer Tochter erlaubt hatte, länger auf dem Fest zu bleiben als gewöhnlich. – *Weinkönigin wurde man immerhin nur ein einziges Mal.* – Als es aber eins schlug, kochte auch er innerlich, während Agnes nur noch am beten war. Wie angestochen schnellt er jetzt aus dem Stuhl hoch, als er einen Wagen auf den Hof fahren hört. »Fräulein!«, brüllt er durch die geschlossene Küchentür, als die Haustür sich quietschend öffnet. »Wo bist du g'wes ...«

Es ist Fanni, nicht seine Tochter Vanessa, die im Flur steht, als er um die Ecke stürmt.

»Fräulein Schmitt? – Agnes! Es ist die Polizei«, lacht er erleichtert. »Was hat sie g'macht? Alkohol?«

»Darf ich reinkommen, Herr Aschbrenner?«

»So förmlich, Fanni?«, fragt Jochen, den auch sie schon seit Ewigkeiten kennt.

»Ja, ich ...«

»Ist der Lois ned mitkommen?«

»Der ist draußen im Wagen.«

»Mit Nessi? Nu sag scho, Fanni.«

Mittlerweile war auch Frau Aschbrenner herbeigeeilt und erkannte den Ausdruck in Fannis Augen. »Wos is mit moi Kind, Fräulein Schmitt? Fanni, bitte«, fleht sie. Agnes Aschbrenner legt andächtig die Handflächen ineinander.

Diesmal verkneift sich Fanni, wegen des ›Fräuleins‹, jeglichen Kommentar. Es ist hier noch immer Sitte, alleinstehende Frauen auf diese Weise anzusprechen, egal ob die Person nun achtzehn oder achtzig ist.

»Möchtet ihr euch nicht setzen?«

»Wenn irgendoana moi Tochter og'fasst hod ...«

»Jochen, bitte.«

»Wieso ist der Lois ned do?«

»Alois hat keinen Dienst.«

»Aba er woass, wos is, ned?«

Fanni nickt.

»Komm, Fanni. Hol den Lois scho nei.«

»Ihr hört es entweder jetzt von mir oder aber morgen von Lois. Ich kann ihn gerne holen, wenn ich fertig bin.«

»Mei, nu sag scho, wos sie og'stellt hod!«, fleht Agnes und fährt somit ihrem Mann über die Stimme.

»Setzt euch bitte erst.«

Wie hypnotisiert folgen Vanessas Eltern ihrer Aufforderung. Nach einem tiefen Atemzug fängt sie an: »Wir haben ein Mädchen in der Böschung am Schloss gefunden. Bei den Weinbergen. Sie trägt das gleiche Dirndl, wie es eure Tochter bei der Krönung angehabt hatte.«

»Des is ned möglich. Es is a Original«

»Von Trentini«, wirft Agnes ein.

»Kimmt direkt aus München. Koa oana hod so oans.«

»Deshalb bin ich hier.« Sie kaut auf ihren Lippen. »Jochen, Agnes, – wir nehmen an, es handelt sich um Vanessa. Das Mädchen ... wurde leider tot aufgefunden.«

4

Alois Huber war im Wagen geblieben. Natürlich hatte Fanni recht. Sie ist die leitende Ermittlerin und er hätte auf sie hören müssen. Genau genommen war er in dieser Nacht nicht einmal im Dienst, weshalb er schließlich auch sitzengeblieben war, als sie ihn darum bat. Dennoch, es nagt an ihm, seinen Freunden die schlimme Botschaft nicht selbst überbringen zu können. Man sitzt schließlich schon seit mehr als zehn Jahren gemeinsam in Ortsverein, Stadtrat und Kirchenchor. Dazu kommt noch, dass die Aschbrenners Landsleute von ihm sind. Oberbayern. Das verbindet.

Er hat die Seitenscheibe heruntergelassen und knabbert an den Nägeln. Eine seiner zwei schlechten Angewohnheiten, wenn ihn die Anspannung plagt. Die andere ist, sich eine Pfeife zu stopfen, egal wo er sich dann gerade befindet. Selbst mitten in einer Gruppe Kindergartenkinder.

Ein Junge war damals verschwunden. Franziska hatte Alois, als das geschehen war, aus der Masse schimpfender Eltern, sich einander die Schuld zuschiebender Erzieherinnen und einer Horde, diesen Umstand völliger Narrenfreiheit ausnützender Sechsjähriger, befreit. Gerade noch rechtzeitig.

Wie angestachelt er gerade ist, zeigt sich, als das Geschrei von Agnes durch die geschlossenen Küchenfenster dringt. Augenblicklich reißt es ihn aus seinem Fahrersitz und Alois stürmt in das alte Bauernhaus hinein. In der Küche findet er sie vor.

Vanessas Mutter kniet aschfahl auf den Dielen und schreit sich die Lunge aus dem Leib, während Jochen vor Fanni auf die Knie gegangen war und mit flehenden Augen zu ihr aufblickt.

Der Anblick hat für Alois etwas entsetzlich Endgültiges. »I moch des scho«, sagt Alois zu ihr und klopft Fanni aufmunternd auf die Schulter. »Fahr du wieder.«

»Ich warte draußen.« Sie nimmt die angebotenen Wagenschlüssel aus seiner Hand entgegen, setzt sich in den 3'er und versucht, die Schreie der Eltern nicht zu sich durchdringen zu lassen. Aber es gelingt ihr nicht. Fanni schickt eine besorgte Kurzmitteilung an Jessika. Die erlösende Antwort beruhigt ihren Herzschlag. Es dauert eine ganze Stunde, bis Alois durch die Tür ins Freie kommt, tief Luft holt, sich an seinen Wagen lehnt und sich eine Pfeife stopft. Franziska lässt ihm die Zeit.

»Ja, I woass, dass's a Fehler wor«, beginnt Alois schließlich von selbst, eingehüllt in einer Wolke aus mit Kirsche aromatisierten Tabaks.

Franziska liebt diesen Geruch. Schon seit dem ersten Tag. Es war eines der ersten Dinge, die ihr im Hammelburger Revier aufgefallen sind. Auch heute noch, Jahre nachdem das Rauchverbot in öffentlichen Gebäuden bundesweit eingeführt worden war, halten sich die bis ins Gemäuer festgebissenen Aromen und sind allgegenwärtig.

»Wollten sie sie sehen?«

»Ja, aba i konnt dena des ausred'n.« Er klopft seine Pfeife aus und setzt sich auf den Beifahrersitz. Mittlerweile weiß Fanni, was das bedeutet. Alois ist fertig, müde und sehnt sich nach seinem Bett. Ihre Schicht würde noch eine ganze Weile andauern und eigentlich musste sie auch wieder an den Tatort zurück, um nach dem Rechten zu sehen. Zunächst fährt sie ihn jedoch nach Hause, brüht sich einen Kaffee in Hubers antiker Küche und trinkt ihn genüsslich, während das Schnarchen des Witwers die besonnene Atmosphäre vollkommen macht.

5

Gegen halb vier, langsam färbt sich der Himmel orange, trifft Fanni am Weinberg ein. Georg sitzt in einem Streifenwagen und grübelt über dem Bericht.

»Was Neues?«

»Naa. – Des heißt doch.«

Ihre Miene verrät Neugier und Ungeduld.

»Wir konnten koane Fingerabdrücke nehmen.«

»Wieso?«

Er zieht ein vorgefertigtes Blatt aus seiner Mappe hervor, das für die Abnahme der Fingerabdrücke konzipiert ist. Es zeigt ihr nur schwarze Punkte.

»Säure?«

»Des fragst du mi? Die da san die Experten.«

Sie folgt seinem Fingerzeig zum Einsatzwagen, auf dem in großen Lettern ›Landeskriminalamt Hessen – Spurensicherung‹ steht, und wird an eine Frau verwiesen, die in einem weißen Overall steckt. Um zu ihr zu gelangen, muss sie allerdings an der Leiche vorbei. Ihr krempelt sich der Magen um, als sie in das Innere ihres freigelegten Schädels blickt, der lediglich aus blutigen Knochen und klebrigem Schleim besteht. Tief durchatmend wendet sie ihren Blick ab und richtet ihn starr auf die zierliche Frau. Die hat Kopfhörer im Ohr und ihre freche Kurzhaarfrisur wippt im Takt der abgespielten Musik.

»Franziska Schmitt, Kripo Hammelburg«, sagt sie, als sie ihr auf die Schulter tippt.

Die angesprochene Ermittlerin blickt nicht auf, sondern beginnt einfach zu reden, während sie ihre Plastiktütchen sortiert. Monoton und abgeklärt: »Der Täter hat den Stein tatsächlich einfach auf ihr Gesicht fallen lassen. Das ergibt sich aus den Spritzspuren der Hirnmasse. So aus zwei Metern Höhe, was dafür spricht, dass es wohl ein Mann gewesen sein muss. Die Tatwaffe ist mit höchster Wahrscheinlichkeit der Stein. Er wiegt zweiundzwanzig einhalb Kilo. Wenn das Opfer nicht schon vorher tot war, wäre sie daran auf jeden Fall verstorben. Wie eine Melone, die man fallen lässt, verstehen sie?«

Sie sieht noch immer nicht auf und bemerkt so Fannis Gesicht nicht, das wegen des bildlichen Vergleichs mit einer zerspringenden Wassermelone sämtliche Konturen verliert.

»Er hat sich auf jeden Fall Mühe gegeben. Die pinke Farbe auf dem Stein ist Lipgloss oder ein Fettstift. Das

Opfer hat jedoch eine ganz andere Farbe auf ihren Lippen. Dann sind da noch die Fingerkuppen, die verätzt wurden. Welche Säure verwendet wurde, kann ich noch nicht sagen. Das wird auch eine Weile dauern. Eine Woche, denke ich mal. Wir nehmen dann gleich eine DNA-Probe und untersuchen die tieferen Hautschichten, um vielleicht ihren Fingerabdruck doch noch rauszukriegen. Dann geht die Identifizierung schneller. Sollte der Scanner etwas finden, melde ich mich schon morgen – heute – bei Ihnen.«

Wieder kommt Fanni nicht dazu, nachzufragen.

»Sie ist vergewaltigt worden. Postum. Aber sie hatte wahrscheinlich vor Kurzem ebenfalls freiwilligen Geschlechtsverkehr. Kurz vor ihrem Tod.

›Wahrscheinlich‹, weil wir noch nicht ausschließen können, dass sie unter Drogen stand. Also: mehrere Täter und/oder mehrere Taten. Es gibt keinerlei Samen, also wird der Täter oder auch ihr Partner, ein Kondom verwendet haben. Jedoch stört mich an der Sache etwas. Ich werde es nach den ganzen Untersuchungen etwas genauer erklären können, sonst komme ich raus. Es ist möglich, dass das Mädchen schlief, betäubt oder sogar schon tot war. Ich habe für alle Fälle schon mal eine Blutprobe für das Drogenlabor fertiggemacht. Neben Alkohol und Cannabis werden wir auch auf andere Substanzen testen. Die Tat ist gar nicht so lange her. Vielleicht eine Stunde, bevor Ihr Kollege sie gefunden hat. Es könnte aber auch sein, dass der Täter von ihm gestört wurde. Als Indiz nehme ich hier den seltsamen Strich, an der linken Seite des Lächelns, sehen sie?«

Franziska nimmt das Foto entgegen, auf dem das Fettstiftgrinsen groß und diabolisch auf dem grauen Stein prangt. Der linke Rand ist mit einem roten Marker eingekreist.

»Ich habe es zuerst übersehen, denke aber, dass es das Wegheben des Stiftes ist, was bedeuten würde, dass der Täter Linkshänder ist. Zumindest wurde es aber mit der linken Hand gemalt. Und, er musste schnell weg.«

»Wie kommen Sie darauf?«

»Einer, der sich so viel Mühe mit den Fingerkuppen gibt, wird wohl kaum schlampig bei dem handeln, was seine Visitenkarte werden könnte.«

»Wenn das nicht schon längst seine ist. – Ich gehe dem nach«, murmelt Fanni, sodass diesmal sie es ist, die nicht hinsieht, während ihr die Hand entgegengestreckt wird.

»Beatrice Habermann, LKA Hessen. Ging schneller von Frankfurt hier her, als von München. Ich wurde von denen angefordert.«

»Danke, für den schnellen Lagebericht«, sagt Fanni lächelnd und nimmt ihre Hand entgegen. Jetzt erst bemerkt sie, dass Frau Habermann noch ziemlich jung ist, wagt aber nicht, zu fragen.

»Werden die Proben gesammelt nach München geschickt?«

»Ja. Ich sammle die Spuren nur ein. Auswertung ist Landessache.«

Franziska nickt und schaut sich um. Die Leute der Spurensicherung sind gerade damit beschäftigt, ihre Utensilien einzupacken. »Aber sagten Sie nicht eben, Sie rufen mich an, wenn Sie was über die Identität wissen? «

»Die Leiche bleibt in Hammelburg. Ich habe die Erlaubnis, bei der Untersuchung dabei zu sein.«

»Haben die solche Scanner überhaupt hier?«

»Nein, den bekomme ich noch aus Frankfurt. Ist schon unterwegs.«

Sie streckt ihre müden Glieder, was ansteckend ist.

»Langer Tag, was?«

»Nur noch drei Stunden, dann geht's nach Hause«, antwortet Franziska lächelnd und rollt ihren Nacken.

»Kennen Sie das Opfer?«

»Vanessa Aschbrenner. Das vermuten wir. Sie ist die frisch gekrönte Weinkönigin.«

»Ach herrje! Woher ...?«

»Das Dirndl ist ein Trentini-Einzelstück. Es ist extra für die Krönung bestellt worden. Jeder hier würde sie daran sofort erkennen.«

»Was nicht heißen muss, dass sie es auch ist.« Franziska bläht ihre Wangen auf und atmet schwer. »Sagen Sie das meinem Chef. Der war nämlich schon bei den Eltern.«

»Ohne Nachweis?«

»Alte Freunde.«

Zustimmendes Nicken. »Wir sind halt auch immer noch Menschen, nicht wahr?«

Beatrice greift hinter sich und holt die knallrote Thermoskanne mit Schwarztee hervor. Sie füllt zwei Becher und reicht Fanni einen davon.

»Sie sind nicht von hier, stimmts?«

»I kann des aa, wenn's den Dialekt mena«, grinst sie.

»Aber Sie sind hier nicht aufgewachsen. Niedersachsen vielleicht?«

»Ich bin ein mecklenburger Fischkopp«, lächelt sie zurück. »A Preuß. Aber ich bin schon mit zwölf her.«

»Also sind Sie ...«

»... 1989 nach Bayern verschleppt worden.«

Beatrice lacht herzlich und laut, was die sie umgebenden Kollegen dazu bringt, sich nach ihnen umzusehen. Beatrice' Stimme ist wohlklingend und ihr Lachen ansteckend. Zumindest für Franziska.

»Aber Sie sind auch nicht von hier, was?«, zwinkert sie Beatrice zu.

»Nich doch, dat ward mi nix, du. Uet Eutin. Sächt di dat wat?«

»Dat sächt mi wat, aber mein Platt ist noch schlechter, als mein Bairisch. – Eutin. Schleswig-Holstein ...«, murmelt sie grübelnd. »Das Städtchen mit der Bräutigamseiche?«

»Genau!« Wieder lacht Beatrice laut und schallend. »Wo einen das Leben so hinspült, ne? Ah! Kennst du den?« Sie sieht sich suchend um. »Dazu brauchen wir 'nen sportlichen Kerl. Mal sehen. Ja. Der! Wie heißt dein Kollege noch mal? Der im Streifenwagen?«

»Schoasch. – Also Georg.«

»Geeeorg«, äfft sie, rollt mit den Augen und zwinkert Fanni an. »Schoasch? He! Schoasch?!«

»Wos?«

»Treiben Sie eigentlich oft Sport?!«

Verdattert schaut der von seiner Mappe hoch und überlegt, ob die Frage wirklich ernst gemeint sein könnte, schließlich ist Georg recht gut in Form. Verlegen, mit leichter Schamesröte und abwinkender Handbewegung antwortet er: »Oah! Na nie!« Beide brechen in schallendem Gelächter aus. Der ein oder andere aus der hessischen Gruppe schließt sich an, wenn auch verhaltener. Die Frauen jedoch müssen sich anschließend Tränen wegwischen und sich zum Luftschnappen setzen, während sie Georg grimmig ansieht.

»Den kannte ich noch nicht.«

»Gut, ne?«

»Sehr. Allerdings muss ich mich nachher wohl bei Georg entschuldigen. Der schmollt schon.«

»Das mache ich«, erklärt sich Beatrice bereit.

»Also, wo kann man hier um fünf Uhr frühstücken?«

6

»Gott, Mama. Sei nicht so laut.« Jessika war mit geschlossenen Augen in die Küche geschlurft, hatte sich die Milchpackung aus dem Kühlschrank geholt und einen Schluck getrunken. Jetzt, sie öffnet gerade einen Spalt weit die Augen, sieht sie Beatrice Habermann – geschätzte zwanzig, mittelgroß, mittellanges und mittelblondes Haar, aber strahlend blaue Augen – aus ihrer Lieblingstasse einen Kaffee trinken. Ohne reagieren zu können, entzieht sie sich mit einer schlaksigen Drehung der unbekannten aber freundlich gehobenen Hand und dem lustig piepsigen »Hallo«.

Fanni grinst, schaut nach der Uhr und atmet tief, als Jessika die Tür hinter sich ins Schloss zieht.

»Tja, das war meine Tochter Jessika.«

»Nett«, wirft Beatrice ein und prostet Fanni mit dem Kaffee zu. »Du hast gar nicht gesagt, dass du Kinder hast.«

»Hast du gefragt?«

»Punkt für dich.« Beatrice trinkt den Becher leer, steht auf und schultert ihre Handtasche. »Danke für das Frühstück. Du gehst jetzt sicher in die Falle, was?«

»Sobald du aus der Tür bist«, gibt Franziska lachend zurück und kritzelt ihre Handynummer auf das oberste Blatt des Notizblocks. »Gleich, wenn du was hast, kannst du durchklingeln. – Wann immer du willst«, fügt sie zaghaft hinzu.

»Alles klar.«

Beatrice nimmt sie in den Arm und drückt ihr links und rechts ein Luftküsschen an die Wange.

Franziska tut das Gleiche. Manche Dinge sind in den kulturellen Genen verankert.

Als Beatrice in ihren Wagen steigt, winkt Fanni ihr zu. »Schön, dass du den Einsatz übernommen hast.«

»Find ich auch!« Zweimal hupen, dann fährt Beatrice in ihrem schlichten Toyota Corolla CE, weinrot, Heckspoiler, vermutlich Baujahr 2004, mit Aufkleber der Eintracht links hinter ›Toyota‹ und amtlichem Kennzeichen F-BH 1991, davon.

Ihr linker Rückstrahler ist zerkratzt und Fanni grinst über beide Ohren, als sie sich dabei ertappt, was sie sich so alles einprägt. *Einundneunzig?* Sie stoppt in der Bewegung und rechnet nach. Kopfschüttelnd und mit einem breiten Schmunzeln setzt sie ihren Weg ins Schlafzimmer fort. Dort lässt sie sich aufs Bett fallen. Sekunden später ist sie eingeschlafen.

Halb drei Uhr nachmittags wird sie vom Duft einer aufgebackenen Tiefkühlpizza der Sorte Quattro Stagioni geweckt. Jessika hält sie ihrer Mutter unter die Nase.

»Hattest du jemand hier?«, fragt sie, als ihre Mutter ihr den Teller aus der Hand reißt.

»Du warst doch in der Küche.«

»Schmarrn!«

»Du hast Milch getrunken. – Beatrice war hier.«

Jessika erinnert sich vage und fragt nach. »Beatrice?«

»Frau Habermann.«

»Frau Ha-ber-mann?« Jessikas Augen glitzern überraschend fordernd.

»Was?«

»Du sollt'st di seh'n.«

»Was meinst du?«

»Du strahlst.«

»Hä?«

»Mama ist verknallt«, singt sie.

»Red keinen Unsinn!«

»In die Frau, hob i recht?«

»Blödsinn.«

Demonstrativ beißt sie in ihre etwas zu krosse Pizza.

»Oh doch! Wos hod die sonst hier g'macht?«

»Sie ist bei der Spurensicherung, Heidi«, macht sie ihre Tochter auf ihren nicht erwünschten Dialekt aufmerksam. »Sie hat den Aschbrenner ...« Sofort beißt sie sich auf die Lippen und versucht schnell das Thema zu wechseln. »Du sollst nicht immer so urbairisch reden. Das hier ist Franken, nicht Oberbayern.« Mit einem Mal fällt ihr Alois Neffe wieder ein und ihr Gehirn verknüpft dessen Sprache mit der ihrer Tochter. »Was läuft da mit dir und dem Huber Sepp?«

»Wieso?«

»Ich soll dir Grüße bestellen.«

»Echt?« Diesmal strahlt Jessika und Franziska schenkt ihr einen forschenden Blick. »Boah, Mama!«

»Du magst ihn.«

»Lenk nicht ab. Ist was bei den Aschbrenners?« Jessika sucht im Mienenspiel ihrer Mutter. »Es geht um Nessi, richtig? Sie hat schon wieder was getrunken, oder?« Sie forscht weiter und bemerkt ihren Fehler. »Aba dann wär ned die Spurensicherung ... Ist was mit Nessi?«

Franziska sieht den Puls in der Halsschlagader ihrer Tochter hämmern. »Ich darf dir darüber nichts sagen.«

»Ist was passiert?«

»Jessy, bitte. Du kennst die Vorschriften.«

»Aber sie ist in meiner Klasse.«

»Gerade dann.«

»Also gibst du's zu, dass mit ihr was ist?«

Franziska kaut nun an ihren Lippen und sieht Jessika gerade in die Augen. »Wir wissen noch nicht, ob es Vanessa ist.«

Jessika hyperventiliert. Anfangs hatte sie vage auf einen Einbruch getippt, Nessi konnte nämlich auch ganz anders sein als in der Kirche, aber das, was ihre Mutter sagte, klang nach mehr. Nach viel mehr. Ihre zweite Vermutung war eine Vergewaltigung oder zumindest eine sexuelle Belästigung. Jetzt hörte sich das ›Wir wissen noch nicht, ob es Vanessa ist‹ nach etwas noch viel Schlimmeren an. »Ist sie tot?«, knallt sie ihre Befürchtung heraus.

Franziska mag ihr nicht in die Augen sehen, überwindet sich jedoch und nickt. Jetzt geht Jessikas Atem abgehackt und Franziska nimmt sie in den Arm, um sie zu beruhigen. Es funktioniert. »Wie gesagt, man weiß nicht, ob es Nessi ist.«

»Sie ist mit den Typen los«, denkt Jessika laut.

»Welchen Typen?«

»Die vom Bund. Sie hat mit so einem aus der Kaserne rumgemacht. Mit zweien sogar. Am Hexenturm.«

»Vom Bund?«

»Resi lästert auf Facebook rum, Nessi hätte es mit zwei Grünen getrieben.«

Franziska erinnert sich an die trockenen Grashalme. Der Weg über den Truppenübungsplatz ist die schnellste Möglichkeit, um zur Kaserne zu kommen. Es geht dort einfach bergab, bis man an den Zaun kommt. Noch hat sie keine Ahnung, in welchem Zustand der ist, aber sie schreibt es sich zuoberst auf ihre imaginäre Liste.

Sie kannte ein paar ähnliche Fälle. Nicht in Hammelburg, das hätte sie aus erster Hand, nämlich ihrer eigenen, erfahren, aber doch in anderen Städten. Im Jahr 2012 geriet sogar ein Soldat aus Hammelburg unter Mordverdacht. Er hatte sich, so weit sie sich erinnern kann, in der eigenen Zelle erhängt und somit praktisch ein Geständnis abgelegt, das später niemand mehr hinterfragen wollte. Wieso auch?

»Du darfst aber nichts posten, hast du gehört? Auch niemandem davon erzählen, klar?«

Jessika nickt. Ihre Atemfrequenz ist zwar gleichmäßig,

aber sie würde damit zu tun haben, es zu verdauen. Allein konnte sie ihre Tochter in diesem Zustand jedenfalls nicht lassen. »Willst du zur Oma?«

Jessikas Augen bekommen einen dankbaren Ausdruck. Sie schmiegt sich noch fester an ihre Mutter und lauscht ihrem gleichmäßigen Herzschlag.

7

Am frühen Abend steht Franziska an genau der Stelle, an der die Grashalme auf dem Asphalt gelegen hatten.

Die lagen nicht mehr dort. Ein vorbei fahrendes Auto, ein Windhauch oder auch nur der Flügelschlag eines Spatzen mochte genügt haben, sie davonzuwehen. Ihre Fotos von letzter Nacht halfen ihr aber, den Ort wiederzufinden.

Von Beatrice Habermann ist bisher kein Anruf gekommen. Für Franziska ein eindeutiges Indiz, dass es da irgendetwas geben muss, das einer genaueren Untersuchung bedarf. Sie ist aber ziemlich zuversichtlich, die Identität des Opfers noch am heutigen Tag zu erfahren.

Von dieser Aussicht angespornt, geht sie die Böschung hinab und die Reihen der Rebstöcke ab. Eine nach der anderen. Von der Straße zum Zaun und die nächsten zwei daneben liegenden Reihen wieder zurück. Wie vermutet, findet sie nichts, überlegt kurz, ob sie noch zwei weitere Reihen, eine zu jeder Seite, abgehen sollte, beschließt dann aber doch, dass es unnütz wäre.

Stattdessen folgt sie dem Zaun auf einer Länge von hundert Metern. Leider ist der intakt. Sie findet jedoch ein paar Kuhlen, die wohl Tiere unter dem Zaun gegraben hatten. Nicht gerade geräumig ...

... *aber hier werden Spezialeinheiten der Blauhelmtrupen ausgebildet. Das ist definitiv breit und tief genug, für einen durchtrainierten UN-Soldaten.*

Mit Sorgenfalten späht sie durch das Drahtgeflecht. Das Militär ist eine Welt für sich. Eigene Gesetze, eigene Polizei. Dort konnte sie nicht einfach reinmarschieren und sich umhören. Dazu brauchte es nicht nur eine einfache richterliche Verfügung, sondern auch die Zustimmung der Bundeswehr, auf politischer Ebene. Wenn man sie nicht auf frischer Tat ertappt, ist es kaum möglich, gegen straffällig gewordene Soldaten etwas zu unternehmen. Dazu kommt, dass es sich sogar um einen Blauhelm handeln konnte, was den verwalterischen Rattenschwanz und die dazugehörige Geheimhaltung nochmals potenziert. Keine guten Aussichten also, wenn der Täter wirklich von hinterm Zaun ist.

Das Handy reißt sie aus ihren Gedanken und sie hebt es sich ans Ohr, ohne nachzusehen. »Zehnsechs, Voigt.«

»Ja, hier Habermann. Ist das nicht die Nummer von Kommissarin Schmitt?«

»Doch«, lacht Franziska, »ich melde mich nur schon mit meinem Mädchennamen, falls der Chef mich anruft, damit er es endlich bemerkt.«

»Ah! Du bist geschieden?«

»Schon ewig«, grient Fanni.

»Also ich hab einen Teilabdruck. Es ist Vanessa Aschbrenner.«

»Zum Glück. Wäre ein Desaster, wenn der Alois bei den falschen Leuten Panik verbreitet hätte.«

»Ja, das stimmt. Ich mail dir die Unterlagen zu und mache dann Feierabend.«

»Du hast ja auch lange genug gearbeitet. War's schwierig?«

»Nur, dass ich tatsächlich sämtliche Finger brauchte, um eine Bestätigung vom Computer zu erhalten. Ich musste echt alle Dateien und alle Ergebnisse miteinander verknüpfen, damit die Kiste endlich geglaubt hat, dass es Vanessa ist.«

Wieder lächelt Fanni. »Gute Arbeit, Kollegin.«

»Dankeschön. Das hören wir aus den Laboren nicht so oft. – Na gut. Ich packe dann ein und werde mich wieder auf den Heimweg machen.«

Es folgte eine Weile Stille, bevor Beatrice wieder ansetzt.

»Also …«

»Magst du mit mir was essen gehen?«

Wieder gibt Beatrice ihr unverblümt ehrliches, erfrischendes, jugendliches Lachen von sich. »Ich dachte schon, du fragst nicht mehr.«

»Ich wusste es bis eben ja auch noch nicht.«

»Wann und wo?«

8

Franziskas Lieblingskneipe ist der Fuchsbau, auch weil der nicht in Hammelburg ist, sondern im kleinen Nachbarörtchen Fuchsstadt. Hauptsächlich aber, weil die Preise vernünftiger sind, das Bier kalt und die Atmosphäre viel familiärer. Außerdem kann man hier umsonst Darts spielen, was sie leidenschaftlich gern getan hatte, als sie noch mit Wolf verheiratet war.

Der Biergarten ist an diesem Tag voll, dafür ist es drinnen überschaulich. Sie bestellt sich eine Cola, setzt sich so, dass sie die Tür im Auge behalten kann, und mustert die Gäste. Vor allem die Soldaten, die hier zu den Stammgästen zählen, weil die Kaserne nicht weit ist. Auffällig benimmt sich jedoch keiner von ihnen, was sie ein wenig nervt.

Es wäre auch zu schön, wenn man Tätern ihre Schuld direkt ansehen könnte.

Eine Viertelstunde später hält ein roter Corolla auf der gegenüberliegenden Straßenseite und Fanni bemerkt, wie ihr Herz einen Sprung macht und sie augenblicklich nervös wird. Sie muss über die Reaktion ihres Körpers unweigerlich lächeln. Vor allem über den intensiven Drang aufzuspringen und in Beatrice' Arme zu rennen. Sie begrüßen sich mit Küsschen links und rechts, wobei Fanni tief das leichte Parfüm einatmet, das sie trägt.

»Wird das hier dienstlich oder privat?«, fragt Beatrice mit einem herausfordernden Lächeln, bei dem sich ein Grübchen am linken Mundwinkel bildet.

»Meine Schicht beginnt um sechs«, schmunzelt Fanni.

»Also privat.«

»Du meinst, du hast nur dreißig Minuten für mich übrig?«, erwidert Beatrice maßlos enttäuscht.

»Ich arbeite Gleitzeit«, zwinkert Fanni zurück und errötet augenblicklich. – *Flirte ich gerade? Mit einer Frau?*

»Also, was gibt's hier so?«

»Brotzeit«, antwortet Fanni und zieht aufmunternd die Augenbrauen hinauf.

»Was Bayrisches also ...« Beatrice wirkt wenig begeistert und schürzt die Lippen.

»Vertrau mir.«

Die Platte ist ausladend und das frische Brot noch warm. Allerdings lassen beide das Weißbier weg. Franziska hat eine Zwölf-Stunden-Schicht und Beatrice hundertfünfzig Kilometer vor sich.

Nach dem Essen lehnen sie sich zurück und schauen dem Trubel im Biergarten zu. Wie immer geht es um Fußball, Weiber und die beste Zeit zum Grillen.

»Nettes Lokal«, sagt Beatrice, um das Schweigen zu brechen. »und coole Typen ...«

Franziska merkt plötzlich, wie ihr das Herz in die Hose rutscht. Ihr fast vierzigjähriger Körper reagierte wie der eines Teenagers. Sie lacht grunzend auf, was Beatrice nicht entgeht.

»Was?«

»Fang bloß nicht an«, gibt sie zurück, ohne ihre Gesichtsmuskeln oder ihr Zwerchfell unter Kontrolle bringen zu können.

»Und hier bist du öfter?«

»Ich war hier öfter. Das ist seit Monaten mein erster Besuch«, seufzt Franziska hörbar und sieht sich ein weiteres Mal um.

Es war Wolfs und Fannis Stammkneipe. Hier hatten sie ihre Hochzeit gefeiert, Jessikas Taufe und eine Menge Geburtstage. Auch die von Alois, nachdem seine Frau gestorben war. Später wurde es zu einem monatlichen Besuch, bei dem sie sich immer ein Lübzer bestellte. Franz, der Wirt, bestellte nur die Probierflasche. Einmal im Monat konnte man das tun. Die, wie er es ausdrückt, Pferdepisse ins Sortiment aufzunehmen, kam nie für ihn in Frage. Im letzten Jahr war sie gerade noch vier Mal hier. Mit jedem Jahr wurden die

Erinnerungen romantischer, was ihr Verstand so gar nicht einsehen wollte.

»Böse Erinnerungen?«

»Eher zu gute«, kommt über ihre Lippen.

»Also? Wollen wir noch m er reden?«, fragt Beatrice, der die Peinlichkeit nicht entgangen ist, und legt provokativ ihre Mappe auf den Tisch. Franziska ist das sehr recht. Sie kann mit ihren Gefühlen und Regungen gerade so gar nichts anfangen. Da tut es gut, wenn man sich auf die Arbeit stürzt.

»Also, was hast du?«

»Alles nach München geschickt.«

Fanni muss lachen.

»Wirklich! – Tatsächlich habe ich nicht viel mehr als ihre Identität. Es war ein echter Kampf mit dem scheiß Programm. Aber jetzt haben wir den Beweis, dass es Vanessa Aschbrenner ist. Der Ausdruck liegt bei.«

Franziska ist ein wenig enttäuscht, woraufhin sie ihre Lippen zu einem schmalen Strich verzieht.

»Das lag nicht an mir, klar? Eure Rechner sind lahm. Ihr habt noch XP drauf. Steinzeit. Und der olle Pathologe ist eine Schlaftablette!«, begehrt Beatrice auf. »Ich glaub, der hat ein Faible für Muschis.«

Nicht nur Franziskas Augen werden groß.

Beatrice zückt ihre Dienstmarke und hält sie in die Luft. »LKA Hessen! Weghören, bitte!« Peinliches Gemurmel folgt, unter dem sich die meisten Köpfe wieder in ihre Ausgangsposition schrauben. Wer dennoch weiterhin starrt, bekommt den forschen Blick einer aufmüpfigen Beamtin.

»Wie meinst du das?«

»Na, wie ich es sagte. Der hat sich nur Vanessas Muschi angeschaut. Alles perverse Säcke!«

»Hat er was gefunden?«

»Den G-Punkt vielleicht.«

Fanni schmunzelt, obwohl es makaber ist. »Jetzt mal ernsthaft.«

»Ja, ich hab noch eins, zwei Sachen mehr. – Ich hab dir ja schon gesagt, dass da was nicht stimmt, ne? Der Patho scheint zwar echt nur am Sabbern gewesen zu sein, aber er teilt meine Vermutung.«

»Und die wäre?«

»Es waren drei sexuelle Handlungen.«

»Drei?«

»Drei!« Beatrice lässt das eine Weile sacken. In Fannis Gesicht ist Verwirrung der primäre Ausdruck. »Zuerst haben wir da den ›wahrscheinlich‹ freiwilligen Koitus. Ante mortem. Patho fand Spuren der Spermizidbeschichtung. Der muss einen ziemlichen ›Dingdong‹ gehabt haben, weil die Spermizide erst am Muttermund gefunden wurden.«

»Aber müssten die bei einem Kondom ...«

»Dazu komme ich gleich. – Also, ›Dingdong‹ hat nix angestellt, was sich so auf die Schnelle als Gewaltakt hätte nachweisen lassen können. Aber genau da würde ich ansetzen. Wer war ihr fester Freund und so ...«

Franziska nickt. Das wäre auch ihre erste Idee gewesen, hätte Jessika nichts von den Bundeswehrtypen gesagt. Aber vorerst würde sie das außer Acht lassen müssen. In diese Richtung konnte sie immer noch ermitteln, wenn alle anderen Spuren sich als Sackgassen erwiesen. So war es aber auch besser.

Nur wenn alle Indizien darauf hindeuten würden, wäre es wohl endlich plausibel genug, an der Kaserne anzuklopfen.

»Dann haben wir, also er, – mich wollte er ja nicht an seinen Lieblingsplatz lassen ...«

»Beatrice...«

»Ja, ja. – An den inneren Schamlippen hat er Spuren von Benzocain gefunden.«

»Das ist was?«

»Ein Lokalanästhetikum.« Sie beugt sich vor, weil sie die berechtigte Befürchtung hat, alle Besucher des Lokals mit der nächsten Aussage in die Flucht zu schlagen. »Das benutzt man hauptsächlich in der Schwulenszene. Wegen ...«

»Schon klar.«

»Es bewirkt eine Lockerung des umgebenden Gewebes und macht zusätzlich heiß.«

»Heiß?«

Beatrice zwinkert. »Temperatur.«

»Ach so«, sagt sie errötend.

»Jedenfalls ist es ziemlich ausgeschlossen, dass man die Dinger einfach so versehentlich in einem Supermarkt oder einer Apotheke aus dem Regal fischt. Schon gar nicht mit Beschichtung aus Spermizid und Benzocain. Folglich: der zweite Geschlechtsakt.«

»Klingt logisch.«

»Der war aber post mortem.«

»Woran erkennt man das?«

»Man schließt darauf, hinsichtlich der Reaktion und Eigenschaft der Schleimhäute. Sie schwellen bei der Erregung schließlich an. Eine Leiche zu erregen gestaltet sich da problematischer.«

Fanni nickt zustimmend. »Also zwei Täter ...«

»Wenn nicht sogar drei.«

»Drei?«

»Hast du mir nur auf die Titten geschaut?«, grient Beatrice.

Franziska läuft rot an. Das hat sie tatsächlich getan. Aber nicht nur. So ertappt hat sie sich schon ewig nicht mehr gefühlt.

»Sie wurde abschließend mit einem harten Gegenstand penetriert. Dabei hat der Täter so gut wie ihr ganzes inneres Gewebe zerfetzt. Rechts vor allem. Hatte ich schon gesagt, dass der mit dem Stein ein Linkshänder ist?«

»Ja, hattest du.«

»Patho ist noch an der Sache dran. Wenn Täter Nummer zwei nicht einen ungeheuer langen und harten Ständer hatte, muss er oder jemand anderes, abschließend seine gesamte Wut an dem armen Mädchen ausgelassen haben. – Ein ziemlich krankes Arschloch, wenn du mich fragst.«

Franziska kannte das aus den Vorlesungen über Sexualverbrechen. Es ist ein deutliches Zeichen für einen sadistischen Täter, der keinerlei Befriedigung bei der Ausübung seiner Tat empfindet und daher – ihr Professor hätte wohl gesagt – eine Schippe draufpackt, indem er die sexuelle Genugtuung durch Einsatz roher Gewalt zu bekommen versucht.

»Ich gehe von zwei Tätern aus«, sagt Franziska endlich.

»Schon?« Beatrice ist überrascht.

»Ja. Lust auf eine Theorie?«, fragt Fanni und zwinkert ihr zu.

»Immer«, strahlt Beatrice und nippt gespannt an ihrer dritten Cola.

»Nummer eins war ihr Freund, wenn sie einen hatte. Da muss ich mich noch umhören. Wenn ja, dann war es nur Entschuldigungssex, weil sie sich vorher mit so einem Soldaten von der Kaserne rumgebissen hat. Oben am Schloss. Sehr innig.«

»Das weißt du?«

»Jessika hat's mir erzählt.«

»Sie hat sie gesehen?«

»Nein, aber es geht das Gerücht. – Es ist aber auch möglich, dass sie Sex mit dem Soldaten hatte, was sogar noch plausibler wäre.«

»Du meinst, ihr Kerl hat es mitbekommen und hat anschließend seine Wut an ihr ausgelassen?«

»Dagegen sprechen nun die Benzocainspuren. Ich glaube nicht, dass ihr Freund schwul ist. – Nein, ich denke, ihr Freund und sie hatten Sex. Der Täter hat dann die Situation ausgenutzt, sie getötet und sich an ihr vergangen. Den Grund kenne ich natürlich noch nicht. Es sei denn, es ist der Soldat. – Aber wenn er schwul ist, hat er keinen hochgekriegt und wurde darüber so sauer, dass er ihren Körper anschließend noch grausam malträtieren musste.« Sie fällt in eine Art Trance, als sie versucht, die Zusammenhänge zu erkennen. Noch ist alles verworren. Ebenso wirr, wie ihr vollkommen weggetretener Gesichtsausdruck, den Beatrice nur mit mehrfachem Schnipsen vor Franziskas Augen auflösen kann.

»Was?«

»Ich fragte, wieso sollte ein stockschwuler Kerl ein totes Mädchen poppen?«

Wieder drehen sich ein Dutzend Köpfe um, woraufhin Beatrice laut aufstöhnt. »Kann man in diesem Schuppen nicht mal laut nachdenken?«

Es funktioniert, jedoch macht Franz, der Wirt, ein Handzeichen in Richtung Fanni, die ihn mit einer Handbewegung auf später vertröstet.

»Das kann ich dir leider auch nicht sagen«, murmelt Franziska.

»Deshalb bist du Kommissar und ich nur ein schlichter Krümelsammler«, grinst sie, steht auf und nimmt ihre Handtasche von der Stuhllehne. Eine Weile betrachtet sie Franziska, die noch immer nachdenklich ins Leere starrt, hockt sich vor sie und gibt ihr einen sanften Kuss auf die Wange.

Franziska ist augenblicklich zurück und errötet gnadenlos.

»Ich habe deinen kurzen Schwächeanfall mitbekommen, als ich von coolen Typen sprach. Keine Sorge, ich steh auf Frauen. Ruf mich an.«

Beatrice winkt sehnsüchtig mit ihren Fingern, als sie aus der Tür geht und Fanni vollkommen verwirrt an ihrem Tisch sitzen lässt. Minuten später rebootet Fannis Gehirn und sie berührt ihre glühend heiße Wange. Jetzt bemerkt sie auch Franz' finsteren Blick auf ihr ruhen und atmet schwer. —

Zeit, sich zu entschuldigen.

9

Beatrice macht sich nicht sofort in Richtung Frankfurt auf. Zunächst muss sie ihre Unterlagen noch auf dem Revier abgeben und ihre Arbeitszeiten gegenzeichnen lassen. Den Wagen, der ihrem Corolla folgt, bemerkt sie nicht.

Eine halbe Stunde verbringt sie auf dem Revier, setzt sich – mit einem glückseligen Lächeln – in ihr Auto und biegt von der Weihertorstraße auf die 27 ein. Gegenüber des Schlossbergs folgt sie der Straße in Richtung Westen. Aus ihrem Auto dringt motivierend die Stimme von Taylor Swift, die einen Weg aus dem Wald fordert. Beatrice singt den Refrain aus voller Kehle mit.

Knappe zwei Kilometer hinter Obereschenbach biegt sie rechts auf die Landstraße ein. Die Strecke über Aschenroth und Seifriedsburg nach Gmünden verkürzt die Wegstrecke erheblich. Ganze dreißig Kilometer spart man sich, wenn man die Karten vor Antritt der Fahrt studiert und sie danach mit Haltepunkten im Navi markiert.

Vollkommen Ortsunkundige würden der 27 einfach folgen, in Karlstadt auf die 26 einschlagen und damit ein V auf der digitalen Landkarte zeichnen.

Kurz hinter Aschenroth, die Sonne steht sehr tief und blitzt immer wieder grell zwischen den dichten Baumwipfeln des schmalen Waldwegs durch, taucht ein dunkelgrüner SUV aus den Schatten der Bäume auf. Ein Ausweichen ist nicht mehr möglich. Die Lackfarbe ist sehr matt, was dazu führt, dass der protzige Geländewagen sprichwörtlich mit der erdigen Farbe des Unterholzes verschmilzt.

Beatrice kracht mit siebzig Stundenkilometern und vollkommen ohne Vorahnung in die Soziustür. Ein heftiger Einschlag, dessen Wucht ihren Kopf auf das Lenkrad knallt. Ihr Nasenbein ist Matsch, die Augen tränen Salzwasser gemischt mit Blut und ihre Atmung setzt wegen des Schocks aus. Benommen fühlt sie noch die Wärme ihres Blutes, das zäh von ihrer Stirn und aus der Nase sickert.

Kurz bevor sie auf die Seite kippt, greift jemand nach ihrem Arm und zerrt sie aus dem vollends zusammengefalteten Corolla. Als ihr Rückgrat auf den harten Waldboden schlägt, löst sich ihre Atemblockade.

Nun wirkt aber die überhöhte Sauerstoffdosis der Waldluft ausgesprochen schwindelerregend. Lichtpünktchen tanzen wild vor ihren Augen und nur schemenhaft nimmt sie die Umrisse einer Person wahr.

»Wohoo! Das war ein Bums, was? Bin echt überrascht, wie hart du ficken kannst!«, zischt er ihr wütend zu.

Ein harter Tritt in die Magengrube presst sämtliche Luft aus ihren Lungen und lässt ihren Körper wie ein Klappmesser zusammenschnappen.

»Ich hab mir so viel Mühe gegeben, damit man sie nicht identifiziert. Aber nein! Das Fräulein muss ja ihre Großstadtmethoden auspacken und es trotzdem rausfinden.«

Ein weiterer Tritt. Ihre Rippen knacken verdächtig. Sie kann die Worte nicht verstehen. Einzig deren Melodie nimmt sie wahr. Der Sinn bleibt weit hinter einem stetig pulsierenden Summen und den Schmerzen im Brustkorb verborgen.

»Weißt du Schlampe eigentlich, wie lange ich dafür gebraucht habe, die scheiß Kuppen der kleinen Nutte wegzuschmirgeln?«

Der anschließende Tritt gegen die Schulter hat nur die Wirkung, dass ihr Kopf, fest an ihrem Hals verankert, unkontrolliert auf dem Waldboden hin und her rollt, bis die Energie verpufft und er sich erneut, wie ferngesteuert, dem bunt funkelnden Himmel entgegendreht.

»Und was sollte das eigentlich mit dem Kuss, hä? Willst du dich etwa an ihr reiben, ja? Tja, hätt'st das heute mal noch getan, weil, eine zweite Chance kriegst du nicht! Und dich wird man hier auch nicht so schnell finden. Es ist Waldbrandstufe fünf, weißt du? Da sind die Förster damit beschäftigt, Teenager vom Wald fernzuhalten, anstatt darin herumzuschnüffeln. Es wird also eine Weile dauern, Schätzchen!«

Noch ein Tritt. Vor ihren Augen wird es schattig und ein Luftzug streift ihre Haut. Das Bild vor ihren Augen wird klarer. Sie erkennt nun schwache Umrisse. Wolken am Himmel und einen dunklen Schatten am linken Rand ihres Sichtfeldes. Er bewegt sich. Sie versucht, ihn zu fokussieren. Ganz langsam gelingt es ihr, nachdem die Punkte schwächer blitzen und schließlich verschwinden. An ihre Stelle treten graue Kanten. Sie formen sich aus einer unförmigen Masse, während sich ihr Gehör mit einem schmerzenden, grausam hohen Ton zurückmeldet. So intensiv, dass sich ihre Pupillen weiten und ihre Sicht klar wird. Sie erkennt einen wuchtigen Stein, der über ihrem Kopf schwebt.

»Bis dann ...«

Sie reißt die Augen auf.

R.A.C.L.

Als er die Tür aufschließt, brodelt es in ihm. Allerdings ist er sehr gut darin, das nicht zur Schau zu stellen. Ist man dazu nicht fähig, hatte sein Vater immer gesagt, wird man ausgenutzt.
Und du willst doch nicht, dass man dich ausnutzt, nicht wahr?
Nein, das will er nicht.
Gleich links ist das Bad. Er zieht den Duschvorhang zu, um das Wasser heiß laufen zu lassen, während er sämtliche Sachen vom Körper streift und sie in die Maschine stopft. Er gibt die doppelte Menge Waschmittel dazu und noch einen Spritzer Chlorreiniger.
Zufrieden, aber nicht besser gelaunt, drückt er auf den Knopf. Unter dem dampfenden Wasserstrahl lässt er seinem Frust freien Lauf. *Wie konnte die Tussi es wagen! Vier Monate Planung! Geschieht ihr recht! Frankfurt! So eine Scheiße! Daran hätte ich denken müssen! Aber wie hoch war die Wahr-*

scheinlichkeit? – Zweieinhalb Prozent!, antwortet ihm sein Gehirn. – *Zweieinhalb verschissene Prozent! Du bist ein beschissenes Genie! Wieso hast du nicht daran gedacht? Weil zweieinhalb Prozent so unglaublich gering sind. Und schnappen werden die mich dadurch nicht. Auf keinen Fall. Soll die doch ermitteln, so viel die will. Die wird gar nicht mitbekommen, wie ihr geschieht. Und dann wird die zerbrechen. Ich werde sie Stück für Stück zerbrechen! – R.A.C.L. – In gaaanz winzig kleine Stückchen!*

Er grinst breit und seine Augen funkeln unter einer brennenden Schaumschicht, während er wie versteinert die weißen Badezimmerfliesen antarrt. Auf denen prangt ein Spruch von Sunzi. Ein Wandtattoo in chinesischer Schrift:

Stell dich dem Kampf!
Führe andere in den Kampf!
Handle umsichtig!
Halte dich an die Tatsachen!
Sei auf das Schlimmste vorbereitet!
Handle rasch und unkompliziert!
Brich die Brücken hinter dir ab!
Sei innovativ! Sei kooperativ!
Lass dir nicht in die Karten sehen!

Mit dem nächsten Atemzug blitzt ein Gedanke durch die Windungen seines Gehirns und er beginnt wieder damit, seine Haut mit dem harten Schwamm zu quälen.

Nein. Ich lasse ihr ein paar Tage. Damit sie sich sicher fühlt und ihr Heulen echt ist.

Ein weiterer Gedanke ... Er lacht.

Mit einem verträumten Lächeln auf den Lippen öffnet Fanni die Tür zu Alois' Büro. Der ist schon seit Stunden im Präsidium und studiert die Fotos vom Tatort.

»Du bist spät«, brummt er, schaut aber nicht auf. »Des Madl von der Spurensicherung hod g'sagt, sie hätt di scho unterrichtet?«

»Ja, hat sie. Und ich habe mich auch noch mit ihr unterhalten. – Im Fuchsbau. – Dienstlich. Wenn du es noch genauer wissen willst, sie durfte heute früh sogar bei mir duschen.«

Jetzt schaut er dann doch auf, legt seine Stirn in tiefe Falten und sieht sie schief an. »Des ist rein professionelles Interesse«, quält er sich mit dem Hochdeutsch.

Diesmal schmunzelt Fanni, aber erst, als Alois den Blick wieder den Fotos zugewandt hatte. »Warst du schon bei den Aschbrenners?«

Er nickt, reibt sich die Augen und lehnt sich zurück. »Is hart.«

»Kann ich mir vorstellen.«

»Jetzt können mia nur warten, bis mia die Spurenauswertung ham. Und 's gibt nix in den Datenbanken über Lippenstift.«

Etwas stört sie gewaltig an seinem Tonfall. Ein leichtes Flattern vielleicht. Sie kennt das von den Gelegenheiten, wo er Pressetermine hat und mit etwas hinterm Berg halten muss.

»Verheimlichst du mir was, Lois? Es ist doch noch mein Fall, oder?«

»Natürlich.«

»Aber?«

»Nimms mia ned übel, Fanni, aba i wünscht mir deinen Mann für den Fall.«

»Meinen Ex-Mann!« Erst danach klickt es. »Was?«

»Es ist dein erster Mord.«

»Ich hatte siebzehn Tötungsdelikte ...«

»... in deiner Ausbildung, Fanni.«

Sie verschränkt die Arme vor der Brust und starrt an die Wand. Dort hängt noch immer ein Bild, das Wolf und Alois zeigt, zusammen mit dem bayrischen Innenminister. Das war nur ein Jahr, bevor Franziska Voigt durch die Tür und direkt in Wolfs Arme gelaufen kam. Hammelburg konnte zum zweiten Mal in Folge die niedrigste Verbrechensrate des Freistaats vorweisen.

»Du traust es mir nicht zu.« Alois wollte etwas erwidern, wurde jedoch schon beim Öffnen des Mundes unterbrochen. »Hast du wieder Kontakt zu ihm?« Alois' Gesicht beantwortet es. »Natürlich! Wieso sollte er sich auch zuerst bei mir oder seiner Tochter melden? Du weißt, was er mir angetan hat, oder? Hast du das schon vergessen? Glaub mir, ich habe es nicht. Er ist ein Arsch! Einer von der Sorte, der seine Frau schlägt. Einer, der vor Gericht behauptet hat, ich hätte durch mein Verhalten seine Aggression heraufbeschworen! Einer von der Sorte, der nicht mal mehr Karten zum Geburtstag seines eigenen Kindes schickt. Seit drei Jahren nicht mehr!«

»Fanni ...«

»Ich habe es mir verdient, Alois! Ich habe mir diesen Fall verdient! Und zwar mit einem Einser-

Abschluss in Kriminalistik, in Kriminalpsychologie, Kriminologie und Rechtswissenschaften! Alles mit Bestnoten und mit fünfzehn Jahren Dienstzeit an deiner Seite!«

»I will bloß sei Meinung«, erwidert er resigniert.

»Du rufst ihn nicht dazu!«, schreit sie und schlägt auf den Schreibtisch. »Arbeitet er überhaupt noch in Bayern? Ich dachte, er sei ins Saarland.«

»Er is in Kissingen.«

Franziska muss tief Luft holen. Bad Kissingen ist quasi nebenan. Gerade zwanzig Kilometer von Hammelburg entfernt. »Seit wann weißt du das schon?«

»Is des ned wurscht?«

Natürlich ist es das. Alois, ihr Kollege, Freund und Vorbild, der Patenonkel ihrer Tochter, hatte sie hintergangen. Nicht mit irgendwem, sondern mit dem Mann, der sie gedemütigt hatte.

»In dem Moment, wo ich seine Visage sehe, hast du meine Kündigung!«

»Fanni ...«

»Des is koa Pflanzt, Lois!« Sie reißt wütend die Bürotür auf und knallt beim Umdrehen in Wolfs Arme. Sprachlos starrt sie in sein Gesicht, das ausdrucksloser nicht hätte sein können. Er ist nur zwei Jahre jünger als ihr Chef, gleicht aber noch immer einem Model eines Versandhauskatalogs. *Schwarzes Haar, schwarzer Dreitagesbart* ..., geht es ihr durch den Kopf. Zäh, wie Melasse. Mit geöffnetem Mund dreht sie sich zu Alois um, der schuldbewusst an seinen Nägeln kaut.

»Fanni, i ...«

»Mach mir meinen Urlaub fertig!«

3

Den Sonntagvormittag verbrachte sie im Bett. – *Mit meinen Überstunden kann ich einen ganzen Monat so verbringen.* – Die Kündigung liegt neben ihr auf dem Nachttisch.

Sie meint es ernst und ist ohne Zweifel. Das Aufeinandertreffen mit ihrem Ex war zu viel. Schließlich wurde sie nicht nur von Alois überfahren – *und als unfähig hingestellt* –, Wolf hatte, sozusagen, nochmals zurückgesetzt, um sie ein weiteres Mal zu überrollen.

Franziska hatte getobt und vor Wut ein paar wertvolle, aber verhasste, Sammeltassen zerdeppert. Glücklicherweise war sie Jessika nicht mehr begegnet. Die lag singend oben in ihrem Zimmer und hörte sie gar nicht kommen. Jessika hätte ihre Mutter mit Fragen gelöchert, auf die Franziska, zumindest noch, keine Antworten geben wollte. Heute würde es trotzdem passieren, das weiß sie, aber ausgeschlafen sieht die Welt gleich freundlicher aus.

Auf ihrem Handydisplay sind eine Unzahl – *elf* – verpasster Anrufe verzeichnet. Allesamt von Alois. Dreimal das Revier, sieben Anrufe von seinem Handy und noch einer von seinem Privatanschluss. Sie ignorierte alle. Trotzdem würde es nötig sein, heute mit Alois zu reden. Sie verfügt über Wissen, das er benötigt. Auch wenn er sie übergangen hatte, schließlich ist er ihr Vorgesetzter. Außerdem, wenn sie schon geht, will sie zumindest nicht als Kollegenschwein in die Hammelburger Revieranalen eingehen.

Aber es gab noch einen weitaus wichtigeren Grund. Sie braucht Alois Unterstützung, um eine Versetzung zu bekommen. Wohin, weiß sie bisher allerdings noch nicht. Plan B wäre, sich offiziell zu bewerben. Freie Stellen gibt es genug, nur sollten die nicht allzu weit weg sein. Mal abgesehen von Oma und Opa, hat Jessika Freunde hier.

Mit einem kurzen Schauer kommt ihr der Gedanke, sie könne doch irgendetwas mit Alois' Neffen am Laufen haben. Noch eine Sache, die sie heute irgendwie in Erfahrung bringen will.

Verträumt scrollt sie die Namen in ihrem Adressbuch durch, lächelt und macht einen Eintrag zu der Nummer, die bisher als unbekannt deklariert ist. *Bea Spusi.* Ihr kommt die Idee, sie einfach anzurufen und sich bei ihr so richtig auszuheulen. Während sie darüber nachdenkt, schlägt ihr Herz immer eifriger in der Brust. Irgendwann gibt sie sich dann doch einen Ruck und drückt auf das grüne Feld.

Es ist gleich der Anrufbeantworter, der sich meldet:

»Hi, hier ist Trixi. Zurzeit wühle ich wohl mal wieder im Dreck oder untersuche die Scheiße von irgendwelchen Käfern. Wenn ihr mir trotzdem den Tag versüßen wollt, sprecht mir aufs Band oder hinterlasst eine Nachricht. Es wäre echt toll, mal wieder mit was Lebendigem zu quatschen.«

Franziska lacht kurz auf, hält sich aber schnell die Hand vor den Mund. Jessikas Zimmer liegt genau über ihrem und die Wände sind nicht die massivsten. Sie bekommt rote Wangen, als sie den Mund öffnet.

»Hi«, beginnt sie endlich, kurz bevor sich der Chip in Beatrice' Handy von selbst verabschiedet hätte, »ich bin's. Ähm, ja, ich bin etwas nervös. Entschuldige. Also ... Ich ... würde gerne mit dir quatschen ... und ... dir ... auch gerne zeigen ... wie lebendig ich sein kann.«

Abrupt, mit knallrotem Gesicht, beendet sie die Aufnahme und kichert in ihr Kissen. Sie fühlt sich albern und furchtbar kindisch, und das tut ihr gut.

Sich eine Träne aus dem Augenwinkel wischend, holt sie ihren Laptop hervor, setzt sich aufrecht und klickt auf den Browser-Button. Das Suchfeld erscheint und sie tippt ›policemail.de‹ ein. Links, zwischen ›Startseite‹ und ›Impressum‹, befindet sich die Stellentauschbörse. In der Maske wird gefragt, woher man ist und in welches Bundesland man tauschen will. Sie wählt für beide Bayern aus und prustet durch ihre Lippen, als sie das ernüchternde Ergebnis sieht. Ein mickriges Tauschangebot.

Und dann auch noch für einen Polizeimeister.

Während sie auf dem Bett sitzt, aus dem Fenster starrt und den ziehenden Wolken zusieht, geht sie ihre wenigen Möglichkeiten durch und schaut dann mit einem Grienen auf den Bildschirm.

»Woher bist du? – Bayern. Wohin willst du? – Hessen.« Sie beißt sich auf die Lippen, während sie die Mouse über das Suchfeld schiebt, die Augen schließt und drückt. Nacheinander öffnet sie sie wieder und zieht überrascht die Brauen hoch. »Was geht denn da ab?«

Sieben Direkttreffer sind verfügbar. Allesamt für Kommissare oder Oberkommissare. Es ist sogar ein Tauschwunsch von einem Beamten eines mobilen Einsatzkommandos dabei. Eine Stelle, an die man ohne Weiteres und als Normalsterbliche gar nicht rankommt. Das Erstaunliche befindet sich allerdings weiter unten. Neunundsechzig wollen aus Hessen weg, dreißig geben Bayern als optionales Ziel an.

»Neunundsechzig? – Bezahlen die da ihre Leute nicht?«

Enttäuscht stellt sie fest, dass es nichts in Frankfurt gibt und muss schon wieder über sich selbst schmunzeln, weil sie sich wie ein schwärmender Teenager benimmt.

Weiter unten findet sie zwar eine Stelle bei der Bundespolizei am Frankfurter Flughafen, aber die Anzeige gilt wieder einem Polizeimeister. Alternativ schaut sie sich die Angebote in ihrer Umgebung an. In Baden-Württemberg gibt es ein paar Stellen, aber das beste Angebot wäre in Heilbronn. Einhundertsechzig Kilometer entfernt. Genervt klappt sie den Computer zu.

Über ihr poltert es. Jessika ist wach und mit einem unmotivierten Blick auf die Uhr stellt sie fest, dass es schon nach zwölf ist. Mit einem Achselzucken drückt sie ihre Gedanken aus. *Scheiß drauf. Es ist Sonntag.* Dass eigentlich um dreizehn Uhr ihre Schicht anfangen sollte, verdrängt sie aus ihrem Kopf. Alois soll endlich sehen, was er an ihr hat. *Hatte!*, ruft sie sich ins Gedächtnis zurück, um für sich selbst zu untermauern, dass es der richtige Entschluss sei, sich eine andere Arbeit zu suchen.

Als von oben die Dusche zu hören ist, schlüpft sie in ihre Lieblingssocken, geht in die Küche und holt zwei Pizzen aus dem Gefrierfach. Zu mehr fühlt sie sich einfach nicht imstande. Jessika würde ihre mit Genuss verschlingen und so gar nichts dagegen haben.

Wenn sie allein ist, macht Jessika es immerhin genauso!

Als sie die riesigen, tönernen Teller aus dem Schrank holt und sich umdreht, zuckt sie zusammen und das Steingut zerschellt auf dem Boden. Bleich hält sie sich die Hand auf die Brust und versucht, ihren Atem wieder unter Kontrolle zu bringen.

»Was, zum Henker, willst du hier?«

Jessika kommt die Treppe heruntergerannt. Nur mit Badetuch um den Körper geschlungen. Auch sie bleibt wie angewurzelt stehen. »Papa«, sagt sie tonlos.

Wolf steht am Fenster und hat die Hand zum Anklopfen erhoben. Für Franziska ist es eine Faust, die zum Schlag ausholt.

»Reden«, formen seine Lippen und er zieht sein Gesicht in die verschmitzte Pose, die er immer gemacht hatte, um sie zum Lachen zu bringen.

Es wirkt nicht mehr. Fanni ist erleichtert, dass sein Charme verpufft.

»Reden oder Vorhaltungen?«

»Nur reden«, beteuert er.

»Hat Lois dich vorgeschickt?«

»Nein. – Lässt du mich rein, oder reden wir weiter durch die Fensterscheibe?«

»Steht auf kipp. Ich versteh dich gut genug.«

Wolfs Gesicht drückt seine Frustration in allen Facetten aus. »Ehrlich?«

Sie lässt ihn noch eine Weile zappeln, dann deutet sie auf die Haustür.

4

Die Clique wartet schon ungeduldig auf Mattes, der noch immer – mittlerweile jedoch ungeduldiger – an seinem Dirtbike schraubt.

»Fahrt schon vor!«, ruft er ihnen zu und tritt fluchend wie ein Besessener auf den Kickstarter ein. Erst eine halbe Stunde später springt sein Motorrad endlich an und er stülpt sich den Helm über.

Die Zeit drängt. Der Nachmittag ist schon fortgeschritten, und wenn er nicht bald am Zielort ankommt, wimmelt es dort von greisen Sonntagsspaziergängern. Seine Freunde und er nutzen diese Gegend, um sich ins kühle Wasser zu stürzen. Seen gibt es hier nicht. Nur den Fluss.

Mattes steuert sein Krad direkt nach Norden. Von Höllrich aus sind es kaum zehn Kilometer bis nach Wolfsmünster. Das Wäldchen spendet Schatten und er dreht den Gashebel bis zum Anschlag um. Es befinden sich einige Buckel auf dem wenig befahrenen Weg, die er ausnutzt, um ein paar kurze Sprünge zu wagen. Er ist ziemlich gut darin.

Hinter einer schattigen Kurve, während er springt, formt sich sein Mund in ein weit aufgerissenes O. Die Farbe des SUVs machte ihn fast unsichtbar. Er schickt ein Stoßgebet gen Himmel, während die Reifen nur Millimeter am Wagen vorbeisegeln. Die Landung ist hart, aber er kann seine Maschine abfangen und kommt kurz hinter ihm zum Stehen.

Mattes zittern die Knie. Er steigt benommen vom Motorrad, hockt sich hin und atmet die schattige Waldluft ein.

Er ist allein. Zwar schaut er sich suchend nach dem Besitzer des SUVs um, ruft sogar mehrfach, aber niemand meldet sich oder taucht gar aus dem Unterholz auf.

Es ist ein Touareg, und zwar einer der heruntergekommenen Sorte. Keine Kennzeichen und unzählige Lackschäden, die das matte Kotzgrün nicht verdecken kann. Ihm geht durch den Kopf, dass irgendwer sich möglicherweise gedacht hatte, die Farbe würde es auch nicht schlimmer machen.

Vorne prangt ein mattschwarzer Bullenfänger und am Rückspiegel baumelt Terence, der fette rote Vogel der Angry Birds, den Mattes schon immer am lustigsten fand. Die Kabine ist leer, aber der Schlüssel steckt noch. Mit weiteren verstohlenen Blicken überzeugt er sich, dass wirklich niemand in der Nähe ist, setzt sich hinters Lenkrad und dreht ihn. Zu seiner Überraschung spring der VW ohne jegliche Macken an. Die Tankanzeige zeigt ihm dazu noch knappe dreißig Liter Benzin. Genug, um seinem Ofen fünf kostenlose und randvolle Tankladungen zu liefern. Da sich sein schlechtes Gewissen meldet, kramt er im Handschuhfach, findet aber keinerlei Papiere oder sonst welche Anhaltspunkte über den Besitzer.

Fahren kann er nicht. Er ist auch gerade erst vierzehn, aber widerstehen kann er seinem Drang, es zu versuchen, auch nicht. Mit einem holprigen Satz voran krepiert der Motor unter seinen nervösen Füßen. Dennoch grinst er breit, klettert aus dem Auto, schaut sich abermals um und schickt ein paar Nachrichten an seine Kumpels. Lange würde er nicht warten müssen.

In der ersten Antwort berichten sie ihm schon, dass ihr Areal von senilen Omas in Beschlag genommen ist, Picknickkörbe auf Deckchen ausgepackt und Campingstühle an ihrer Badestelle aufgestellt sind. Mattes interessiert jedoch nur der letzte Satz, dass sie sich auf den Weg machen.

Er selbst kontrolliert in der Zwischenzeit seinen Bock, dessen Vordergabel bei dem riskanten Landemanöver etwas abbekommen hatte. Natürlich kannte er das Risiko, in dieser Kurve ausgerechnet diesen Buckel mitzunehmen. Ein paar Mal durfte er bereits Bekanntschaft mit den Büschen machen, hatte einmal einen Baum geknutscht und sich bei diesem Aufprall das Schlüsselbein gebrochen. Das passierte im letzten Sommer. Aber deswegen von dem Adrenalinkick abzulassen, kommt nicht infrage.

Prompt wühlt er das benötigte Werkzeug aus seinem Rucksack hervor – auch das hat er immer bei sich, obwohl sein Vater ihn oft genug gemahnt hat, dass es zu gefährlich sei, loses Werkzeug darin mitzunehmen –, und untersucht die Stoßdämpfer. Mattes ist der Schrauber der Clique. Seine Fertigkeiten machen ihn für seine Freunde so wertvoll. Stolz darauf ist er ohnehin.

5

Jessika zupft nervös an ihrem Kleid. Ihr Zuhause ist gerade alles andere als eine Wohlfühloase. Wolf und Franziska sind nun schon zwei Stunden lang dabei, einander Vorhaltungen zu machen, und es geht gerade in die Vollen. Intuitiv hält sie zu ihrer Mutter, was nicht sonderlich verwunderlich ist, schließlich hatte sie ihren Vater seit ihrem elften Geburtstag nicht mehr gesehen. Auch sie will Antworten. Einige von denen hatte ihr der Streit schon beantwortet. Aber noch längst nicht alle.

Franziska steht in der amerikanischen Küche und beäugt ihren Ex-Mann argwöhnisch. Der nimmt gerade seine typisch fläzige Sitzposition ein und schaut zu Jessika hinüber, die nicht richtig weiß, wie sie sich verhalten soll.

Endlich bricht er das Schweigen und quält sich die übliche Standardfloskel über die Lippen. »Und? Wie geht's dir?«

Fanni plustert die Wangen auf und schüttelt den Kopf.

»Was?«, fragt Wolf verärgert.

»Was Besseres fällt dir nicht ein? Du hast noch vergessen, zu fragen, wie's in der Schule läuft.«

»Ganz gut«, piepst Jessika dazwischen, die das nächste Gewitter zu verhindern versucht. »Und in der Schule ist alles gut.«

»Schön«, lächelt Wolf und grinst Fanni breit zu.

»Wo bist du gewesen?«, fragt Jessika.

Franziska lacht kurz auf und Wolfs Lächeln stirbt ab. »Ich lasse euch dann mal alleine, was?«, sagt sie schnippisch und nimmt ihre Tasse, um in den

Garten zu gehen. Noch immer in Socken und nur im Nachthemd. Dort läuft sie Alois in die Arme.

»Habe ich Tag der offenen Tür?«

Ihr Chef schaut über ihre Schulter, was ihm reichlich schwerfällt. Fanni in Unterwäsche ist ein seltener und lockender Anblick für den Witwer. Aber er kann sich zusammenreißen und findet die beiden Personen am Stubentisch sitzend. »Wolf?«

»Ja. Ich dachte schon, du hättest ihn mir auf den Hals gehetzt.«

»Des würd i nie tun.«

»Natürlich nicht«, antwortet sie mit verzogenen Mundwinkeln, freut sich jedoch, dass er wenigstens versucht, hochdeutsch mit ihr zu sprechen. »Auf den Kaffee musst du warten, bis die beiden fertig sind. – Setz dich doch.«

»Fanni i ...«

»Schon gut. Dass er vorbeigekommen ist, hat wenigstens auch mich ein bisschen zur Vernunft kommen lassen. Es tut mir leid, Lois. Ich wollte dich vor versammelter Mannschaft nicht so anfahren.«

»Also kündigst du ned?«

»Doch!«, kommt es schlagartig aus ihrem Mund. »Sicher. Natürlich kündige ich, wenn du mir nicht hilfst, schnellstens eine Versetzung zu bekommen.«

»Du weißt, dass i di ned gern gehen lass. Aber schön. Wo magst hin?«

Fanni zieht ihre Schultern hoch und atmet hörbar aus. »Das ist eigentlich nicht so wichtig. Irgendwo in der Nähe. Baden-Württemberg vielleicht oder Hessen. Da wollen viele weg.«

»Wird scho sei Gründ ham.«

»Ja, mein Grund ist der da.«

»I moan eigentlich des mit die Hessen.«

Fragwürdig scheint es ihr auch, dass so viele Kollegen das Bundesland verlassen wollen. Allerdings liegt Frankfurt noch im Pendelbereich. Eine große und pulsierende Stadt, in der sie mit Sicherheit gute Aussichten auf eine neue, gut bezahlte Arbeitsstelle haben würde. – *Und Bea*, grinst sie.

»Was lachst?«

»Nichts. – Also, wie hast du dir das jetzt vorgestellt?«

»Fanni i wui Wolf dena Foi geb'n.«

»Dann will ich meinen Urlaub. Und deutsch, Lois.«

»Kannst damit ned warten, bis mia dena Foi abg'schlossen ham?«

»Dann sag, dass du mich brauchst. Und wenn du mich brauchst, dann kannst du eigentlich auch gleich sagen, dass es mein Fall ist und er es auch bleibt.«

»Fanni ...«

»Ja doch.« Sie nippt an ihrem Kaffee. »Ich verstehe dich einfach nicht. Gut, Wolf hatte mal da diesen ...«

»Er hat ihn ins G'fängnis g'bracht und der hat fünfzehn Johr kriagt. Wolf hod ois richtig g'macht.«

»Und das kriegt eine Frau nicht hin?«

»Ah! Des is a Schmarrn.«

»Warum traust du's mir dann nicht zu? Meine Noten sind um Längen besser als seine. Du kennst meine Unterlagen.«

»Es wär dein erster Mord.«

»Ist es, weil ich nicht mit dir ins Bett geh? Willst du mich nageln, Lois?« Fanni zieht wieder dieses Gesicht, das er unmöglich interpretieren kann. Die Scherze kennt er von ihr schon. Tief drinnen hofft er aber immer auf die winzig kleine Chance, mit ihr anbändeln zu können.

Sie erlöst ihn von seinen Qualen. »Ja, es war ein Scherz. – Entschuldige.«

»Übrigens hob i wos für di.« Er überreicht ihr die abgestempelten Unterlagen des Meldeamts. Die Rückänderung ihres Namens.

»An einem Sonntag? Wie hast du das geschafft?«

»Bin i Bürgermeister oda bin i Bürgermeister?«

»Danke, Lois«, seufzt sie voller Erleichterung und lächelt wegen ihres Namens.

Alois' Handy klingelt und Fanni fordert ihn auf, ranzugehen. »Huber. – Wos für a Touareg? – Mei, schafft's dena fort und nehmt's die Personalien von dena auf. – Naa, koa Absperrung. Des is a Waldweg. Mia ham Walbrandg'fahr. – Ja wegen dera Feuerwehr. – Servus.« Stöhnend lehnt sich Alois zurück.

»Auto?«

Er nickt.

»Und?«

»I dacht du hätt'st g'kündigt?«

»Du hast noch nicht akzeptiert«, argumentiert sie, in der Hoffnung, er würde seine Meinung ändern.

»Mogst dena Monat noch fertigmachen?«

»Und in welcher Abteilung?«

»Kripo. Aber i hab Wolf scho ang'fordert«, gibt er um Gnade flehend zu.

»Also alles andere ...«, stöhnt sie und legt den Kopf in den Nacken.

»I versprech dir aa, des i mi anstreng, eine neue Stelle für di zu finden. Schnellstens.«

»Und, dass du mir den da«, sie macht eine kurze Nackenbewegung zum Wohnzimmer hin, »vom Leib hältst.«

»I schwör!«, antwortet Alois.

»Also, was ist mit dem Touareg?«

6

Gelangweilt zappt er an diesem Montagmorgen durch die Kanäle. Nirgends wird von dem Fall berichtet, obwohl es doch längst an der Zeit wäre. Es frustriert ihn und macht ihn wütend.

Vielleicht muss ich meinen Trumpf ziehen. Ja, vielleicht.

Mehrere Minuten starrt er auf den Knopf seiner Fernbedienung, springt dann auf und holt das iPad. Mit ein paar Klicks findet er das Video, öffnet den Browser mit dem Logo einer giftgrünen, verseuchten Weltkugel und fügt es dem Anhang bei. Kurz bevor er es abschicken kann, hört er bekannte Stimmen im Fernsehen und schaut auf. Dort nimmt gerade Alois Huber Platz und neben ihm ein Mann, dessen Gesicht ihm nichts sagt.

»Guten Morgen«, murmelt der Polizeichef ins Mikrofon und lässt das Blitzlichtgewitter über sich ergehen. »Mia ham die Bestätigung ...«

Er muss grinsen, als er Hubers aberwitzigen Versuch hört, in normalem Deutsch zu reden.

»... dass es sich um die fünfzehnjährige Vanessa handelt. Aus Gründen von dera Diskretion möchte ich Sie bitten, die Familie ned zu belästigen. Neben mir ist der zuständige Oberkommissar Schmitt, der uns von der Kripo in Bad Kissingen freundlicherweise überstellt wurde und diesen Fall übernehmen wird.«

Sein Gesicht ist farblos. Unter der fahlen Haut zucken seine Muskeln wie unter Strom und an seinen Mundwinkeln bilden sich Bläschen. Er merkt gar nicht, wie der Touchscreen unter seinen verkrampften Fingern warnend knackt.

»Guten Morgen«, beginnt Wolf, dessen Hochdeutsch deutlich besser ist, als das seines Chefs. Brav beantwortet er die Standardfragen der Presse, von denen er etwa die Hälfte völlig unbeantwortet lässt und die andere Hälfte durch Wiederholungen routiniert abspeist. Keine Hinweise auf den Täter, keinerlei Anhaltspunkte eines Motivs und die Spurensicherung wertet noch aus.

Die wertet nix mehr!
Gleichzeitig mit diesem Gedanken gibt das iPad in seiner Hand ein Ping von sich und er sieht ein drohendes Minuszeichen und eine 500, die sofort von seinem Scoreboard abgezogen wird. Außer sich wirft er das Pad von sich. Es zerschellt an der massiven Betonwand.

7

Während ihr Ex sich gefügig den Fragen der Presse stellt, parkt Rosenheim-Schoasch den Streifenwagen vor einem Einfamilienhaus in Höllrich. In der Einfahrt steht ein Motorrad, vor dem ein Junge hockt, der fluchend versucht, die Gummiverkleidung über den Stoßdämpfern zu entfernen.

»Guten Morgen«, sagt Franziska und lächelt zuckersüß. »So früh schon am Basteln?«

»Immer!« Er wischt sich die schmierigen Finger am Blaumann ab und lächelt zurück.

»Mattes, richtig?« Er nickt. »Darf ich noch Du sagen?«

»Freilich. – Darf i aa Du sagen?«

Fanni schmunzelt ob der Frechheit. »Ausnahmsweise.«

»Also, die Karre stand da mitten in der Kurve. I wär fast drauf geknallt.«

»Und der Wagen war verlassen?«

Mattes nickt wieder. »I hab sogar gerufen, aber es ist niemand gekommen.«

»Vielleicht war der nur Benzin holen? Der Tank war schließlich leer und der Schlüssel steckte noch.«

Dem Jungen schnürt es den Hals zu, dennoch nickt er weiter. Seine Hautfarbe hatte ihn aber schon ohne sein Zutun verraten.

»Wie viele Liter habt ihr rausgenommen?«

»Sie sind Kommissarin, was? Sie sind gut«, muss er lächeln.

»Waren wir nicht schon beim Du?«, stichelt sie.

Mattes grinst verlegen. »Naa, lieber ned. – Die Sache mit Vanessa ...«

»Weißt du was darüber?«

»Gar nix«, wiegelt Mattes schnell ab. »I wollt nur sagen, dass es mir leidtut.«

»Kanntest du sie?«

Er lacht kurz auf. »Jeder kennt, kannte, Nessi. Sie war das hübscheste Mädel in der ganzen Schule. – Stimmt es, dass man ihr mit einem Stein das Gesicht zertrümmert hat?«

»Darüber darf ich nichts sagen.«

Mattes nickt. »Waren Sie schon beim Michl?«

»Michl?«

»Michael Stifel. – Ihr Ex.«

»Ex?«

»Sie haben sich vor einer Woche getrennt. Ein Grüner. Der macht die Offizierslaufbahn.«

»Woher kennst du ihn?«

»Nessi hat ihren Beziehungsstatus immer aktuell gehalten. Auf Facebook. Sie hat richtig mit ihm angegeben, weil er schon achtzehn war. Seinen Namen konnt' i mir nur merken, weil der wie der olle Mathematiker heißt. Michael Stifel. Kennen Sie den?«

»Nein. – Er ist achtzehn, sagtest du. War Nessi da schon fünfzehn?«

»Naa! Dreizehn. Und ihr Ex ist jetzt bestimmt schon zwanzig. – Sie waren lange zusammen.«

»Weißt du, warum sie sich getrennt haben?«

»Er war wohl sauer wegen der Weinkönigin-Sache.«

»Wieso das?«

»Sie hat Fotos von sich gepostet. In den Dirndls.«

»Eifersucht?«

Mattes nickt. »Klar, wär i auch, wenn meine Freundin ihre Titten in die Kamera hält.«

»Hattest du denn schon mal eine Freundin, Mattes?« Er schaut verlegen auf seine Füße.

»Also, zurück zum Benzin ...«

»Das war ned meine Idee, Fräulein ...«

»Fanni.«

»Dreißig Liter, etwa.«

»Gutes Benzin?«

»I find schon. Mein Hobel geht ab wie ...«

Fannis triumphierendes Lächeln hat einen ganz besonderen Charme.

»Es ist jedenfalls noch frisch, wenn man das so sagen kann. Es riecht noch frisch«, bekräftigt Mattes.

Franziska schaut ihn fragend an. »Du merkst so was? Wie alt Benzin ist?«

»Frisches Benzin riecht viel intensiver. Und beim Fahr'n merkt man's. Es zündet besser. Kennen Sie das ned?«

»Nicht so. Aber ich schraub auch nicht an Autos rum oder so.«

Mattes grinst über beide Ohren und entblößt seine Zähne. »Mein Hobby. I schraub für fast alle hier im Dorf.«

»War sonst noch irgendwas an dem Touareg?«

»Außer dass er potthässlich ist? Naa. Also, der hat 'ne ziemliche Delle auf der Beifahrerseite. Auffahrunfall denk i. Keine Ahnung.«

»Auffahrunfall?«

»Die Tür hinten ist fast völlig aus den Angeln. I glaub ja, dem ist einer reingefahren. Aber dann würde i das doch bei der Polizei melden und den Wagen ned einfach so im Wald abstellen.«

»Würde ich auch nicht.«

»Siehst?« Langsam wird Mattes wieder locker. »Also, warum steht der da rum? Und dann noch an so einer beschissenen Stelle, wo ihm jeden Moment noch einer rein ...« Seine Augen werden groß.

»Hast du schon mal daran gedacht, später Bulle zu werden?«, lächelt Fanni ihm zustimmend entgegen.

»Nun veräppeln's mi, was?«, lacht der Junge.

»Gar nicht. Du hast einen guten Instinkt.«

Verlegen schaut Mattes auf seine schmierigen Finger, während hinter ihnen die Tür auf geht und Mattes Vater den Kopf hervorschiebt. »Alles in Ordnung?«

»Natürlich, Herr Gerbrand.« Sie geht hin und schüttelt ihm die Hand. »Mattes hat uns sehr geholfen.«

»Wirklich?«

»Ich hab grad zu ihm gesagt, er sollte mal überlegen, Polizist zu werden.«

»Mein Bub?«

»Oder er wird Motocross-Fahrer. Egal«, winkt sie ab.

»Das wohl eher«, grinst Mattes.

»Hast du eine Probe von dem Benzin da, das du aus dem Wagen geholt hast?«

Augenblicklich ist sein freudiger Ausdruck verschwunden und Mattes Vater starrt ihn finster an.

»Im Kanister.«

»War der leer?«

»Wieso?«

»Na, wenn er mit anderem vermischt ist ...«

»Ah, du willst feststellen ...«

»Mattes!«, fährt ihn sein Vater an.

»Schon gut, Herr Gerbrand. Ich hab es ihm erlaubt.« Verblüfft schließt der wieder den Mund.

»Also?«

»Ja, der war leer.«

»Na hoffentlich, sonst wird das nix mit der Überprüfung.«

»Wenn Sie mich fragen«, Mattes reißt sich zusammen, weil sein Vater dabei steht und es sich schlicht richtiger anfühlt, »ist es Aral oder BP. Vielleicht auch Shell. Riecht aber mehr nach Aral.«

»Kann ich was haben?«

Mattes winkt Franziska, ihm zu folgen. In der Doppelgarage, die, was Franziska vollkommen geschockt feststellen muss, sauberer ist als ihre Küche an manchen Tagen, geht er direkt in eine Ecke und holt den Plastikkanister hervor. Mit schnellen Handgriffen hat er ein Glas, Schlauch und Schraubverschluss parat, angesaugt und das Glas zur Hälfte gefüllt, noch bevor sie richtig seine Sammlung unterschiedlichster Kennzeichen bestaunen kann.

»Wow. Wo kriegst du die her?«

»Internet. – Die da oben«, er führt sie stolz herum, als wären sie gerade in der Sankt Petersburger Hermitage oder im Louvre von Paris, »ist aus Texas, sehen Sie? Die ganze Ecke da ist aus Amerika. Hier ist eins aus Australien und sogar eins aus China.«

»China?«

»Klar! Aber die sind schwer zu kriegen.«

»Deutsche sammelst du nicht?«

»Doch, hier drüben«, zeigt er auf die gegenüberliegende Wand »Die hab i alle im Wald gefunden. Sogar eins aus Ungarn, eins aus Polen, Tschechien und sogar Russland. Sehen Sie? Und …«, er öffnet eine Schublade, um seinen liebsten Schatz hervorzuholen, »… i hab sogar ein Ossi-Kennzeichen. BDJ! Des is …«

»Kreis Güstrow, Bezirk Schwerin«, sagt Sie fast schon andächtig.

»Sie kennen sich aber echt gut aus!«

Sie lächelt, als sie sich zu ihm umdreht.

»Ich bin da geboren worden.«

»Sie sind 'ne Ossi-Braut? Wow!«

Fannis Lächeln erstarrt. Oben an der Wand, nur provisorisch hinter ein weiteres und weitaus älteres Kennzeichen geklemmt, prangt eine Kombination, die ihr beinahe den Boden unter den Füßen fortzieht: F-BH 1991. »Wo hast du das her?«, fragt sie aufgeregt und packt Mattes am Ellenbogen.

Sie klingt so schroff, dass der Junge augenblicklich zusammenzuckt. »Das lag im Wald. Irgendwo im ›Hang‹, glaub i. Ne Freundin wohnt in Münster. Die hab i gestern noch heimgefahren.«

»Kannst du mir zeigen, wo genau?«

»I kanns versuchen. Sie müssen mich aber mitnehmen. Meine Telegabel hat 'nen Knacks.«

8

Auf der Video- und Pic-Plattform von R.A.C.L.
fällt sein Rating gerade ins Bodenlose. Mit jedem
Wimpernschlag. Zähneknirschend ruft er den
Upload auf. Eigentlich ist es dafür noch viel zu
früh. Das hier sollte das Feuerwerk um Mitternacht werden. Der alles krönende Abschluss. Ein
Zusammenschnitt aller Schritte. Vom ersten Aus-
wahlverfahren bis hin zum großen Finale. Dem
Moment, an dem eine dicke, grelle 1 auf dem Scoreboard steht, virtuelle Sternchen über den Bildschirm tanzen und zehntausend Coins auf sein
Konto prasseln. Dann, erst dann, wollte er es noch
mal so richtig krachen lassen.
Im Gegensatz zu seinen Mitstreitern prangen auf
seinem Account nur Snapshots. Ein wenig ver-
wackelte Bildchen, die gerade genug über den
Fortschritt seiner grandiosen Idee erzählen. Die
meisten hatten Videos, für die sie in kürzester Zeit
Punkte eingefahren hatten. Ein primitiver, Effekt
haschender Schachzug, um schneller auf dem
virtuellen Scoreboard aufzusteigen. Aber er will
etwas Besonderes sein. Er will aus der Masse
hervorstechen. Und Vorschusslorbeeren hatte er
schon mehr als genug eingefahren. Schon allein,
weil seine Wahl auf eine Kommissarin der Kripo
fiel. Kein Streifenbulle, der kurz vor der Frührente
steht. Oder gar den Veteranen, den sich K.J.4276
aus Christchurch, Neuseeland, vornimmt.
Nein! Eine heiße, deutsche, blonde Kommissarin.
Lebenslauf, Profilbild samt Adresse, E-Mail-
Account und IP, brachten fünfhundert Punkte ein.

Festnetz- und Handynummer dann noch mal je einhundert. Ein Nacktbild, aufgenommen unter der Dusche im Freibad, brachte sogar tausend. Dann satte zweitausend Punkte für den Shot von Vanessas vollkommen zersprungenem Gesicht unter dem spitzen Granit. Dazu noch Zusatzpunkte für gesammelte Zeitungsschnipsel und ein Foto der Eltern, als sie sich gegenseitig stützten.

Franziska Schmitt, eins-einundsiebzig, siebenundsechzig Kilogramm, 79-64-81, 80B, kauft meist bei BonPrix und mit Payback-Karte, deren Punkte sie auf ihrer VISA gutschreiben lässt, um für das Töchterchen Jessika ...

Jessika!

Noch nicht! Es ist noch viel zu früh!, ermahnt er sich selbst.

Natürlich ist die Vierzehnjährige schon in das Gesamtbild eingeplant.

Aber erst für das Ende. Das große Finale!

Sein Blick wandert zur Uhr, auf dessen Display grüne Icons in Streifen herunterregnen. Eine Hommage an seinen Lieblingsfilm Matrix. Mittig bilden die laufenden Lichtpünktchen dann die Zeit. Zehn Minuten bleiben ihm noch, um sich das gut zu überlegen. In zwölf Minuten ist Live-Rating. Es dauert etwa eine, um seinen dreißig Sekunden langen Streifen hochzuladen. Dann müssen seine Mitspieler ihn natürlich sehen, damit er ins Rating kommt. Aber das werden sie. Bei Videos dreht die Community total durch. Sie stürzen sich darauf, als wäre es eine Gratisprobe Freebase. Schon öfter hatte er sich vorgestellt, wie die Typen, die sich mit ihm messen wollen, mit

Kokain-Pfeifchen vor dem Schirm sitzen und sich den kranksten Scheiß aus dem Netz reinziehen, während sie grinsen wie eine Herde trotteliger Schafe. Einige von denen sind sicher von genau dieser Sorte. Andere – wie auch er – sehen dem Spiel lieber mit klarem Kopf zu.

Das Beste genießt man nüchtern!

Auf seinem Schreibtisch summt das Handy. Er stöpselt seine Kopfhörer ein und lauscht.

»Lois, ich brauche Luftaufklärung!«
»Wos?«

So dämlich kann auch nur der sein.

»Frag nach, ob sich Frau Habermann schon zu ihrem Dienst in Frankfurt zurückgemeldet hat.«
»Himmelherrschaftszeiten! Wieso?«
»Ich hab ihr PKW-Kennzeichen.«
»Schmarrn! Des fällt doch ned vom Wagen.«
»Eben!«

Der Kontakt reißt ab. Sein Intellekt schließt darauf, dass sie schon in dem Wald ist, wo er den Toyota abgestellt hatte. Die Leiche verweste jedoch an einem anderen Ort.

Obwohl die Gefahr, dass sie ihm dicht auf den Fersen sein könnte, äußerst gering ist, grübelt er dennoch, woher sie dermaßen schnell diese Information bekam. Wieder einmal ermahnt er sich, nicht mehr so schluderig zu sein. Alle paar hundert Meter anzuhalten, während er den Corolla über Schleichwege durch den Wald bugsierte, nur um sich zu vergewissern, dass ein *beschissenes* Nummernschild nicht von der *scheiß* Karosserie fällt, war unmöglich. Es war einfach purer Zufall.

Egal! Du hast dir nun mal keinen Bullen von der Sitte geholt, sondern eine Kommissarin! Und du hast das zweite Kennzeichen entsorgt. Alles ist gut!

Es ist an der Zeit. Sollte dieser neue Fehler auch noch durchsickern – er ist sich ziemlich sicher, dass er mindestens einen Whatcher in seinem Nacken hat –, braucht er diese Punkte, um sich nicht unter den Schlusslichtern einzureihen.

Er klickt auf ›Senden‹ und wartet, bis der Browser sich ausloggt.

9

Seine Vermutung stimmt. Franziska ist tatsächlich in den Hangwäldern. Ein sehr unübersichtliches Gebiet, gerade im Sommer. Da ist das grüne Dach geschlossen. Ein Paradies für passionierte Pilzsucher. Nur, dass es gerade etwas zu trocken ist und die Fruchtkörper darum spärlicher sprießen.

Während der Fahrt – Mattes hatte sich mit Georg unterhalten, der ihm sämtliche Knöpfe für das Blaulicht und die Sirene erklären musste –, sickerten bei Fanni erstmals Gefühle mit in ihre Laune. Gemeinhin ist sie abgeklärt und sachlich. Es überrascht sie, dass es sie so dermaßen mitnimmt, Beatrice' Kennzeichen in der Garage der Gerbrands gefunden zu haben. Sie macht sich Sorgen und das irritiert sie.

Georg hatte den Streifenwagen an der geschätzt höchsten Stelle des Hangwaldes abgestellt. Sehen konnte man dennoch kaum etwas. Mattes fand die alte Stelle nicht wieder, auch nachdem er alle Wege abgegangen war, die er seiner Meinung nach gefahren sein könnte. Dabei kristallisierte sich eine Strecke heraus, aber sie fanden trotz provisorischer Suchkette keine weitere Spur.

»Wie wahrscheinlich ist es, des jemand, der von Hammelburg nach Frankfurt will, hier durchkommt?«, fragt Franziska, die genervt auf einem großen Felsen sitzt und die ganze Sache nochmals durchgeht.

»Null Komma null-eins-vier Prozent«, murmelt Mattes abwesend.

»Was?«

»Mein Vater ist Mathelehrer«, winkt er ab. »An meiner Schule. Also musste ich in den Leistungskurs. Das ist keine schöne Sache.«

»Bist du dir aa wirklich sicher, dass es ihr Kennzeichen is, Fanni?«, fragt Georg.

Sie knetet sich die müden Waden und bekräftigt ihre Frustration mit einem lang anhaltenden Seufzer. »Ich merke mir solchen Scheiß, Schoasch. Ich bin mir absolut sicher.«

»Aber, wos hod sie hier g'macht?«

Darauf hat Franziska keine Antwort.

Über ihnen kreist ein Hubschrauber. Wahrscheinlich konnten die nicht einmal sie hier unten sitzen sehen, geht es Franziska durch den Kopf und müht sich frustriert wieder auf die Beine. »Das bringt nichts. Wir müssen wohl auf die Pilzsammler warten. Vielleicht haben die mehr Glück.«

Georg und Mattes stimmen zu.

Bei der Rückfahrt schweigen alle drei. Die ersten Worte fallen wieder, als sich Mattes von ihnen verabschiedet.

Auf der Inspektion wartet Alois schon ungeduldig. Er will mehr Informationen, wieso er einen Hubschrauber losschicken sollte – was er ohne nachzufragen auch getan hatte, schließlich ist auf Fanni Verlass – und was ihrer Meinung nach auf dem ruhigen Fleckchen Erde, genannt Hammelburg, plötzlich los ist.

»Ich habe keine Ahnung, Lois. Ich finde es nur recht sonderbar, dass die ausgeliehene Ermittlerin der Spurensicherung einen Umweg durch den ›Hang‹ macht, wenn sie doch nur nach Frankfurt muss. Nicht annähernd ihre Strecke.«

»Sie hat si noch ned z'ruckg'meldet. Die von dera Spurensicherung ham g'sagt, sie hätt heut Deanst g'hobt. Aba sie is ned a'fg'schlog'n.«

Franziska schmerzen die Ohren. »Lois, bitte.«

»Jedenfalls haben die sie og'piepst. Sie melden sich, wenn sie antwortet.«

»Danke.«

»Meinst du, es gibt einen Zusammenhang?«, hört sie Wolf fragen, der in der Tür steht, lässig gegen den Rahmen gelehnt.

Fanni zieht wieder die Schultern hoch. Es ist mehr ein flaues Gefühl, als eine Ahnung. Aber selbst wenn sie eine Idee hätte, würde sie die Wolf wohl kaum mitteilen.

Zumindest jetzt noch nicht.

»Also«, bricht sie das drückende Schweigen, während sie sich an ihren Schreibtisch setzt. »Der

Touareg ist in der Werkstatt. Die Fotos krieg ich morgen früh. Was jetzt? Soll ich ins Freibad gehen und den Kids Flaschen nachräumen?«

»Ich hätte lieber, dass du mit mir im Mordfall ermittelst«, sagt Wolf und sieht auffordernd zu Alois hinüber.

»I dacht«, beginnt der nach einer kurzen Verschnaufpause, »du und Wolf ... Ihr denkt ziemlich ähnlich.«

»Das wag ich zu bezweifeln«, spottet Fanni.

»I wui dena Foi ned mochen. I bin schließlich aa ned von der Kripo, wie ihra zwoa.«

»Lois, deutsch!«

Er winkt ab. »Es wär besser, wenn Wolf den Fall übernimmt und du unter ihm arbeitest«, stammelt er.

Wolf lehnt noch immer am Türrahmen und grinst schief.

»Der kriegt mich nie wieder unter sich.«

Langsam fällt auch bei Alois der Groschen. »Ja, des wor jetzt unglücklich.«

»Fanni ...«, will Wolf etwas einbringen.

»Franziska.«

»Franziska. – Du bist besser als ich.« Sie hat Probleme, die Kiefer wieder aufeinander zu bringen.

»Ich brauche dich«, fährt er fort. »Du kombinierst nun mal schneller und abstrakter, als ich es kann.«

»Versuchst du gerade, dich einzuschleimen?« Sie sieht zu ihrem Chef hinüber. »Ist das vielleicht deine Idee, Lois?«

Der verzieht grinsend die Mundwinkel, lehnt sich im Sessel zurück und kreuzt die Arme in seinem

Nacken. Er hat das Gefühl, als würde ihm schon bald ein zünftiges Schauspiel geboten.

»Nein, meine. Es ist mir ernst. Ich bin nicht mehr der ...«

»Du wirst immer der sein!«, unterbricht sie Wolf.

»Man könnt meinen ...«, schmunzelt ihr Chef.

»Klemm dir das, Lois!«, fährt sie ihn bitterböse an.

Wieder hebt er beschwichtigend die Hände und wartet, bis sie sich beruhigt. »Also? Euer erster Schritt?«

»Frag ihn, er ist doch mein Chef.«

»Wir müssen noch mal zu den Aschbrenners. Wir müssen rauskriegen, wer Vanessas Freund war.«

»Michael Stifel, neunzehn oder zwanzig Jahre alt, Offiziersanwärter. Er war eifersüchtig, wegen der Sache mit der Krönung.«

»Woher ...«, stottert Wolf.

»Ich bin Kriminalkommissarin. Ich weiß alles.« Alois grinst breit. *Eins zu null für Fanni*, denkt er.

»Was weißt du noch?«

»›J‹ sagte, Vanessa hat mit ein paar Soldaten rumgemacht. Nach der Krönung.«

»Und dieser ›J‹ ist?«

Sie sieht ihn entgeistert an. »Diese ›J‹ ist unsere Tochter. Jessika. Erinnerst du dich an sie? Das war die Kleine, die sich immer unter dem Bett versteckt hat, wenn du total besoffen warst, rumbrülltest und mich verprügelt hast!«

»Woher sollte ...«

»Kannst du nicht! Du hast dich ja verpisst!«

»Hod's eich?!«, donnert Alois' urige Stimme durch das Büro. »Vergessts ned, dass ihra Polizisten seids. Kommissare, sakra! I kriag Kawwen mits eich! Ihra sollts Vorbilda san, ned Schnaxla, di si ogift'n! Fanni, mira ham a Foi! Los! Wolf! Etza!«

Die Tür knallt ins Schloss. Fanni und Wolf sehen sich verstört an.

10

Am späten Nachmittag fährt der Streifenwagen vor das Tor. Er, hinter Jalousien verborgen, sieht sie kommen, fühlt sich aber dennoch sicher, dass er nicht ihr Ziel ist. Hinter ihm pingt der interne Lautsprecher seines Laptops, seit einer halben Stunde unentwegt. Das kurze Video hat ihm den Arsch gerettet. Bis jetzt klingeln schon neunhundertsiebzehn Punkte auf seinem Scoreboard.

Zurück in der Top 10.

Die M4V-Datei, ohne Ton – das würde zu viele Megabytes brauchen – zeigt die vollkommen verwirrte Beatrice Habermann – fünfundzwanzig, eins-neunundsechzig, 75B, Pathologin im Auftrag der Staatsanwaltschaft und des LKA Hessen, wohnhaft in Frankfurt am Main –, wie sie auf einer trockenen, staubigen Landstraße liegt. Ihr Kopf rollt unkontrolliert von links nach rechts und wieder zurück. Einige Male zoomt das Bild heran, dann kann man erkennen, wie ihre Lider flattern und die Tränen an den Seiten aus den Augen rinnen.

Dann schlägt ein Stein in ihr Gesicht ein. Mittig. Gezielt. Genau in dem Moment, wo sich ihre

Augen weiten und sich ein Ausdruck des Entsetzens auf ihre zarte Haut malt. Was in ihrem Schädel war, quillt im nächsten Moment aus ihren Ohren. Es ist nur in SD, in Standard Definition, weshalb man nicht genau sehen kann, was da alles zwischen den zerschmetterten Knochen hervorspritzt. Ein Auge ploppt heraus, baumelnd am Sehnerv, und klebt sich an ihre verschmierte Wange.

Der Zoom fährt zurück. Man sieht ihre Beine zappeln. Hände, die planlos zum Felsen schnellen und schlaff zu beiden Seiten fallen.

Dann ein Schnitt. Beatrice und Franziska in einem Restaurant. Sie lachen, kichern, reden. Franziska wirkt schüchtern, Beatrice selbstbewusst. Schließlich der Moment, als sie sich sehr nahe sind. Der innige Augenblick, als Beatrice Franziskas Wange küsst.

Ein weiterer Schnitt. Der dunkle Granit. Eine schwarze Hand, die einen Lippenstift dreht. Dann Pünktchen, Pünktchen, Komma und ein liebevoller Bogen. Das Grinsen auf dem Stein.

Dreißig Sekunden, eintausend Punkte, und es kommen immer noch mehr. Zufrieden schaut er wieder aus dem Fenster. Es ist Franziska. Neben ihr der Mann, den er von der Pressekonferenz kannte. Schnell schießt er ein Foto, schickt es via Bluetooth an den Computer und lädt es hoch.

Vielleicht gibt es noch eine Möglichkeit, die 500 Minuspunkte zu revidieren.

Er kann es nur hoffen. Wenn, dann wäre er auf Platz zwei. Mit vier Punkten Vorsprung auf seinen Verfolger.

11

»Ich fühle mich beobachtet«, bemerkt Franziska. Wolf, der die empathische Ader seiner Ex-Frau kennt, schaut sich instinktiv um, bemerkt aber nichts Sonderbares.

Es hatte ewig gedauert, bis der Staatsanwalt sich mit der Bundeswehr arrangierte. Erst nach mehrfacher Bekräftigung, dass es nur um eine Routinebefragung ginge, der Junge keinesfalls ... *Ach, woher sollte er denn auch!* ... als tatverdächtig gilt, sondern einfach eine auf Facebook öffentlich bekannt gewordene Liebesbeziehung zu dem Opfer hatte, weshalb man der Sache auch nachgehen muss, lenkten die schließlich ein. Vor der Kaserne wartet schon ein schneidiger Offiziersanwärter.

Franziska hatte sich das Profil von Vanessa Aschbrenner angesehen, ihre Fotos durchsucht und erkannte so den jungen Mann als Michael Stifel.

Mattes hatte im Übrigen recht, stellte sie fest: Er ist ein Namensvetter des ihr unbekannten Mathematikers und Theologen, der Anfang des 16. Jahrhunderts hauptsächlich in Thüringen lebte.

Stifel gibt beiden die Hand und führt sie in den Besucherraum, der sich an das Wärterhäuschen anschließt. Ein freundlicher Raum mit Gardinen und silbern schimmernder Blümchentapete. Franziska beginnt die Befragung: »Sie wissen, warum wir hier sind?«

»Es geht um Vanessa.«

»Sie hatten eine Beziehung?«

»Ja.«

»Und Sie waren eifersüchtig, wegen ihrer Profilbilder im Dirndl«, setzt Fanni ihm zu. »Die, mit den tiefen Ausschnitten.«

»Ja, war ich. Sie haben die Selfies auf ihrem Facebook doch gesehen!« Fanni nickt. »Können Sie sich vorstellen, was das hier für Wellen geschlagen hat? Das ist eine Kaserne. Ich konnte das Pfeifen und das Gegröle einfach nicht mehr ab.«

»Also haben Sie mit ihr Schluss gemacht?«, hakt Wolf nach.

»Ja.«

»Wann war das?«

»Letzten Mittwoch. Sie war sauer, dass ich keinen Freigang für ihre Krönung bekommen hatte.«

»Hätten Sie wirklich keinen bekommen? Seien Sie ehrlich.«

»Doch«, gibt er zerknirscht zu. »Ich wollte mir den Scheiß nicht antun. All die alten sabbernden Kerle, die ihr auf die Titten starren.«

»Apropos alte Kerle: Sie wussten, dass das Mädchen erst dreizehn war, als Sie sich beide kennenlernten?«, stichelt Wolf.

»Ja!« Beide bemerken den schnellen, cholerischen Anflug in seiner Stimme. »Ich kenne meine – unsere Rechte. Wir hatten erst an ihrem Geburtstag Sex. Ich weiß, dass das nicht strafbar ist, auch wenn Sie das wohl gerne hätten.«

»Wieso kennen Sie sich damit so gut aus, Herr Stifel?«, übernimmt Fanni wieder.

»Weil ich nun mal selbst daran interessiert bin, keine Straftaten zu begehen. Ich hatte mich in Nessi verknallt. Und als es dann mehr wurde, wollte ich wissen, wie weit ich gehen darf.«

»Wie schön, dass es das Recht der sexuellen Selbstbestimmung gibt, was?«

»Ich habe sie nicht gezwungen!«

»Hat das jemand behauptet?« Michael Stifel ist diese Vernehmung sichtbar unangenehm. »Wann haben Sie Vanessa zuletzt gesehen? Am Mittwoch?«, fragt Fanni weiter.

»Nein, am Freitag.«

»Sie waren auf dem Fest?«, fragt Wolf und notiert es sich.

Stifel nickt und Fanni fordert ihn auf, fortzufahren. »Ich wollte mich entschuldigen. Es war dumm von mir, zu denken, dass sie sich für irgendwelche Kerle so in Schale schmeißt. Ich weiß, dass es ein Traum von ihr war, Weinkönigin zu sein. Sie wollte Model werden, wissen Sie. Nicht, dass sie nichts im Kopf hatte. Sie war sehr gut in der Schule und im Bogenschießverein. Wussten Sie, dass sie fast den Rekord geknackt hätte, der schon seit mehr als zwanzig Jahren steht? Nur ein Punkt hat gefehlt, um ihn einzustellen.«

Dreiundzwanzig Jahre. – Und ob Fanni das weiß. Es ist ihr Rekord.

»Haben Sie mit ihr gesprochen?« Der Offiziersanwärter schweigt. Fanni kann sich denken, warum.

»Sie haben sie gesehen, als sie den anderen Soldaten geküsst hat, nicht wahr? Oder besser: die anderen.«

Nicht nur Michaels Augen schauen überrascht, auch die von Wolf.

»Ich bin weg, als ich sie so gesehen hab.«

»Was heißt so?«

»Es waren zwei Offiziersanwärter in der Klasse unter mir. Sie hat beide geküsst. Sie hat gesoffen und die beiden Wichser haben ihr die Zungen in den Hals gesteckt, sind mit ihren Händen unter die Bluse und unter den Rock gegangen. Sie hat sie nicht abgeblockt. In der Kneipe hat Nessi gekichert, wie eine Irre. Einer hat's ihr wahrscheinlich sogar dabei besorgt!«

»Woher ...?«

»Weil ich verdammt noch mal weiß, wie die Schlampe sich anhört, wenn sie kommt!«

Wolf will etwas einwenden, aber Fanni legt ihm – eine alte Gewohnheit – die Hand auf den Mund. Michael weiß, dass er sich womöglich gerade sein Grab geschaufelt hat.

Er würde noch mehr auspacken müssen, um es wieder zuzuschütten.

»Ich hab nichts gemacht. Ich hätte sie nie umbringen können. Ich liebte sie! Geheult hab ich«, sagt er und die ersten Tränen rollen. »Ich hab geheult, verdammt noch mal! Wie jetzt! Wie ein kleiner Bengel hab ich geflennt und bin dann über den Übungsplatz gelatscht. Ich habe gehofft, irgendwo wäre eine vergessene Mine, auf die ich trete, und dann wär's vorbei. – Scheiße, kennen Sie das nicht?«, flehen Stifels stark geröteten Augen, während er zur Kommissarin aufsieht.

»Sie sind durch die Weinberge am Südhang hinter dem Schloss, richtig?«

Wieder starrt Wolf Franziska verwundert an.

»Ja. Ich bin über den Zaun.«

»Der ist ziemlich hoch.«

»Ich bin sehr gut auf dem Parcours.«

Franziska kramt ein Taschentuch hervor und wartet ab, bis Michael Stifel sich wieder etwas gefasst hat. »Können Sie uns die Namen der beiden Offiziersanwärter nennen?«

»Herzog, Maik, Heer, und Paulsen, Dirk, Marine.« Wolf notiert auch das auf seinem Block.

»Gehen wir noch mal zurück. Wann genau haben Sie das Fest verlassen?«, fragt Fanni aufmunternd.

»Gegen Mitternacht.«

»Wo hatten Sie den Wagen geparkt?«

»Ich bin mit dem Bus gekommen.«

»Wieso mit dem Bus? Was ist denn mit ihrem BMW? So alt ist der doch noch gar nicht, oder? Baujahr ...«, Wolf schaut in seinem Zettelwirrwarr nach, »... 2013.«

»Mein Auto ist im Arsch. Das steht in der Kasernenwerkstatt. Fragen Sie doch nach. Seit mehr als zwei Wochen schon.«

»Und dann?«

»Ich hab sie mit den zwei Typen gesehen. Da bin ich selbst was saufen gegangen.«

»Frust runter spülen?«, fragt Fanni, die eine gewisse Spur Mitleid empfindet.

»Ja. Als ich zurück bin, war sie weg. Irgendwer hat mir dann gesagt, die ganze Clique wäre zum Schloss rauf. Also bin ich hinterher. Da war sie dann nur noch mit dem Vogel von der Marine.«

»Mit Dirk Paulsen?«, fragt Wolf und wartet auf Stifels bestätigendes Kopfnicken. »Was haben Vanessa und Paulsen gemacht?«

Michael Stifels Kopf schraubt sich mit angewidertem Blick zu ihm um. »Was denken Sie denn?«

»Sie sind einfach so gegangen?«

»Zuschauen wollte ich jedenfalls nicht.«

»Kein Wutausbruch? Keine kleine Schlägerei? Also wenn jemand das bei meinem Mädchen gemacht hätte ...«

Erzähl nicht! Du hast keine Eier, um dich mit einem Kerl zu schlagen. – Franziska steht auf und packt Wolfs Block ein. Ein profanes Mittel, um ein Thema oder eine Angelegenheit, ohne Widerworte abzuschließen.

»Sind wir fertig?«, fragt Stifel mit hoffnungsvollem Blick bei Franziska nach.

»Wir werden einen Antrag stellen, dass Sie sich vorerst nicht von der Truppe entfernen dürfen.«

»Sie glauben ...«

»Was ich glaube, spielt keine Rolle. Sie waren zum Tatzeitpunkt am Tatort. Aber falls es Sie beruhigt, nein, ich glaube nicht.«

12

Sieh an, haben die den Stifel auch im Visier?
Michael Stifels Gesamterscheinung, mit den hängenden Schultern, dem schlurfenden Gang und dem nach unten gerichteten Blick, ist für seinen frohlockenden Beobachter äußerst aufschlussreich. In dessen Kopf greifen wieder einmal die Zahnräder ineinander. Diese Tatsache würde sein Verwirrspiel ein wenig erleichtern. Er hat auch bereits ein paar Ideenschnipsel, die er auffängt, um sie zu gegebener Zeit, wie ein Puzzle, zu einem Bild zusammenzusetzen. Bisher jedoch konzentriert er sich auf die Hauptperson.

Inzwischen hat er herausgefunden, dass der Kerl an ihrer Seite ihr Ex-Mann ist.

Wolf Schmitt. Ein alberner Name, findet er. *Wolf.* In den Versetzungsakten fand er ein paar Einträge, die auf häusliche Gewalt und Alkohol schließen lassen.

Wahrscheinlich der Grund für die Trennung.

Fast verspürt er ein wenig Mitleid für die *süße, sexy Kommissarin*, die er sich ausgesucht hatte. Die Spielfigur so spät noch zu ändern ist aber, allein schon durch das Regelwerk, absolut ausgeschlossen.

Ganz zu schweigen von meiner offenen Rechnung!

Außerdem würde der Typ nicht sonderlich interessant sein. Franziska Schmitt – *halt, sie hat den Namen schon in Voigt rückändern lassen* (das wird er ebenfalls tun, wenn er das nächste Mal auf ihr Profil bei R.A.C.L. einloggt) – war clever genug gewesen, sich von diesem Arschloch zu trennen.

Folglich ist sie smarter als ihr Ex.

Ein Indiz dafür ist die Untersuchung von Michael Stifel, den er selbst so gar nicht auf seinem Schirm hatte. *Klar, da war was mit dieser Vanessa Aschbrenner,* ein Umstand, der zu Ermittlungen führen musste, aber dass Michael regelrecht verdächtigt wurde – *dieser kleine Pisser* – war unwahrscheinlich.

Gesehen hatte er ihn auf dem Fest jedenfalls nicht. Er selbst war davon ausgegangen, dass Franziska Voigt die Namen der beiden anderen irgendwie rausbekommt. Sicherlich ist ihr das auch gelungen, jetzt, nachdem sie Stifel in die Mangel genommen hatte.

Einerlei.

Wie es auch dazu gekommen sein mag, es führt auf den präparierten Weg. Sein Day Score zeigt ihm zweitausendsiebenundzwanzig Punkte an. Zufrieden lehnt er sich in seinem Drehstuhl zurück, schiebt mit dem Fuß den Vorhang leicht zur Seite und sieht zu, wie die beiden Bullen davonfahren.

Es wird Zeit für Phase zwei.

13

»Wieso bist du so überzeugt davon, dass er es nicht war?«, beginnt Wolf und macht deutlich, dass er mit ihrer Meinung nicht übereinstimmt.

»Es gibt Leute, bei denen sieht man einfach, dass die Gefühle echt sind«, stichelt sie.

Das entgeht ihm nicht. »Aber ganz streichen kannst du ihn auch nicht. Du hast gemerkt, wie aufbrausend er sein kann. Er käme immer noch für den Mord infrage.«

»Ich glaube nicht. Dazu braucht man eine sadistische Ader. Wie du, zum Beispiel.«

»Ich habe keine sadistische Ader.«

»Ach nein?«

Wolf bricht das Gespräch ab. Es ist unnötig, darüber zu reden. Sie will nicht, dass er ihr beweisen kann, was zwei Jahre Therapie bewirken. Mittlerweile versteht er sie und ihren Standpunkt. Auch, dass der unerschütterlich ist und es wohl auch in Zukunft so bleiben wird. Passen tut ihm das nicht. Er hat sich jetzt im Griff, was er früher nicht zuwege gebracht hatte. Und er wollte eine Chance. Eine zweite Chance, die bereits sicher die millionste war. Aber jetzt sieht er klar und nicht den Nebel des Alkohols.

»Was jetzt?«

»Keine Ahnung, was du machst, Chef. Ich habe jetzt Feierabend und fahre zu ›J‹.«

»Sag bitte Jessika oder Jessy, wenn du mit mir über sie redest.«

»Keine Sorge, es gibt nichts, was sich um Jessy dreht, das ich ausgerechnet mit dir besprechen will.«

14

Franziskas Tochter sitzt im Wohnzimmer vor ihrem Rechner. Sie sieht niedergeschlagen aus und ihre Mutter umfasst sie von hinten, als sie nach Hause kommt. Auf dem Schirm ist das Facebook-Profil von Vanessa Aschbrenner zu sehen. Es ist schon im Kondolenz-Modus. ›*In Lovely Memory Of*‹, steht über ihrem Namen. Jessika hat geweint, ihre Mutter sieht es ihr an.

»Es ist so beschissen!«, ergießen sich ihre ganze Trauer und ihre unendliche Wut. »Versprich mir, dass du den Kerl schnappst!«

»Werden wir. Dein Vater und ich.« Sie schaut verwundert über ihre Schulter, während sie ihre Tränen trocknet.

Ihre Mutter sieht wenig begeistert aus. »Alois hat uns den Fall übertragen. Also, mehr deinem Vater.«

»Wieso leitet der die Ermittlungen?«

Sie seufzt. »Weil der nun mal Oberkommissar ist und ich nicht.«

»Das ist unfair. Der arbeitet schließlich nicht hier.«

»Sag das deinem Patenonkel.« Sie quält sich hoch, schlurft in die Küche und brüht sich einen Tee auf.

»Hast du schon was von deiner neuen Freundin gehört? Frau Habermann?«

Jessika wollte ihrer Mutter ein schamvolles Lächeln ins Gesicht zaubern, der Effekt ihrer Frage fällt jedoch gegenteilig aus und Sorgenfalten bilden sich auf Franziskas Stirn.

»Wir wissen nicht, wo sie steckt.«

»Wie jetzt?«

»Die Frankfurter Kollegen und ich haben keine Ahnung, wo sie sich aufhält. Sie hätte heute arbeiten müssen, ist aber nicht aufgetaucht.«

»Du machst dir Sorgen ... Du magst sie echt, was?«

Franziska nimmt einen Schluck aus der Tasse und legt die Finger darum, als sei es tiefster Winter.

»Mattes Gerbrand. Kennst du ihn vielleicht?«

»Der Spinner, den alle nur Schrauber nennen? Wieso fragst du?«

»Er sammelt Kennzeichen, wusstest du das?«

Jessika lacht kurz auf. »Ne! Echt? Was für ein scheiß Hobby.«

»Er hat ihr Kennzeichen gefunden. Das von Beatrice' Corolla. Im ›Hang‹.«

»Ich denk', die kommt aus Frankfurt.«

»Das ist es ja.« Jessikas Mutter verfällt wieder in den apathischen Zustand, den ihre Tochter Nirwana nennt. Wenn sie das macht, das hat Jessika mittlerweile begriffen, dauert es nicht lange und ihre Mutter springt auf, schnappt sich das Telefon oder stürzt sich auf die erstbeste Computertastatur, auf die sie dann, mit zerfurchtem Gesicht, einhämmert. Jessika stört sie dabei schon seit Langem nicht mehr. Ganz im Gegenteil. Meist wartet sie gespannt ab und schaut verblüfft zu. Ein Vorteil dieser Reaktion ist, dass sie erfährt, worum es geht. Im Normalzustand redet ihre Mutter nicht mit ihr über die Fälle, aber wenn sie im Nirwana ist ...

Es ist das Telefon.

»Hi, Franziska Voigt, Kripo Hammelburg. Haben Sie schon was von ihrer Kollegin Beatrice Habermann gehört? – Samstag. – Gegen Abend. Sechs Uhr, schätze ich.«

Jessika sieht den Nachrichtenbutton auf ihrem Facebook aufleuchten. Es ist Mattes Gerbrand, der ihr eine Freundschaftsanfrage gesendet hat. Jessika ist neugierig und nimmt an.

›Hi. Hat deine Ma Facebook?‹

›Nein. Wieso?‹

›Ist sie da?‹

›Was willst du?‹

›Priv.‹

›Ich geb dir gleich privat, Spasti!‹

Sie schaltet den Chat stumm, als sich ein weiteres Fenster öffnet.

Wie macht der Spinner das?

›Ich finde, sie sollte das sehen.‹

Unterhalb der Nachricht baut sich ein Bild auf. Es zeigt ihre Mutter. Nackt.

Komplett nackt!
Unter der Dusche.
In HD.
Sechs Megapixel. 500 dpi. Wenn man es darauf anlegt, kann man jedes Haar heranzoomen.
Jedes. Auch das kleinste Haar!
›Gott, bist du krank!‹
›Das ist nicht von mir. Das kreist.‹
›Was? Woher hast du das?‹
›Hab's auch nur bekommen.‹
Jessika sieht zu ihrer Mutter hinüber, die ein überaus besorgtes Gesicht zieht.
»Ma?«
Franziska hebt den Finger und redet weiter angespannt mit den Kollegen der Frankfurter Spurensicherung.
»Mama!«
Sie schaut ihre Tochter forsch und fragend an. Jessika dreht den Laptop, bis sie es sieht. Einige Sekunden ist es still. »Ich rufe wieder an ... Alles klar ... – Woher hast du das?!«, faucht sie und stürzt sich auf den Laptop.
»Mattes.«
»Mattes? Mattes Gerbrand? Der, bei dem ich heute früh war? Der aus Höllrich?«
»Ist das im Freibad?«
»Es ist mir scheißegal, wo das ist. Zieh dir was an, wir fahren hin.«
»Zu Mattes?«
»Aber sicher!«, sagt sie fest und schnappt sich die Schlüssel vom Wohnzimmertisch.

15

Es ist Rushhour. Selbst in Hammelburg ein Problem, wenn man so wohnt, dass man durch die gesamte Innenstadt muss. Für die zehn Kilometer brauchen sie fast eine ganze Stunde. Angekommen springt Franziska förmlich aus dem Wagen und schlägt gegen die Tür der Gerbrands.

Der Vater öffnet. »Fräulein Schmitt ...«

»Frau Voigt. – Ist Mattes da?« Sie späht über dessen Schultern in das Wohnzimmer hinein. »Mattes!«

»Sind Sie im Dienst?«

»Nein, privat.«

»Was wollen Sie dann ...«

»Es ist privat, und wenn Sie ihren Sohn nicht gleich herschleifen, kriegt er eine Anzeige, die sich gewaschen hat!«

Mattes öffnet das Garagentor. Er ist von den Händen bis zu den Latschen mit Motoröl beschmiert. »Fanni? Gibt's was Neues?«

»Frau Voigt für dich!«

Die Situation überfordert ihn sichtlich, auch wegen Franziskas zerfurchter Stirn.

»Tu nicht so unschuldig! Was soll das mit dem Bild?«

»Welches Bild?«

»Das du mir geschickt hast«, mischt sich Jessika ebenso energisch ein.

»Ich schraub', seit Sie mich abgesetzt haben, an der scheiß Telegabel. Ich war noch gar nicht am PC.«

»Kein Mist?«

»Nein! Worum geht es hier eigentlich?«

»Fräulein Schmitt ...«, will Mattes Vater dazwischengehen.

»Frau Voigt!« Sie beruhigt sich nur langsam. »Entschuldigen Sie das Missverständnis, Herr Gerbrand. Ich bin einfach durch den Wind. Haben Sie was dagegen, wenn Mattes mit ...«

»... zu mir kommt?«, beendet Jessika, die ihrer Mutter die Peinlichkeit ersparen will. Demonstrativ stellt sie sich neben ihn und hält seine schmierige Hand.

»Du hast eine Freundin?«, fragt dessen Vater mit weit geöffneten Augen.

Um es zu untermauern, drückt Jessika Mattes noch einen dicken Kuss auf die Wange.

»Ist was mit den beiden?«, fragt der Vater jetzt misstrauisch. »Sie waren so verstört. Sie ist doch nicht ...«

»Na, das will ich nicht hoffen!«, fährt Franziska beide Teenager an. »Marsch ins Auto! Duschen kannst du bei uns. – Ich bringe ihn dann wieder heim. Haben Sie eine bestimmte Zeit, Herr Gerbrand?«

Perplex schüttelt Mattes Vater nur den Kopf, während Jessika den Sohn langsam, aber bestimmt, in Richtung Auto schiebt.

»Bilde dir ja nichts ein!«, zischt sie ihm zu. »Du bist ein Nerd, richtig?«

»Kommt drauf an ...«

»Du kannst Computer ...«

»Es geht so.«

16

Die neuen Screenshots bewirken Wunder. Links das Bild, das er geschickt hat. Das Nacktbild. Hochaufgelöst und einfach ein Leckerbissen. Rechts das unvergleichlich entgleiste Gesicht von Kommissarin Voigt, die es sich gerade mit offenem Mund ansieht. Langsam muss er sich eingestehen, dass die subtileren Vorgehensweisen bedeutend mehr Spaß machen, als seine ausgeklügelte Strategie.

Mit dem ersten Tastendruck von Jessika hatte er Zugriff auf die integrierte Webcam. Ein simples Programm namens Bifrost. Zwar waren die meisten Maleware-Scanner auf Angriffe durch diese Software vorbereitet, aber gegen Neuerungen – *und einen genialen Verstand* – gibt es kein hundertprozentiges Mittel.

Facebook zu hacken stellte sich da schon schwieriger dar. Jedenfalls um Längen komplizierter, als die simple Firewall des Bürgeramtes, die er nach nur zehn Minuten umgangen hatte. Um den Code von Facebook zu knacken, hatte er weder Zeit noch Geduld. Die Verschlüsselung gilt zwar nicht als die beste der Welt, aber sie ist mehr als ausreichend. Eine andere Strategie war nötig. Er hatte darauf gehofft, dass jemand in Hammelburg oder Umgebung seinen Computer nur auf Standby hielt und noch immer eingeloggt war. Bei einem ›Schrauber G‹ hatte er Erfolg. Auch das geht mit Bifrost, wenn man sich darauf versteht.

Erst mal drinnen, ging er nur die Listen von Schrauber G's Freunden durch, fand das von ihm

gesuchte Icon mit dem Bild von Jessika Schmitt –
›J V Copgirl‹. – Das V spricht dafür, dass sie
mächtig stolz auf ihre Mutter ist. – Ihr schickte er
die Nachricht.

Jessikas Reaktion gefiel ihm allerdings nicht. Sich
als Spasti beschimpft zu sehen, machte ihn
wütend. Am liebsten hätte er ihr noch einen kleinen Trojaner untergejubelt, der alles überspielt,
was gerade auf der ach so geschützten Festplatte
ist. Er hat es sein gelassen. Sein rationaler Verstand hatte sich gemeldet und ihm befohlen, es
nicht zu versauen. Hier besitzt er jetzt einen stän-
digen Zugriff auf eine Webcam im Haushalt seiner
Spielfigur. Es ist zwar nicht Franziskas eigener
Computer, aber er hatte zwei direkte Verbin-
dungen.

Im Schwimmbad, wo er auch das wundervolle
Foto geschossen hatte, klonte er Franziskas SIM-
Karte. Um ein solches Gerät zu bekommen, muss
man nur auf Amazon gehen. Digiflex heißen die
billigsten Geräte, die schon für sechs Euro zu
haben sind. Schon am nächsten Tag kann man so
viele SIM-Karten kopieren, wie man möchte. Passende Rohlinge folgen mit. Drei Stück gratis.

Für diesen Zug hagelt es Pushs, das Pendant für
Likes auf der R.A.C.L.-Plattform. Mit jedem dieser
Anschubser klettert sein Ranking. Inzwischen
beträgt sein Vorsprung auf Platz drei schon mehr
als zweitausend Punkte. Der war mit einem
kurzen, gelungenen Video augenblicklich wieder
wettzumachen, aber er bezweifelt, dass sein
Kontrahent so gute Ideen hat.

Sein größter Konkurrent, der Gewinner des letzten

Durchganges. Dabei war er nur passiver Beobachter – aus der Pleite bei seinem Erstversuch hatte er gelernt –, um die Tricks und Kniffe seiner schärfsten Widersacher zu studieren.

Dieser lag mit fast siebentausend Punkten vorne. Den Abstand hält der seit dem ersten Tag. Ein Leichtes, wenn man es am Starttag schafft, dass der Bulle sich seine Dienstwaffe in den Mund steckt und sein Hirn als abstrakten Anstrich an der Wand seiner Wohnung verteilt. Als Live-Stream.

Aber seit diesem grandiosen Auftakt passiert bei ihm nicht mehr viel. Er kündigte dann an, jemanden von der Drug Enforcement Administration zu stalken. *Größenwahn nennt man das*. Allerdings würde ihm der Sieg nicht mehr zu nehmen sein, sollte es ihm tatsächlich gelingen, einen DEA-Mann in den Selbstmord zu treiben.

Bisher sieht es aber nicht danach aus.

17

»Boah, Frau Voigt!« Mattes kriegt den Mund gar nicht mehr zu.

»Das siehst du nur ein einziges Mal«, sagt sie und reißt ihm Jessikas Laptop mit einem ehrlichen Schmunzeln aus den Händen.

»Und das wurde von meinem Account an Jessy geschickt?«

»Jessika ...«, mischt die sich ein. »Für dich immer noch Jessika.«

Mattes schaut verlegen drein.

»Jessy hat gesagt, du kennst dich mit so was aus? Hackst du?«

»Nicht wirklich.«

»Heißt?«

»Ich habe mich mal in den Schulcomputer eingeklinkt.«

»Die Geschichte ist legendär«, erzählt Jessika. »Mitten im IT-Unterricht geht er in den Server und schickt ein Strippervideo über den Beamer. Alle im großen Saal haben es gesehen und der Rektor ist total panisch geworden, als er versucht hat, es auszuschalten.«

Mattes grinst verschmitzt, als sie davon erzählt und ihm somit die glanzvollen Bilder wieder ins Gedächtnis ruft. Er wurde einen ganzen Monat suspendiert und musste sich öffentlich entschuldigen. Eine Zeit lang sah es sogar so aus, als würde er komplett von der Schule geworfen.

»Also, was meinst du?«, fragt ihn Franziska.

»Woher kommt das?«

»Sie haben einen Stalker.«

»Klar«, prustet sie aus.

»Sie ... sind sehr attraktiv ... für Ihr Alter.«

»Na danke, Mattes. An deinem Charme musst du noch arbeiten. – Also, wie kriegen wir das wieder weg?«

Er sieht zweifelnd zu Jessika hinüber, die auch kein anderes Gesicht ziehen kann. »Gar nicht, Ma.«

»Ihr meint, das steht jetzt für immer im Netz?«

Beide Teenager nicken. »Na toll.«

»Ich könnte höchstens rauskriegen, wie oft das schon geteilt wurde. Also, zumindest sichtbar.«

»Das kannst du?«

»Das Ergebnis muss man dann allerdings noch mal verdreifachen. Dann kommt's hin. Dazu bräuchte ich aber das Bild und deinen Rechner, Jessy–ka.« Ihr finsterer Blick zwingt ihn dazu, sich schnellstens zu berichtigen.

»Wie willst du das anstellen?«, fragt Fanni, als sie sich überwunden hat und ihm den Laptop schweren Herzens zurückgibt.

»Ich kopiere das Bild in den Zwischenspeicher und gebe es dann in die Suchmaschine ein.«

»Also eine Bildsuche bei Google?«

Er lacht, verkneift es sich jedoch sofort wieder. »Sie haben bestimmt was drauf, Frau Voigt, aber Google? – Echt? – Alles, was man da eingibt, wird gespeichert und zur Datenerfassung verwendet. Ist das Bild bei Google, können Sie auch gleich die gesamte Stadt damit tapezieren.«

»Was nimmst du dann? Bing? Yahoo?«

»Am schnellsten gingen wohl Blackbook oder DuckDuck. Und viel mehr kann ich dann auch nicht. Für mehr brauchen Sie dann einen echten Hacker.«

Irgendwo hinten, in den tiefsten Sphären ihrer Erinnerungen, meldet sich etwas, das sie wieder ins Nirwana schickt, wie Jessika es nennen würde. Mattes sieht diesen geistesabwesenden Blick zum ersten Mal, aber Jessika hindert ihn daran, ihre Mutter zu stören.

»Moment«, sagt Franziska, als sie wieder zurückkommt. »Du willst nicht TOR benutzen, oder?«

»Sie wissen davon?«

»Jetzt kommts«, stöhnt Jessika.

»Ich bin Kriminalkommissarin. Ich weiß alles.«

»Was haben Sie dagegen?«

»Was ich ... Machst du das öfter?«

»Wovon redet ihr eigentlich?«, fragt Jessika verwirrt.

»Es ist legal, Frau Voigt.«

»Das weiß ich auch!«

»Kann ich jetzt vielleicht mal erfahren, worum es hier eigentlich geht?«, versucht es Jessika nochmals und stöhnt laut.

»Einen Moment noch, Schatz. – Was machst du da drin?«

»Was glauben Sie denn, wo ich die Nummernschilder alle gekauft habe?«

»Klar. Du gehst ins Darknet, um Nummernschilder zu kaufen.«

»Was ist das Darknet?!«, brüllt Jessika in den Raum. Sie steht sogar auf und stellt sich zwischen sie. Breitbeinig und mit Händen an den Hüften.

»Ma? – Mattes?«

»Ein unzensiertes Internet«, klärt Mattes sie auf.

»Was meinst du mit unzensiert?«

»Na ...« Er macht ein paar eindeutig zweideutige Gesten. Den dicken Daumen, Hüften vor und zurückstoßen, er schießt mit dem Zeigefinger in der Gegend herum und klopft sich auf die Venen.

»Was?« Jessika fällt wieder in ihre Sofakissen zurück.

»Es ist die schnellste Möglichkeit, wenn Sie was erfahren wollen, Frau Voigt.«

»Das Blackbook ist wie Facebook, richtig?«

»Na fast. Ich kann da Ihr Foto an die Pinnwand hängen und versuchen, Infos zu kriegen.«

»Und DuckDuck?«

»Die sind manchmal nicht On. Am besten wäre erstmal Blackbook.«

»Du willst mich also nackt an eine virtuelle Pinnwand klatschen?«

»Ihr Foto ist doch schon im Netz. Auf eins mehr kommt es doch nun wirklich nicht an.«

»Hast du da einen Account?«

Er lächelt schief und Franziska nickt. Mattes dreht den Laptop um und tippt die Adresse des Browsers ein. Es ist ein sehr schneller Download und das Installieren geht ebenso fix. Nach nur zwei Minuten prangt das giftgrüne Icon auf dem Schirm.

Mattes ist routiniert, das fällt Franziska auf. Jessika spielt mit ihrer Halskette und reibt die vier daran hängenden Glücksbringer. Vor allem das Hufeisen. Als der Laptop ein kurzes Signal von sich gibt, zucken alle zusammen.

Dann lacht Jessika.

»Nur mein Messenger.«

Sie beugt sich rüber und klickt, um das Chatfenster zu öffnen. Im selben Moment leuchtet für einen winzigen Moment die Diode der Webcam auf.

Mattes rutscht augenblicklich von der Couch, fingert nach dem Kabel und zieht den Stecker.

»Spinnst du? Ich hab keinen Akku drin!«, zetert Jessika.

»Ich mach da nicht mehr mit«, sagt Mattes sichtlich nervös und hebt abwehrend die Hände. »Ihr habt einen Wurm auf der Kiste. Hast du das gesehen? Die Cam ist angegangen. Da schaut dir einer zu, wenn du auf Facebook gehst. Ihr braucht jemand viel Besseren als mich.«

»Du meinst, jemand hat Jessikas Webcam gehackt?«

»Wahrscheinlich hat er den Bypass mit dem Bild geschickt.«

»Und wieso hast du jetzt den Stecker gezogen?«, fährt Jessika ihn erbost an und stößt ihn grob zur Seite. Sie ist sauer und will sich an ihren Laptop setzen.

Mattes hält sie davon ab. »Du weißt nicht, was es für ein Trojaner ist. Er hat jetzt vielleicht schon Zugriff auf den ganzen Rechner. Wenn er nur zugeklappt ist, bleibt er auf Standby. Das Mikro könnte immer noch an sein. Lass das Ding bloß aus.«

»Aber ...«

»Mattes hat recht«, unterstützt ihn ihre Mutter. »Wir hatten das in der Ausbildung.«

Wieder fällt Franziska in Trance, reißt sich aber schnell los und holt ihren Laptop aus dem Schlafzimmer.

»Nimm den.«

Mattes wiederholt den Vorgang und installiert TOR. Anschließend koppelt er Jessikas Laptop mit dem ihrer Mutter und schaltet ihn, nachdem er allen eindeutig gestikuliert hatte, die Klappe zu halten, ein. Das Foto lässt er augenblicklich vom Virenprogramm untersuchen. Es ist sauber, »Was aber nix heißen muss«, fügt er hinzu. Mit ein paar weiteren Klicks lädt er es im Blackbook hoch. »Jetzt könnt ihr wieder reden«, sagt er, als er an Jessikas Computer erneut den Stecker zieht.

»Wie lange wird das dauern, bis du eine Antwort hast?«

»Wenn es jemand kennt, wird er erst wissen wollen, wieso ich was wissen will.«

»Und was sagst du dann?«

Mattes läuft rot an. »Dass ich Sie ...«

»Boah! Erspart mir das«, stöhnt Jessika.

»Das ist das Einzige, worauf die anspringen. Wenn sie's überhaupt tun.«

»Du hast gesagt, ich bräuchte einen echten Hacker. – Kennst du jemanden?«, fragt ihn Franziska.

Er schaut mit großen, fragenden Augen.

»Ich muss wissen, was dieses Bild bedeutet«, erklärt sie. »Wer auch immer das geschossen hat und an Jessy schickte, hat es auf mich abgesehen. Sonst hätte er Jessy fotografiert, nicht mich. – Ich brauche jemanden, der das Bild zurückverfolgen kann. Also? Eine Idee?«

»Sie sind doch die Polizei. Kennen Sie denn keinen?«

Tut sie. Aber der gefällt ihr nicht.

18

Auf seinem Schirm prangt der Lebenslauf von Wolf Schmitt. Da dieser im Fall Vanessa Aschbrenner ermittelt, führt kein Weg daran vorbei, ihn unter die Lupe zu nehmen.

Wenn Du deinen Feind kennst und dich selbst kennst, brauchst du das Ergebnis von hundert Schlachten nicht zu fürchten.

Viel konnte er jedoch nicht finden. Wolf gehört offensichtlich noch zum Zeitalter der papiernen Personalakten. Der Verweis auf eine Fußnote offenbart es.

Schon ein wenig enttäuscht gibt er die Adresse von Franziska Schmitt auf R.A.C.L. ein. Er braucht etwas Aufmunterndes. Seinen Score, zum Beispiel. Sein Rückstand auf den Ami hatte sich inzwischen verringert. Ja, das zaubert ein Lächeln in sein Gesicht. Schnell ändert er ihren Familiennamen und lädt die Kopie der dazugehörenden Papiere gleich mit hoch. Nicht, dass es noch zu Missverständnissen kommt, die ihm Punkte kosten könnten. Auch das hatte er im letzten Jahr gelernt. *Immer top aktuell sein! Zu jeder Zeit!*

Beim Versuch, einen neuen Screenshot von Jessika Schmitts gehackten Computer zu machen, wird er abermals enttäuscht. Als Jessika sich einloggt, beugt sie sich gerade vor und gibt einen tiefen Einblick in ihr Dekolleté. Bis hinunter zum Bauchnabel. Dann sieht sie nach links und plötzlich verschwindet das Bild.

Sie ist nicht allein.

Allerdings reicht dieser Schnappschuss. *– Vorerst.* – Dieses verschlüsselt und speichert er in der Cloud, wo es warten darf, bis Jessika an der Reihe ist. Wenn er noch mehr solcher Shots *oder gar noch freizügigere* von ihr zuwege bekommt, kann er die an irgendwelche Jailbait-Freaks verticken. Wenn nicht, lädt er es in eines ihrer Foren hoch. Mit seiner Seite verlinkt, würde die so mehr Traffic bekommen.

Win/Win.

19

Franziska blieb nur wenig Schlaf. Jessika war völlig aufgelöst, dass ihr irgendwer über die Cam zusehen konnte, wann auch immer der es wollte. Ständig dachte sie an all die unzähligen Male, die sie vor dem Rechner saß und sich dabei mit Freunden unterhalten hatte, während sie Schokolade aß, mit ihren Haaren spielte oder gar in der Nase gebohrt hatte. Ihre Mutter beteuerte zwar, es sei unwahrscheinlich, dass es davon Bilder gibt, aber ganz konnte sie die Zweifel ihrer Tochter nicht zerstreuen.

Um sechs Uhr früh meldete sich Wolf, ganz trendy, via WhatsApp. Pilzsammler hatten tatsächlich einen roten Toyota Corolla im ›Hang‹ gefunden. Ein übereinstimmendes Nummernschild gab es zwar nicht, aber es sah aus, als wäre der Wagen vor Kurzem in ein anderes Auto geknallt. Lackspuren und Schäden lassen darauf schließen, dass es sich um ein ziemlich schweres, mattgrünes Fahrzeug gehandelt haben musste.

Nach dem Duschen schreibt Franziska ihrer Tochter eine Nachricht und hängt diese an den Kühlschrank. Diesmal nimmt sie ihr Auto. Sie hat das Gefühl, sie würde es heute noch brauchen.

In der Inspektion angekommen, brüht sie neuen Kaffee auf. Dallmayr Prodomo, Alois einzige Kaffeesorte. Er würde ebenfalls gleich kommen. Er war immer einer der Ersten.

Wolf ist schon im Büro. Er belegt seinen alten Platz, der jetzt eigentlich Franziskas ist. Sie nimmt ihren früheren Schreibtisch, der seit Wolfs Weggang verwaist ist, und setzt sich. »Moin«, grüßt sie ihn, wie früher.

»Willst du dich gleich um den Wagen kümmern?«, fragt er, ohne zu ihr aufzusehen.

»Noch kein Freizeichen wegen Dirk Paulsen?«

»Nein.«

»Dann fahre ich in die Werkstatt.«

Wolf nickt und geht weiter die Akte durch. Franziska trinkt aus, schnappt sich ihre Autoschlüssel und macht sich auf den Weg.

Der Fahrzeughof liegt etwas außerhalb der Stadt. Sie wird erwartet und gleich zu den beiden Autos geführt, die schon in Aufprallposition ineinandergefügt sind. Das Bild ist eindeutig.

»Sieht so aus, als hätten wir die richtigen Autos«, sagt Fanni und beißt die Lippen aufeinander.

»Augenscheinlich«, sagt ihr Kollege, »passen sie zusammen. Die Lackfarben werden noch abgeglichen. Stimmen aber sicherlich überein.«

»Haben Sie die Fahrzeugpapiere kontrolliert?«, fragt sie, sieht aber ihm selben Moment den Aufkleber der Eintracht auf der Heckklappe. Einen Moment lang fühlt sie sich benommen und hört kaum die Antwort des Mechanikers.

»Beatrice Habermann, Frankfurt.«

Franziska muss kurz und intensiv Luft holen.

»Das haben Sie sich schon gedacht, was?«, bemerkt der Mechaniker. Sie kann nur bekräftigend nicken. »Kennen Sie die Besitzerin?«

»Sie ist eine Kollegin von der Spurensuche.«

»Die Schnippische? Die Kollegen haben's mir erzählt. Sie hat die Spuren von Vanessa Aschbrenner genommen, nicht wahr?«

»Und ist am Samstagabend nicht in Frankfurt angekommen.«

Er zieht die Luft zwischen den Zähnen ein. »Da würde ich mir auch Sorgen machen. Wir haben Blut und ein paar Gewebespuren gefunden. Am Lenkrad.«

»Kein Airbag?«

»Manchmal gehen die nicht auf, wenn man mit ziemlicher Wucht aufschlägt. Vielleicht war's aber auch ein technischer Defekt. Drin ist noch einer, aber der Corolla wurde vorne schon überlackiert. Der hatte wohl schon mal einen Unfall. Ausgetauschte Airbags spinnen auch. Das müssen wir noch überprüfen.«

Blut- und Gewebespuren klingen nicht gut. Es ist kaum mehr auszuschließen, dass Beatrice etwas zugestoßen ist.

Und wenn ihr was zugestoßen ist, hängt es bestimmt mit Vanessa zusammen. Aber warum?

»Was gibt's über den Touareg?«

»Gestohlen. Noch am Samstag gemeldet. Der Besitzer ist ein Manfred Herzog aus Würzburg. Den Wagen hat aber sein Sohn als gestohlen gemeldet. Ein ...«

»... Maik Herzog. – Bund. – Offizierslaufbahn. – Heer«, murmelt sie.

»Deshalb sind Sie Kommissarin«, lacht der Mechaniker. »Wird wohl anstrengend, den zu einer Befragung zu kriegen, was?«

»Sie haben keine Ahnung.«

Franziska wählt Alois an.

»Nerv noch mal den Staatsanwalt. Ich brauche noch eine Anfrage für Herzog, Maik.«

Alois stöhnt hörbar. »Des dauert aba immer zwoa Dog.«

»Ihm gehört der Touareg.«

»Und?«

»Es ist Beatrice Habermanns Corolla.«

Sie legt auf und muss an Alois' Worte denken. Es dauert wirklich unendlich lange. Erst Stifel, dann Paulsen, für den die Erlaubnis noch nicht gekommen ist, und jetzt auch noch Herzog. Bei Stifel ging es noch relativ schnell. Ein direkter Verdacht lag nicht vor, sondern nur eine einfache Routinebefragung, weil er das Opfer kannte. Nun der Verdacht bei Paulsen, der zuletzt mit ihr gesehen wurde. Maik Herzog hatte ebenfalls mit Vanessa rumgemacht, wurde aber nicht mehr am Tatort gesehen, sondern nur in der Stadt. Aber er war da. – *Aber wieso wurde seine Karre geklaut? Wurde sie geklaut oder ist das eine Meldung, um etwas zu vertuschen? Wo wurde er geklaut? Und wieso muss alles über die Bundeswehr laufen? Das ist wie ... eine Verzögerungstaktik.*

»Geht's Ihnen gut?«, fragt ihr Kollege, als sie sich eine Weile lang nicht rührt, sondern nur starr auf die zerbeulte Beifahrerseite des Touaregs schaut.

»Ja. – Gibt es eine Angabe, wo der Touareg gestanden hat, als er gestohlen wurde?«

»Moment.« Er kommt mit den Unterlagen zurück und blättert sie durch. »Kissinger Straße, Lidl-Parkplatz.«

»Scheiße.«

»Scheiße?«

»Keine Videoüberwachung. – Ist ein provisorischer Parkplatz. Baustelle.«

»Offensichtlich wusste der Dieb das«, sagt er und verzieht die Mundwinkel.

»Oder Maik Herzog.«

»Sie denken ... Ach, ist nicht meine Aufgabe, mir darum Gedanken zu machen, was? Sonst fängt mein Kopf noch an zu rauchen. Viel Glück.«

Er lässt sie allein.

20

»Hosd scho wos?«, fragt Alois, als er zu Wolf ins Büro kommt.

»Dieser Dirk Paulsen hat mehrere Vorstrafen wegen Körperverletzung. Es gab in der Vergangenheit auch ein paar Anzeigen wegen sexueller Belästigung. Heftige Anzeigen.«

»Hört sich verdächtig o.«

Wolf stimmt zu. »Kannst bei der Staatsanwaltschaft Druck machen. Aber sein Daddy hat Geld.«

»Fanni wui noch dena Maik Herzog vorladen.«

»Wieso das?«

»Es is sei Touareg.«

»Und wo ist der Zusammenhang mit Vanessa?«

»Die Frau von dera Spurensicherung. Sie hod des Madl untersucht.«

»Aber das kann auch eine ganz andere Sache sein. Ein Auffahrunfall und jemand hat den Wagen verschwinden lassen.«

»Scho denkbar, aba die Habermann ist ned in Frankfurt og'kimman.«

»Trotzdem ein anderer Fall. Wir müssen uns erst um den Mörder kümmern.«

»Bring des Fanni bei, ned mir. Sie hod wohl pesönliches Interesse dro. Sie kannt die Frau. Die Habermann hod sogar bei ihra g'duscht.«

»Eine Freundin von ihr?«, fragt Wolf und zieht neugierig die Brauen nach oben.

»Naa. Aba i hob Fanni scho lang ned mehr so lächeln g'seh'n.«

»Ach. Wirklich?«, sagt er verblüfft und mit leicht eifersüchtigem Tonfall.

Alois hebt unschuldig die Arme. »I sog nix und du hosd aa nix von mi g'hört.«

»Privates Interesse muss erst mal hinten an. Der Mörder geht vor. – Rufst du den Anwalt noch mal an und besorgst mir die Vorladung? Ich will den Fall möglichst schnell in Sack und Tüten haben. Die Leute reden schon, weil noch immer kein Verdächtiger festgenommen wurde. – Die werden uns noch teeren und federn, Lois.«

Schließlich geht es tatsächlich schnell. Gegen zwei Uhr kommt die Vorladung. Franziska ist noch nicht da, also fährt Wolf mit Alois zur Kaserne. Es erwartet sie die gleiche Prozedur wie bei Michael Stifel, nur dass Paulsen schon im Besucherraum sitzt und sehr nervös aussieht.

»Ich muss Sie informieren, dass das hier keine Routinebefragung ist, sondern dass wir sie als Tatverdächtigen vernehmen«, beginnt Wolf. Hart und mit finsterer Miene. »Wollen Sie keinen Anwalt? Den vermisse ich hier. Haben Sie ihren Daddy etwa noch nicht erreicht?«

»Ich hab sie nicht umgebracht!«

»Sie wurden zuletzt mit ihr gesehen. Das war beim Schlosstor. Sie hatten Geschlechtsverkehr.«

»Ja und?«

»Welche Kondommarke benutzen Sie?«

»Weiß der Henker! Gummis halt!«

»Aber Sie benutzen welche?«

»Ja klar! – Ich habe nichts Verbotenes getan.«

»Sie sagen das öfter, was?«, schmunzelt Wolf triumphierend.

»Bitte?«

Wolf legt ihm den Ausdruck eines Protokolls vor. »Zeile neunzehn. Kommt Ihnen das bekannt vor? ›Gummis eben! – Ich habe nichts Verbotenes getan‹. Sie müssten sich eigentlich noch an das Mädchen erinnern. Drogen oder Alkohol haben Sie ja nach eigener Aussage nicht eingenommen. Tatjana Schilling?«

»Sie wollte es. Und ich war erst fünfzehn.«

Wolf wirft ihm einen weiteren Ausdruck zu. »Zeile siebenundzwanzig. ›Sie wollte es!‹ Vier Monate vor Tatjana. In Kiel. Sie sind zwischen die Beine von Kristin Fehsen getaucht. Auch die war da erst dreizehn. Sie sind direkt mit zwei Fingern in sie eingedrungen. – Ich sehe da ein Muster, Herr Paulsen.«

»Schwachsinn! Das liegt Jahre zurück und ich habe seitdem ...«

Ein weiterer Ausdruck. Eine Anzeige wegen unsittlicher Berührungen im Schwimmbad von Würzburg. Direkt oben drauf landet eine Weitere. Diesmal von hier, aus Hammelburg.

»Es ist schön, wenn man sich auf Vernehmungen vorbereitet und dann einen Punkt nach dem anderen abarbeiten kann, nicht?«, fragt er Alois, der siegessicher lächelt. »Keines der Mädchen war zum Zeitpunkt volljährig. Können Sie mir das erklären?«

»San sie a kloaner Päderast, Dirk? Päderasten ham nämlich die Neigung immer g'walttätiger zu wer'n, je älter sie san. Neunzehn san's 'etz, ned wohr? Und Sie ham ordentlich Muckis kriagt. Die Grundausbildung scheint si g'lohnt z'ham.«

»Können Sie auch deutsch? Ich verstehe die Scheiße nicht.«

»Wie viel drücken Sie auf der Bank, Dirk?«, übernimmt Wolf wieder. »Hundert Kilo? Mehr? Mehr, richtig? Muckis genug, um einen Granitblock von rund zwanzig Kilo ausgestreckt über das Gesicht eines Mädchens zu halten, um ihn dann auf sie fallen zu lassen.«

»Sie wollen mich festnehmen? Wegen der Schlampe?«

»Roass di zam, Bua!«, poltert Alois, dem Jochens Tochter sehr ans Herz gewachsen war.

»Was denn? Ich war nicht der Einzige.«

»Sie meinen Maik Herzog?«, fragt Wolf nach.

»Der hat sie gefingert. In einem Biergarten! Und die Kleine ist so was von gekommen!«, lacht Paulsen.

»Das hat Ihnen so richtig Spaß gemacht, was? Ist Ihnen auch einer abgegangen?«

Darauf lässt sich Paulsen nicht ein. Er lehnt sich zurück und nimmt die Hände hinter den Kopf. »Sie können meinen Anwalt fragen.«

Wolf lächelt Alois zu, der nur des Protokolls wegen anwesend sein wollte, wegen der Anspielung auf Vanessa jedoch innerlich tobt. »Bezoit ihr Daddy scho wieder oanen? Himmel, Sie liang Ihr'm alten

Herrn ja noch so richtig fett auf der Taschen, wos? Wer is es diesmoi? Noch imma Fröhling und Krig, oder wur'n die inzwischen asg'tauscht. Des wär allerdings koa schlauer Zug, weils die do beide Schwimmbadfoi ham abwenden kinna.«

»Redet der immer so?«, fragt er Wolf. »Ich muss mir diese Scheiße echt nicht anhören.«

»Naa. Müssen's ned.«

»Dann kann ich gehen?«

»Wissen's, Herr Paulsen, manchmal bin i echt froh, dass mia do oane Kasernen ham. So spart des Land Bayern nämlich die Kosten für so g'spritzte Stifterl, wie Sie's oana san. I geb des Schreiben jetzt bei ihr'm Vorg'setzten ab. Hoffen's lieber, dass Ihre Anwälte gute Arbeit leisten oder 's bald a Krieg gibt. Sonst können's Ihre Offizierslaufbahn vergessen. Gott bewahre, unter so wos wie Ihna diena z'missa. Schönen Tag noch, Herr Paulsen.«

21

»Das hast du echt gesagt?«, lacht Fanni, als Wolf es ihr erzählt. »Hochnäsiger Pisser?«

»Mei, da ko koa Bairisch. I wett, der schaut 'etzt nach, wos des g'heißen hod.«

»Frech, Lois, aber bitte ein wenig verständlicher bei mir, ja? Das hört sich an, als hättest du eine heiße Kartoffel im Mund.«

»I streng mi o«, sagt er mit breitem Grinsen, nimmt einen Schluck Kaffee, macht »Ahhh!« und legt die Füße hoch. »'s is so sel'n, dass ma moi song ko, wos ma denkt. Soiche Momant'n mua ma g'nieße.«

»Boah, Lois! Bitte!«

Franziska verzieht das Gesicht und hält sich die Ohren zu. Alois lacht unverhohlen. Fanni gönnt es ihm. Vor allem wegen der Sache mit Vanessa. Er kannte sie schon, als sie noch in den Windeln steckte.

»Habt ihr Herzog auch gleich befragt?«

Das Lächeln der Männer erstirbt. Schließlich verhärtet sich auch Fannis Gesicht.

»Lois?«

»Klär des mit dei'm Mo. I hob Feierom'd. Mia sehen uns morgen.«

»Was ist los?«, fragt Fanni mürrisch, nachdem er gegangen ist.

»Es sind zwei Fälle, Franziska.«

»Woher willst du das wissen? Beatrice ist bei der Spurensicherung. Sie hat Vanessa untersucht und dann ihre Unterlagen bei uns abgegeben. Seitdem ist sie verschwunden, ihr Auto wurde im ›Hang‹ gefunden, ist vollkommen hinüber und am Lenkrad befinden sich Blut- und Gewebespuren. Da sagst du, es sei ein anderer Fall? Das meinst du doch nicht ernst.«

Wolf redet nie dazwischen. Zumindest ein Charakterzug, den Franziska an ihm schätzt. Sein ständiges Mund öffnen und Ansetzen zeigte ihr aber deutlich, dass er etwas loswerden will. »Wir haben Paulsen. Du musst zugeben, dass er ganz oben auf die Liste gehört.«

»Möglicherweise.«

»Möglicherweise? Nur?«

»Bloß weil er Vorstrafen hat, ist er noch lange kein Mörder.«

»Bloß weil das Auto deines Schwarms im Wald gefunden wurde, ist ihr noch nichts zugestoßen.«

»Mein Schwarm? Mein ... Lois?!«, brüllt sie zornig durch das Revier.

»Der is scho weg, Fräulein Schmitt«, meldet sich ein Kollege. »Is grod naus.«

»Frau Voigt!« Sie atmet schwer. »An alle: Frau Voigt. Kein Schmitt, kein Fräulein. Franziska, meinetwegen auch Fanni, Franzi, Blondi oder ›Du da‹, wenn ihr wollt, aber kein Fräulein Schmitt. Bitte.«

»Entschuldigung, Frau Voigt.«

»Du trägst wieder deinen Mädchennamen?«, fragt Wolf, als sie die Tür wieder verschlossen hat.

»Ja.« Mehr will sie dazu nicht sagen. Es geht ihn nichts an. Wolf sieht ihre Ablehnung sofort und beißt sich auf die Lippen. »Du willst der Sache mit Beatrice also nicht nachgehen, nein?«, stochert sie nochmals nach.

»Doch, natürlich. Aber doch nicht jetzt. Wir machen erst diesen Fall fertig, dann kannst du dich um die andere Sache kümmern. Wenn ich Paulsen erst mal hinter Gittern habe und die Leute hier wieder ruhig schlafen können.«

»Wenn du Paulsen hinter Gittern hast. Schon klar. Wieso bist du da so schnell? Es gibt keine DNA-Spuren, keine Hinweise, keine Zeugenaussagen, nix. Du schießt dich viel zu schnell auf Paulsen ein, glaub mir. Am Ende war er es gar nicht und wir fangen wieder bei null an, weil du einen Fehler gemacht hast und die Spuren kalt sind.«

»So, wenn ich einen Fehler mache?«

»Ja doch. Ich sage dir, da ist ein Zusammenhang zwischen Vanessas Mörder und Bea.«

»So, so. Bea, also.«

»A geh scheißen!«, schimpft sie und verschränkt die Arme vor ihrer Brust.

»Persönliches Interesse am Fall. Ich kann dich für so was abziehen.«

»Du kannst es wohl nicht ab, dass ich auf einmal eine Frau süß finde und dich so gar nicht mehr.«

Das sitzt. Wolf zählt seine Atemzüge. So, wie er es in Saarlouis gelernt hat, als er zwanzig Monate in Aggressionstherapie war.

Franziska deutet seinen starren Gesichtsausdruck als Hochnäsigkeit. »Weißt du was? Mach doch! Suspendier mich, verhafte deinen Paulsen und lass dich feiern, wenn's dir so plausibel vorkommt. Aber lass mein Privatleben in Frieden. Zieh mich ab. Dann habe ich wenigstens Zeit, mich um den Kerl zu kümmern, der Jessys Laptop gehackt hat«, winkt sie trotzig ab und setzt sich zurück an ihren Schreibtisch.

»Jemand hat Jessikas Laptop gehackt?«, fragt Wolf und wird hellhörig.

»Lenk nicht ab! Du machst einen Fehler, wenn du dich auf Paulsen festlegst und die Möglichkeit außer Acht lässt, dass es einen Zusammenhang zwischen dem Mord an Vanessa und Beatrice Habermanns Verschwinden geben könnte. Ich fühle das. Komm schon, Wolf.«

Er reibt sich das Gesicht. »Es geht hier um Fakten, Franziska. Paulsen ist unsere Nummer eins. Aber die Spurenauswertung ist gekommen. Sieh sie durch. Wenn du was findest, womit du dein Gefühl untermauern kannst, bitte. Mach, was du willst.«

»Dazu brauche ich die DNA aus Beas Auto. Die wird erst Ende der Woche da sein.«

»Dann kümmerst du dich halt zunächst um die Akte von Vanessa. Du bist Kommissarin. Kriminalkommissarin. Du wolltest doch diesen Fall, oder? Dann mach deinen Job.«

22

Franziska findet nichts, was sie von Beatrice nicht schon erfahren hat. Abgesehen von den Fotos, die wirklich grauenvoll sind, und dem toxikologischen Befund, den sie googeln muss. Die PCs sind, wie es schon Beatrice bemerkt hatte, antik und es dauert ewig, sie hochzufahren. Um sich etwas abzulenken, tippt sie abermals ihre Kündigung zum Monatsende und legt sie Alois auf den Schreibtisch. Später holt sie sich die Papiere wieder, um sie vorerst in ihrer Schublade zu verstauen.

Fanni will auf die Analyse des Corollas warten. Innerlich hofft sie jedoch mehr auf eine Antwort auf die Nachrichten, die sie auf Beatrice' Mailbox hinterlassen hatte. Mittlerweile sind es wohl schon ein gutes Dutzend.

Als Wikipedia endlich was ausspuckt, reißt sie die Augen auf und notiert es sich.

Nach Dienstschluss holt sie eine Familienpizza für sich und ihre Tochter. Zu ihrer Überraschung findet sie dort Wolf vor. Er sitzt mit seinem Rechner am Wohnzimmertisch. Über ein Kabel hat er beide Laptops miteinander gekoppelt, wie es auch schon Mattes getan hatte, und tippt angespannt auf der Tastatur herum.

»Was machst du hier?«

»Du hast mir von dem Hacker erzählt. Was meinst du, was ein IT-Fachmann da machen will?«

Sie pustet sich eine Strähne vom Gesicht und teilt die Pizza auf drei Teller auf. »Ist Jessy oben?«

»Ja, die schläft schon.«

»Ja, klar«, lacht Franziska und trägt die Pizza zu ihrer Tochter hinauf.

Jessika sitzt auf ihrem Bett und tippt gelangweilt auf ihrem Smartphone herum. »Hat er es schon hinbekommen?«, fragt sie, als ihre Mutter die Tür öffnet.

Franziska umarmt sie und Jessikas Augen leuchten, als sie die Pizza sieht. »Warst du nicht mit unten?«

»Ich konnte nicht. Das ist so öde, ihm dabei zuzuschauen. Außerdem ... Ach ich weiß auch nicht. Ich meine, er ist weg, als ich acht war. Jetzt taucht er auf und spielt den Superdaddy.«

»Du übertreibst«, lacht ihre Mutter.

»Das ist gruselig. Weißt du, was er mir mitgebracht hat?« Sie greift unter das Bett und holt eine Bratzillas-Puppe hervor. »Yeay ...«, rollt sie die Augen. »Bin ich zehn, oder was?«

Jessika feuert die Puppe in die nächste Ecke und beißt wütend von ihrer Pizza ab. Franziska spürt, dass es an der Zeit ist, obwohl sie warten wollte, bis Jessika von sich aus danach fragt.

»Er ist nicht weg. Ich bin weg.«

Jessika unterbricht das Kauen.

»Also, dein Vater war nicht immer so ... ruhig«, beginnt sie. »Ich weiß nicht, wie viel du davon noch in deinen Erinnerungen hast, aber es wurde oft ziemlich laut. Dein Vater hatte ein Alkoholproblem und damit ...«

»Ich habe deine Mutter geschlagen.«

Beide sehen sich nach Wolf um, der in der Tür steht.

»Es tut mir leid. Ich weiß, das kommt zu spät. Deine Mutter hat genau das Richtige getan, als sie mit dir weg ist.«

»Du hast sie geschlagen?«

Wolf nickt und schaut seiner Tochter dabei fest in die Augen. »Ich bin nicht stolz darauf. Du hast eine tolle Mutter und ich hab's versaut. – Wenn ... ihr nichts dagegen habt, bräuchte ich mal deine Hilfe, Fan... Franziska.«

Er geht wieder runter. Jessika kaut wieder, ist aber den Tränen nahe.

»Lass das erst mal sacken.«

»Er hat ...«

Franziska kämpft mit den Tränen.

»Mich auch?«

»Nein!«, sagt sie prompt. »Das hat er nie getan.«

Ein paar Erinnerungen tauchen in ihr auf. Die Unterseiten von Betten, Hausschuhe vor ihren Augen, Gerüche, moderig und staubig. Schließlich folgen Geräusche. Wie weit entfernte Stimmen, das Zerspringen von Geschirr, Schreie, Weinen.

»Ich habe mich unter dem Bett versteckt, wenn er laut wurde, nicht?«

»Ja.« Die Tränen rinnen Fanni aus den Augen.

Jessika erinnert sich an flackernde Lichter und plötzlich sieht sie es klar. In einer dunklen Ecke, neben der Tür zum Dachboden, klammert sie sich an die Pfosten des Geländers. Zwischen den Streben hindurch schaut sie ihrem Vater zu, der sich vor ihrer Mutter aufbaut. Er schreit, sie schreit zurück. Er trinkt, sie macht ihm Vorwürfe. Er hebt die Hand ...

»Es war Weihnachten, oder? Weihnachten, als wir weg sind? Du hast mich geweckt und mich hochgenommen. Wir sind zu Oma.«

»Es tut mir so leid, Jessy.«

Während Franziska sie in ihren Armen hält, verwischt ihre Sicht. Die Bilder kommen nun immer klarer. Jessika kannte sie. Es waren Albträume, die sie schon immer plagten. Vor allem einer, wo ihr Vater ihrer Mutter dermaßen hart ins Gesicht schlägt, dass die taumelt und auf einen Kristalltisch fällt. Sie blutet, weint und sieht ihr dann schließlich in die Augen, während Wolfs Fäuste weiterhin auf sie hinabhageln. Bei jedem Schlag zuckt ihr Körper zusammen und die kleinen Hände um die Streben des Treppengeländers verkrampfen sich im synchronen Rhythmus.

Jessika fragt sich, ob es wirklich so gewesen war. Aber jetzt ist nicht die richtige Zeit dafür. Mutter und Tochter halten sich und schlafen irgendwann ein.

Franziska erwacht gegen zwei und stellt fest, dass sie mit der Wange in der Pizza gelegen hatte. Sich die Haare bürstend, geht sie die Treppe hinab und findet Wolf, der auf der Couch liegt. Seine Hosen sind ihm runter gerutscht und legen Wolfs Hintern frei. Fanni kann nichts dagegen tun. Sie muss einfach schmunzeln.

Die letzte Stufe knarrt und Wolf schreckt hoch. Er sieht sie auf der Treppe stehen und wischt sich über das Gesicht.

»Tut mir leid, ich wollte nicht ...«

»Schon gut«, sagt sie und geht in die Küche.

»Kaffee?«

»Wie spät ist es?«

»Kurz nach zwei. – Danke übrigens.«

»Ich ... Wegen der Sache damals ...«

»Es war, Wolf. Lass es. Wir haben uns ein Leben aufgebaut. Ohne dich.«

»Ich war zwei Jahre in Therapie ...«

»Wolf, es spielt keine Rolle.«

»Aber ich will mich erklären. Ich will dir sagen, warum ich mich nicht mehr gemeldet habe.«

Sie brüht den Kaffee auf und stellt ihm eine Tasse hin. Es passt ihr jetzt eigentlich nicht, dieses Thema zu bereden, aber sie nickt ihm dennoch auffordernd zu.

»Ich war wieder mal betrunken. Im Dienst, als ich in Saarbrücken gearbeitet habe. Bei einer Verhaftung. Es war nur ein kleiner Fisch. Kreditkartenbetrug. Aber ich bin ausgetickt, habe ihn mir vorgenommen und so lange auf ihn eingeprügelt, bis mich ein Kollege von ihm wegzog. Ich wurde beurlaubt und nach der internen Untersuchung hat man mich gefeuert. Den Knast konnte ich nur damit abwenden, dass ich in die Therapie ging. Also habe ich es gemacht. Ich durfte sechs Monate lang keinerlei Kontakte nach draußen haben. Nur deshalb habe ich keine Karten mehr geschickt und konnte mich auch telefonisch nicht mehr bei Jessika melden. Nach den sechs Monaten dachte ich, es wäre ohnehin egal. Als ich wieder raus war, habe ich mich überall beworben. Ich war ein halbes Jahr arbeitslos. Nur Kissingen hat mich dann genommen. Ich weiß, es wäre besser gewesen, ganz aus eurem Leben zu verschwinden, aber ich brauchte wieder eine Arbeit. Ich bin kaputt gegangen, so ganz ohne etwas zu tun zu haben. Sei nicht sauer deswegen.«

Selbstverständlich ist sie sauer. »Woher wusste Lois, dass du in Kissingen bist?«

»Ich habe angerufen und gefragt, wie es euch geht. Du kennst Lois. Wenn er erst mal fragen kann, plappert man drauflos. Ich wollte nicht, dass er's erzählt.«

»Hat er auch nicht. Er hat dich angefordert, um den Fall zu übernehmen. Kannst du dir ein wenig vorstellen, wie ich mich dabei gefühlt habe? Ich hatte keine Ahnung, dass du wieder hier bist und das Erste, was ich höre, ist, dass du meinen Fall übernimmst. Dass du mir meinen Mordfall wegnimmst. Du weißt, dass Hammelburg ein Kaff ist. Du weißt, wie man befördert wird. Es reichen keine ausgezeichneten Bewertungen durch Lois. Ohne richtige Fälle, bei denen ich mich beweisen muss, geht es nicht weiter. Dann passiert einmal was, das ausschlaggebend wäre, und schon schnappst du mir den Fall weg! Ich bin schon fünfzehn Jahre hier! Fünfzehn!«

»Das tut mir leid.«

Franziska nippt an ihrem Kaffee und mustert Wolf. Er sieht wirklich verändert aus. Früher hätte er mit Sicherheit nicht so ruhig reagiert, wenn sie ihn vor allen derart angeschrien hätte, wie sie es auf dem Revier getan hatte. Die Erinnerungen reichen aber, um alles, was sie je an ihm mochte, sterben zu lassen. Es kommt kein Gefühl. Nicht einmal Mitleid.

»Du wolltest mir was zeigen?«

Diesmal ist es an Wolf, sich überfahren zu fühlen. Die Frage kam so trocken und ohne Zusammenhang, dass er erst ein paar Sekunden braucht, um den Faden zu finden. »Dein Bild.«

»Prima, du auch.«

»Kompliment übrigens.«

»Verzichte.«

Wolf lächelt über ihre Direktheit. Es war eines der Dinge an ihr, in die er sich damals verliebt hatte. »Ich habe dein Profil gefunden. Also, zumindest das Bild. Wieso bist du eigentlich überrascht gewesen, wenn du das als Profilbild nimmst? Ich urteile nicht«, fügt er schnell hinzu, »aber jeder hätte dir das Bild schicken können, wenn du es online stellst.«

»Ich habe kein Profil irgendwo. Ich bin Kriminalkommissarin. So bescheuert bin ich nicht.«

»Es ist doch von einem Fotografen, oder? Sieht sehr professionell aus.«

»Reden wir über dasselbe Foto?«

»Das unter der Dusche. Wir sind nicht mehr verheiratet, und wenn du ...«

»Halt, halt, halt. Du denkst, ich hätte das Foto machen lassen? Für ein Internetportal?«

»Eine Dating...«

Franziska muss lachen. Ein hysterisches Lachen, verbunden mit Zweifel an Wolfs psychischer Stabilität. Er dreht ihr den Bildschirm zu und ihr Lachen stirbt.

»Scheiße! Das ist ja echt ein Profil. E-Mail und alles!«

»Ist das deine echte E-Mail-Adresse?«

»Ja doch. Das Foto kam mit dem Chat. Ich bin einem Vierzehnjährigen beinahe an die Gurgel gegangen, weil die Nachricht über sein Facebook-Account ging. Jessy hat nur den Chat geöffnet und zack, war es da.«

»Und woher wisst ihr dann, dass es ein Hacker ist?«

»Ich bin hin. Zu Mattes. Der Junge war gerade dabei, sein Motorrad zu reparieren. Er war voller Öl. Sein Vater hat bestätigt, dass er den ganzen Tag damit beschäftigt war. Er ist dann mit her, hat sich das Bild angesehen ...«

»Du ... Du hast einem Vierzehnjährigen ein Nacktbild von dir gezeigt?«, reißt Wolf schockiert die Augen auf.

»Ja, hat mich ganz feucht gemacht«, kontert sie und zieht ein vorwurfsvolles Gesicht.

»Entschuldige. – Weiter?«

»Als er hier war, kam eine Nachricht über Jessys Messenger. Als sie dann draufklicken wollte, leuchtete die Webcam kurz auf. Mattes hat das Kabel gezogen und gesagt, dass uns irgendwer gehackt hat.«

»Da kann er recht haben.«

Franziska sieht sich die Seite genauer an und liest sich den Titel durch. »R.A.C.L.? Was ist das?«

»Keine Ahnung, was das bedeutet. Real ... Adult ... Casual ... Lovers?«

»Dein Humor ist so ...« Sie lässt ihre Hand neben ihrer Schläfe kreisen. »Hast du echt gedacht, ich zeige mich nackt im Internet, um Typen aufzureißen?«

»Na ja, oder Frauen.«

»Wolf! Das ist nicht witzig! Ich weiß auch nicht, wie das mit Bea passiert ist, ja? Wir haben uns gesehen, ich fand sie sympathisch und sie gab mir einen Kuss. Das war's.«

»Sie hat dich geküsst?«

»Wolf!«

Er ergibt sich standesgemäß. »Also, ich dachte, es wäre eine Datingplattform, klar? Arrangieren wir uns so?«

»Wenn du meinst.«

»Also, ich wollte dein Passwort, habe aber später, also vorhin, als du mit Jessy geredet hast, festgestellt, dass es nur ein Klon ist.«

»Was heißt?«

»Praktisch ein Bild, das einen weiterleitet, wenn man draufklickt.«

»Und was passiert dann?«

»Nichts.«

Franziska sieht ihn verwundert an. »Nichts? Was meinst du damit?«

144

»Na, normalerweise sollte ich so auf die Haupt-
seite der«, Wolf zeichnet Gänsefüßchen mit den
Fingern, »Datingplattform kommen. Aber es zeigt
mir einen Code 409 an. Das ist eine Konfliktmit-
teilung.«

Franziska geht in die Küche zurück, um sich einen
weiteren Kaffee einzufüllen. »Du kannst dir schon
denken, dass mir das ein bisschen zu hoch ist, ja?«

»Also ein 409 kommt, zum Beispiel, wenn die
Seite nicht mit dem Browser kompatibel ist. Das
wäre ein Ding der Unmöglichkeit. Alle Seiten sind
mit jedem Browser erreichbar.«

»Mattes hat TOR installiert.«

Wolf stutzt und schaut ebenso leer, wie Fanni es
tut, wenn sie sich konzentriert. »Der Junge ist ein
verdammtes Genie. Darauf wäre ich jetzt echt
nicht gekommen.«

»Was?«

»Es könnte eine TOR-Seite sein.«

»Wieso?«

»Na, weil normale Browser die nicht anzeigen.
Deshalb die Fehlermeldung.« Wolf setzt sich an
den Rechner, fährt ihn runter, wechselt die
externe Festplatte und startet ihn mit Linux
wieder neu. »Hier habe ich TOR drauf«, sagt er.

Nach wenigen Tastenanschlägen findet er den
gesuchten Klon wieder, klickt und wird tatsächlich
verbunden.

»Ach du Scheiße!«, ruft Wolf aus und winkt ihr,
sie solle sich das ansehen.

Franziska stellt sich hinter ihn und fällt fast um.
Der Name der Seite ist ›Ruin A Cops Life‹. Direkt
darunter läuft ein Countdown ab und dazu tanzen

die Bilder verschiedener Polizisten unterschiedlichster Nationalität. Eine von denen ist Franziska.

»Du bist in Gefahr.« Wolfs Aussage kommt so unvermittelt, dass sie vor Schreck zusammenfährt.

»Das ist ein Spiel, Fanni. Ein IRL-Spiel.«

»Im richtigen Leben?«

Wolf nickt eifrig. »Diese Polizisten hier stehen auf einer Mobbingliste. Sie sind die Ziele der Spieler. Das gab's schon mal, aber die Seite wurde geschlossen und es konnten drei der zwölf Spieler festgenommen werden.«

»Heißt das, jemand hat mich auf dem Kieker?«

»Es kann alles sein«, erklärt er. »Von harmlosen Scherzen, über Telefonterror, Stalking bis hin zu Psychotricks, die das Opfer in den Selbstmord treiben sollen.«

»Quatsch. Ich? Wieso ich?«

»Ruiniere das Leben eines Polizisten. Deshalb.«

»Einfach so?«

»Einfach so«, antwortet er resigniert. »Sie können es nun mal. Sei es aus Langeweile, wegen Geld oder was auch immer. Sie machen es einfach.«

»Kannst du das löschen?«

Er ist ernsthaft überrascht von der Frage.

»Das ist das Darknet, Franziska. Ich kann hier gar nix machen. Die Kollegen vom BKA haben mal einen Drogenring hochgenommen. Das brauchte mehr als ein Jahr Rund-um-die-Uhr-Überwachung.«

»Aber es hat geklappt, nicht?«

Wolf lächelt nur müde. Mit ein paar Tastenanschlägen ruft er die Seite von Bitpharma auf.

»So viel hat es gebracht.«

Franziska setzt sich neben ihn, nimmt die Mouse in die Hand und scrollt herunter. Bitpharma ist ein Drogenshop.

Reines Kokain für 0,212 Bitcoins oder fünfundachtzig Euro das Gramm. So geht es weiter. Über Speed, Crystal Meth, MDMA, MDPV, LSD, Meskalin, Ketamin, bis hin zu stärksten Schlafmitteln, wie Oxycodon, das doppelt so stark ist wie Morphin. In den FAQ's steht, dass die Ware per Express von Deutschland und Frankreich aus verschickt wird.

»Das ist ein Scherz.«

»Glaubst du, Drogendealer entwickeln sich nicht? Schließt man einen Laden, machen zwei andere bessere Geschäfte, was dazu führt, dass wir denen damit helfen. – Ein Jahr, um so einen Laden dicht zu machen. Ruin A Cops Life ist eine temporäre Seite. Die«, wieder macht er seine Gänsefüßchen, »Spiele sind vorbei, bevor wir auch nur rauskriegen, über welchen ersten Relaisknoten die Seite läuft.«

»Also gibt es nichts, das ich machen kann, außer mich einzusperren und die«, sie schaut auf den Countdown, »siebzehn Tage zu überstehen, ohne einen Nervenzusammenbruch zu bekommen?«

»Ich glaube nicht.«

»Das kann doch nur ein Witz sein!«

»Glaub mir, ist es nicht.«

»Aber siebzehn Tage? Da kann ich wegfliegen und mich drei Wochen lang auf Lanzarote braun braten lassen.«

»Willst du meinen Rat? Genau das solltest du tun. Mit Jessika.«

»Du spinnst!«

Nur leider sieht Wolf gar nicht so aus, als sei er von allen guten Geistern verlassen. Sein Gesicht zeigt einen sehr überzeugten Ausdruck. Für Franziska ähnelt er dem, den er hatte, als er vor ihr auf die Knie ging, um sie um ihre Hand zu bitten. Sie lässt sich in die Kissen fallen und greift sich an die Stirn. Hinter ihren Augen machen sich Kopfschmerzen bemerkbar.

»Aber wenn er doch an mich will, wieso dann der Umweg über Jessikas Laptop? Das bringt ihm doch nichts.«

»Er will, dass du dich unsicher fühlst.«

»Das hat er geschafft. Aber was kann er mir denn in siebzehn Tagen schon antun, Wolf? Mein Leben ruinieren? Mich in den Selbstmord treiben? Wie denn?«

»Reicht es für den Anfang nicht, dass er ein Nacktbild von dir verbreitet? Ich meine, du bist Polizistin.«

»Da gibt es einige Kolleginnen, die das gemacht haben.«

»Freiwillig, Franziska. Freiwillig.«

»Ich bin bei der Polizei, verdammt. Was kann er schon tun?«

»Das wollen weder du noch ich rauskriegen«, bemerkt er mit ernster Miene. »Wenn du mir nie geglaubt hast, dass ich mir um dich Gedanken gemacht habe, glaub mir wenigstens jetzt. Ich würde weg. Schnellstens. Wenn du Urlaub brauchst ...«, will Wolf Franziska seine Unterstützung anbieten, aber sie unterbricht ihn forsch und will davon nichts hören.

»So ein Quatsch! Ich gehe doch nicht in den Urlaub. Wir haben einen Mord aufzuklären, ganz zu schweigen von Beatrice' Verschwinden.«

»Dann hier.« Er zieht einen Schlüssel von seinem Bund ab. »Falls du mal untertauchen musst.«

»Sicher werde ich mich ausgerechnet bei dir verkriechen«, spottet sie.

»Wie du meinst. Ich lasse ihn trotzdem hier. Sei vorsichtig. Ich sehe mir das mal näher an. Vielleicht komme ich ja irgendwie rein«, sagt er, steht auf und packt seine Sachen zusammen. »Überleg es dir. Ich mache mich auch für dich stark. Alois wird ein Einsehen haben.«

Kurz bevor er aus der Tür geht, dreht sie sich noch einmal zu ihm um. »Willst du nicht heute hier schlafen?«

»Das meinst du nicht ernst, oder?«

»Du kannst mein Bett haben. Ich nehme die Couch.«

»Du willst echt, dass ich bleibe?«

Franziskas Blick ist ängstlich. »Bitte«, fleht sie. »Geh ins Bett. Ich schlafe auf der Couch.«

NÄHE

1

Auf der kleinen, kaum befahrenen Straße ›Zur Kanzel‹ parkt ein dunkelblauer Golf 3 im Schatten einer gewaltigen Ulme, deren Blätterdach selbst die Straßenbeleuchtung abschirmt. Nichts Ungewöhnliches hier. Für viele Jugendliche ist der VW Golf ein beliebtes Erstfahrzeug. Gerade hier, nahe der Kaserne.

Aus dem Wagen ist kein Laut zu hören und der Fahrer sitzt nun schon seit Stunden reglos und beobachtet das schmucke Einfamilienhaus. Darin wohnt Franziska Voigt samt Tochter Jessika. Es ist der Ford, der ihn stört.

Ein dunkelroter Ford Orion. Der Besitzer des Wagens, Wolf Schmitt, Ex-Mann der Mieterin, hält sich schon seit dem Nachmittag im Haus auf und macht damit die Pläne des Wartenden zunichte. Das nervte den zunächst gewaltig, aber vorerst blieb er gefasst. Erst als Franziska nach

Hause kam, mit Pizza auf dem Arm, und ihr Ex noch immer keine Anstalten machte, *sich zu verpissen*, schlug er einmal auf sein Lenkrad ein.

Gegen zwei Uhr früh wollte er schon aufgeben, als sich oben etwas tat und er die Silhouette einer Frau am Fenster sah. Eine Stunde später hatte sich aber immer noch nichts verändert. Wutschnaubend dreht er den Schlüssel und fährt davon.

Als er schließlich in seinem Zimmer ist und die Seite von R.A.C.L. aufruft, gibt ihm sein Rechner neue Informationen. Eine Counter-Information. Ein Gast war auf der Seite. Niemand, der die fünf Bitcoins bezahlen wollte, um sich umzusehen.

Es ist keine alltägliche Sache. Erst recht nicht, wenn das Spiel schon läuft. Möglicherweise jemand, der noch einsteigen will. Bis zehn Tage vor dem Ablaufen des Countdowns ist ein Mitmachen möglich, auch wenn der Einsatz mit jedem Tag steigt.

Das Spiel dann noch zu gewinnen ist erst ein einziges Mal vorgekommen. Jemand hatte es binnen der verbleibenden Zeit geschafft, dass sich eine Ermittlerin von Scotland Yard von einem Hochhaus stürzte. Ihr Sprung wurde live gesendet. Wie der Spieler das zuwege gebracht hatte, blieb sein Geheimnis.

Die gute Nachricht ist, dass es genug Sponsoren gibt. Somit würden auch die Nächstplatzierten etwas einstreichen können. Das würde sie anspornen. Die schlechte Nachricht: Sein Abstand zum Vordermann hatte sich wieder vergrößert. Eine neu hochgeladene Fotoserie gab dabei den Ausschlag. Sie zeigt die Zielperson, immerhin ein DEA-Mann, wie er vollkommen wahnsinnig auf einen schwarzen Jungen einprügelt. Mit Sicherheit eine Sache, die einem die Karriere kosten kann.

Vierhundert Punkte findet er dann aber übertrieben. *Zwei vielleicht, okay, aber vier?*

Über dem Bildschirm prangt das Zitat aus ›Die Kunst des Krieges‹. Er liest es mehrfach.

»Gut, Wolf Schmitt. Du willst dich dazwischenstellen? Mal sehen, ob du das abkannst.«

2

Franziska macht Frühstück und deckt für drei. Das hatte sie schon seit einer Ewigkeit nicht mehr getan. Es fühlt sich gut an, obwohl sie weiß, dass Wolf nicht geschlafen hatte. Die Couch ist leer, als sie herunterkommt und sein Laptop glüht förmlich. Die deutlichsten Spuren findet sie jedoch in seinem Gesicht, als er aus dem Bad kommt.

Jessika kaut schweigend an ihrem Toast. Für sie ist es kein gutes Gefühl, mit demjenigen am Tisch zu sitzen, der durch Schläge die Familie zerstört hatte. Aber sie nimmt es hin. Ihrer Mutter zuliebe, die ausgesprochen guter Laune ist.

Allerdings ist Franziska das nur oberflächlich. Tief in ihr drinnen kann sie die Geschehnisse der letzten Nacht nicht verdrängen. Schon gar nicht jetzt, als Wolf neben ihr Platz nimmt und sie auffordernd ansieht. Sie weiß, was er sagen will: Geh zu Lois, nimm dir Urlaub und fahr mit Jessika weg.

Aber das kann sie nicht. Sie will es nicht können. Da ist Vanessa, dessen Mörder gefasst werden muss, und Beatrice, deren Wagen irgendwo im Nirgendwo leer aufgefunden worden war, abgesehen von den Blutspritzern. Beatrice ist noch immer nicht aufgetaucht und Franziska fühlt, dass es mit dem Vanessa-Fall zu tun hat. Jetzt noch darüber nachzudenken, dass irgendwelche durchgedrehten Kontrahenten sich einen Spaß daraus machen, Polizisten in den Wahnsinn zu treiben, ist eine Sache zu viel.

Jessika verschwindet nach dem Frühstück in ihrem Zimmer. Die Sommerferien gehen noch eine Woche. Irgendwann am Nachmittag wollte sie sich dann mit einer Freundin treffen und zur Beerdigung von Vanessa gehen. Zusammen mit den übrigen Klassenkameraden, Lehrern und Bekannten. Franziska würde auch da sein, ebenso wie Alois, Wolf und die halbe Stadt. In ganz Hammelburg war das Entsetzen über diese grausame Tat spürbar.

»Fahren wir zusammen?«

Franziska schaut auf. Wolfs Versuch, alles normal wirken zu lassen, stört sie nicht. Wolf meint es gut und sie weiß, dass er ihr die Nervosität ansieht, auch wenn sie versucht, das nicht zu zeigen. »Hast du was gefunden?«

»Ja, aber das erzähle ich dir später. Ich muss noch ein paar Sachen kontrollieren.«

»Was für Sachen?«

Er kämpft offensichtlich mit sich. Sie spürt, dass er ihr etwas sagen will. »Noch nicht. Ich will erst sehen, ob ich richtig liege. – Also? Fährst du mit?«

»Ich komme klar. Habe eh nur Besprechung.«

»Ach ja, dein freier Tag. Dann sehen wir uns auf dem Revier«, sagt er, schnappt sich seine Sachen, Jessikas Laptop und verschwindet mit einem freundlichen Lächeln.

Nachdem sie die Spülmaschine angestellt hat, sieht Fanni nochmals nach ihrer Tochter und sie verabreden sich für die am späten Nachmittag angesetzte Beerdigung. Sie lächelt, als sie die Haustür öffnet.

Als Franziska hinaustritt, ist die Angst da. Sie trifft Kommissarin Voigt unvorbereitet und mit einer Bestimmtheit, die sie so noch nicht erlebt hat. An diesem Morgen hört sie keine motivierende Musik. Anstatt gelegentlich die Augen zu schlie-ßen, die Melodie mitzusummen und, wenn keiner hinschaut, ein, zwei Tanzschritte zu wagen, blickt sie zu Boden und schielt ständig nach beiden Seiten. Sie macht keinen Halt bei ihrem Bäcker, kauft sich keinen Latte, kein Croissant und auch keine belegte Semmel, die sie sich sonst immer für die Frühstückspause besorgt.

Franziska ist unglaublich erleichtert, als sie die Tür zur Polizeistation hinter sich zu zieht, sich gegen sie lehnt und durchatmet.

Reiß dich zusammen, Mädchen. Das ist alles Blöd-sinn! Virtuelle Spiele in der realen Welt. »Pft!«

Alois sieht die Sache dann aber doch mehr wie Wolf.

»Wenn do wos dro is, musst auf Numma sicha gengan, Fanni.«

»Und die Ermittlungen gehen von ganz alleine voran, oder wie stellt ihr euch das beide vor?«

»Wir schaffen das hier schon«, versucht Wolf zu beschwichtigen. »Wir nehmen Paulsen nochmals in die Mangel, dann wird er schon einbrechen.«

»Du und dein Paulsen. Was ist mit Beatrice Habermann? Die kehren wir unter den Teppich, oder wie?«

»Eigentlich ist ihr Verschwinden ein Fall für die Frankfurter Polizei.«

»Wenn's a Vermisstenanzeige gibt«, bemerkt Alois.

Franziska sieht fragend, erschüttert und kopfschüttelnd zwischen ihren Vorgesetzten hin und her. »Willst du sagen, ihr habt euch noch nicht einmal erkundigt, ob eine aufgegeben wurde? Hallo? Wir haben ihren Wagen gefunden. Bei uns. Das Nummernschild ihres Autos lag sieben Kilometer vom Wagen entfernt. Wir wissen, dass sie sich noch nicht in Frankfurt gemeldet hat. Wenn ihr mich fragt, sind das echt gute Gründe für eine Vermisstenanzeige.«

»Wir vermissen sie doch gar nicht.«

»Ich schon«, sagt sie und marschiert an den Tresen, um diese Formalität zu erledigen. Als sie zurückkommt, knallt sie sich die Papiere auf den eigenen Schreibtisch. »Hoppla, schaut mal. Ich habe einen Fall. Eine Beatrice Habermann wird vermisst.«

»Fanni ...«

»Ach lass es, Lois. Du weißt, dass mir was an ihr liegt. Du redest schließlich schon mit meinem Ex über sie, und wie ich euch beide kenne, habt ihr dabei zweideutige Hintergedanken. Aber wisst's ihr was? Ich hätte sie gerne näher kennengelernt.

Sie war süß und ja, es hat verdammt noch mal gekribbelt.«

»Was ist mit dem Stalker?«

»Mein Gott, ich bin Kriminalkommissarin. Ich arbeite Vierzehn-Stunden-Schichten. Wann sollte mir der Spinner schon auf die Pelle rücken können?«

»Dahoam«, brummt Alois besorgt.

Natürlich kann er das. Gerade zu Hause. Fanni will davon aber gerade nichts hören. »Also schön. Falls mir irgendwer zu nahe kommt, erfahrt ihr es zuerst. Dann bin ich auch gerne bereit, die restliche Zeit über nach Timbuktu zu fliegen. Bis dahin haben wir zwei Fälle, die unsere volle Aufmerksamkeit brauchen. – Wolf, ich habe nichts gefunden, das deinen Verdacht gegenüber Paulsen untermauern kann. Vanessa wurde mit dem Toxin einer Qualle ruhiggestellt. Es lähmt sofort, wenn die Dosis stimmt. Wenn du ihn rankriegen willst, solltest du seine Bude filzen und rauskriegen, ob er ein Fläschchen Gift oder wenigstens Kondome mit Spermizid und/oder Benzocain besitzt. In unseren Apotheken wurden keine gekauft, das hab ich schon rausbekommen. Also, Lois, Wolf braucht einen Durchsuchungsbefehl vom Staatsanwalt für Dirk Paulsens Kasernenbude. Machst du das bitte? Wenn's geht, auch etwas Druck wegen dem Herzog. Irgendwas stößt mir da sauer auf. Ich will ihm mal auf den Zahn fühlen. Wegen dem Auto. – Wolf, auch wenn du was findest, bleibt es höchstwahrscheinlich ein Fund in einem Vier-Bett-Zimmer. Kein eindeutiger Beweis, dass es dann auch Paulsens Giftfläschchen oder Gummis sind.«

Alois Huber strahlt über das ganze Gesicht. »Wird g'macht, Chefin!«

»Na dann zackzack!«

»Hosd des g'hört? Der Preuß schubst mi rum«, lacht Alois.

»Wenn du in Rente gehst, ist sie schon längst Ermittlerin beim BKA«, lacht Wolf. »Sei froh, dass du sie nicht geheiratet hast.«

»Des hob i g'hört!«

Lachend gehen die beiden Männer hinaus.

3

Wolfs Schicht ist schon beinahe vorbei, als endlich die erlösende Nachricht kommt. Er setzt sich sofort in den wartenden Streifenwagen und fährt zur Kaserne. Am Tor wird er von einem Offizier erwartet, der ihm freundlich die Hand gibt.

»Paulsen und Herzog sind auf dem Übungsplatz. Ich fahre mit Ihnen hin. Ihre Kollegin muss aber da bleiben. Ich hab nur ein Dienstmotorrad.«

Der Offizier schaut schuldig zu Wolfs junger Kollegin hinüber. Die ist so perplex, dass sie vergisst, ihre Notizen fortzuführen.

»Na, ich werde ja von einer ganzen Armee beschützt, was?«, lacht Wolf. »Tina, Sie können ruhig fahren, wenn Sie wollen.«

»Alles klar, Oberkommissar.«

»Oberkommissar also, ja?«, fragt der Offizier lachend, als sie sich auf das Motorrad setzen und losfahren. »Ich habe Ihren Bericht gelesen, Herr Schmitt«, brüllt er förmlich nach hinten. »Ich bin

Paulsens und Herzogs Geschwaderkommandant und ich verspreche Ihnen, dass ich die beiden keinen Moment mehr aus den Augen lasse. Wollen Sie zuerst auf die Stuben oder gleich zu ihnen hin?«

»Ich würde gerne erst mit ihnen reden. Am liebsten mit Herzog zuerst.«

»Was hat der eigentlich ausgefressen?«, brüllt der Offizier vor Wolf gegen knatternden Motorenlärm und den Fahrtwind an.

»Der hat seinen Wagen als gestohlen gemeldet. Und dieser war in einen Unfall verwickelt.«

»Herzog hat so einen alten Touareg. Ein selten hässliches Teil. Hat er was mit der Sache zu tun?«

»Das wird noch ermittelt. Mehr darf ich Ihnen leider nicht sagen.« Der Offizier nickt und macht mit den Fingern eine Drehbewegung vor dem Mund.

Die Fahrt geht über eine asphaltierte Strecke, bis sie auf einen Waldweg führt. Nun versteht Wolf auch, warum der Offizier mit dem Motorrad unterwegs ist. Der Weg ist schmal, holprig, staubig und es wird unheimlich laut, als sie sich dem Übungsplatz nähern.

»Es ist keine echte Munition«, brüllt der Fahrer Wolf zu, »aber Krach genug machen die Attrappen auch, was?«

Wolf kann nicht alles verstehen, den Sinn aber erfassen.

Bei einem Unterstand halten sie an.

»Ich habe Spähposten. Die Übung ist gleich beendet, dann beordere ich sie her. Ich kann sie da jetzt nicht rausnehmen. Die Anwärter sollen den

Angriff selbst planen und umsetzen. Ich mache mir Notizen für die Auswertung, sehen Sie?«

Er zeigt ihm seinen Block, auf dem unkenntliche Zeichen, Linien und Pfeile gekritzelt sind.

»Wo sind die beiden?«

»Herzog ist Staffelführer bei der Panzereinheit dort«, sagt er, reicht ihm das Fernglas und zeigt mit dem Finger auf eine Freifläche hinaus. »Der Paulsen ist bei der Kritikgruppe. Die wertet das Manöver dann gemeinsam mit uns Offizieren aus.«

Wolf schaut durch das Okular und muss eine Weile am Fokus schrauben, bis er auch nur das Geringste erkennen kann.

Als sich die Sicht schärft, spürt er einen Stich in seinem Nacken. Augenblicklich schnellt Wolf herum, doch sein Blick ist schon getrübt. Bläschen von Speichel blubbern an seinen Mundwinkeln hervor, die Arme baumeln schlaksig und seine Knie sind weich. Mit letzter Kraft will er einen Schwinger auf den ominösen Schatten zufliegen lassen, aber seine Faust schlägt unkoordiniert ins Leere.

»He, he! Mal ganz sachte, du tust dir sonst noch weh«, lacht sein Angreifer.

Als Wolfs Beine nachgeben, beugt der sich über ihn und kriecht ihm förmlich ins Gesicht. »Ist es so gut? Kannst du mich erkennen, Oberkommissar?«

Wolf kann ihn erkennen. Sehr gut sogar, bis der immense Speichelfluss die Luftröhre herunterläuft. Ein Hustenreflex bleibt aus. Kurz darauf bemerkt der Offizier die bläuliche Farbe in Wolfs

Gesicht, packt ihn grob an den Schultern und dreht ihn auf den Bauch.

»Hoppla!«, ruft er grinsend aus und legt sich friedlich neben ihn auf den Waldboden, um zuzusehen, wie die Röte wieder in Wolfs Wangen zurückkehrt. Der Sabber läuft ihm unaufhörlich aus Mund und Rachen. Dass Wolf nur noch stockend und ruckartig atmet, stört ihn nicht. Vor seinem Gesicht spielt er mit einer Kanüle, gegen deren Schaft er mit einem Finger schnippst und versucht, durch die milchige Restflüssigkeit zu schielen. Dabei hält er Wolf die ganze Zeit eine Digitalkamera vors Gesicht, um das Verblassen seiner Muskelkontraktionen zu dokumentieren.

»Nesselgift. Cooles Zeug. *Chironex fleckeri.* Die gemeine Seewespe. – Keine Sorge, ich habe das Gift perfekt dosiert. – Weißt du, Wolf, ich habe nichts gegen dich. Wirklich nicht. Aber musstest du Franzi den Fall wirklich wegnehmen? Nein, nein, sich da jetzt rausreden zu wollen ist unnötig. Es war deine Entscheidung den Fall zu übernehmen. Alois hat dich gefragt und du hast ja gesagt. Das stimmt doch so, nicht wahr? Ich weiß, sie ist ziemlich heiß, deine Ex-Frau. Aber he! Du hattest deine Chance. Du hast sie versaut. Was soll das ganze Theater? Du passt mir nicht in den Kram. Nicht, dass ich mich nicht den Umständen anpassen kann«, schmunzelt er. »Das siehst du ja.«

Wolf hört alles. Wolf sieht alles und er spürt die Krämpfe, welche das Toxin in seinen Eingeweiden hervorruft. Die Schmerzen sind unglaublich, dass ihm beinahe die Sinne schwinden. Dazu die Atemnot. Es ist ein langsames Ersticken, als würde man an einem erdrückend schwülen Tag tief Luft holen, nur um noch mehr der glühenden Atmosphäre einzuatmen. Nicht einmal zwinkern kann er noch und seine Augen jucken fürchterlich, da die Tränendrüsen zwar stetig Nachschub schicken, das Wasser aber in seiner Lidgrube abrinnt und die Augäpfel nicht erreicht. Sie verdorren sprichwörtlich in der Nachmittagssonne.

»Du fragst dich, ob ich es bin, was? Der mit der Ader für Granitgestein? – Aber rate noch ein bisschen. Vielleicht kläre ich dich ja später auf. Wäre das schlimm für dich?«, fragt er, mit zu einem kindlichen Jammern verzogenem Gesicht. »So traurig.«

Mit einer frischen Brennnessel wischt er Wolf den gesammelten Speichel aus dessen unterer Wangentasche.

Der Anblick dieser wabernden Melasse und das glucksende Geräusch, bei jedem seiner abgehackten Atemzüge, ekeln ihn.

Der Effekt muntert ihn auf.

»Besser?«, fragt er und amüsiert sich über die Nesselblasen, die sich auf Wolfs Lippen bilden. »Brennt, was? Tut mir leid. – Ach, schade, dass du nicht mehr antworten kannst. Ich würde zu gerne wissen, was du die ganze Nacht bei Franzi gemacht hast. Du hast doch nicht etwa dein altes Hobby wieder aufgenommen, was?« Er mustert ihn. »Nein«, sagt er und reißt dann plötzlich seine Augen auf. »Sie hat dich doch wohl nicht wieder rangelassen, oder? Nein! Oder doch? Ach, das hätte ich dich mal lieber früher fragen sollen.«

Um sie herum wird es still. Die Übungen sind beendet. Der Moment, auf den er gewartet hat.

»Es wird Zeit, dich jemandem vorzustellen.«

Die Schatten sind lang, als er Wolf aus dem Gebüsch zieht. Es ist nicht weit. Eine alte Grube, die irgendein vergessener Jahrgang bei einem Manöver ausgehoben hatte. Er stößt ihn mit den Füßen hinein. Wolf landet mit dem Gesicht an einem Stein. Sein Nasenbein bricht an dessen scharfen Kanten und das Blut sickert heraus. Nun reicht Wolfs Reflex kaum mehr zum Atmen aus, und wieder bekommt sein Gesicht eine bläuliche Färbung.

»Ich dachte, du solltest sie wenigstens einmal sehen«, sagt er, während er ihn in Position tritt. »Sie hat dir bestimmt schon von ihr erzählt, oder? Die süße fünfundzwanzigjährige Ermittlerin von der Spurensicherung? Wie hieß sie noch? – Bea? – Ah! Beatrice. So ist es richtig.«

Er springt zu ihm hinunter, öffnet ihm den Mund, überstreckt seinen Hals und legt Wolfs Kopf erhöht auf die Füße von Beatrices totem Körper. Die Marmorierung in seinem Gesicht, hervorgerufen durch den Sauerstoffmangel, verblasst.

»Sie hat ein wunderschönes Lächeln, siehst du? Pink! Pink steht allen Frauen, nicht wahr? Was meinst du? Ob deine Ex auf ihre Muschi aus war? Hm? Wollen wir mal nachschauen, ob sich das gelohnt hätte, ja?« Er hebt das blaue Sommerkleid und schiebt den festklebenden Slip beiseite. »Boah!«, ruft er aus. Ich glaube, wir sind zu spät gekommen, Wölfi! Ekelhaft! Aber warte mal, ich schieße noch ein Erinnerungsfoto von euch.«

Das tut er. Mehrfach. Dann kniet er sich zu ihm und zeigt ihm ausführlich die Aufnahmen auf dem Display seiner Kamera.

»Na, ob das deiner Ex gefällt? Eher nicht, was?« Seufzend heuchelt er Anteilnahme. »Na gut, mein Freund. Ich werde mich wohl gleich verabschieden müssen.«

Er kramt in der Seitentasche seines Motorrads. Einige Pakete Plastiksprengstoff liegen darin, die er um die beiden reglosen Körper verteilt.

»Hier, halt mal!«, befiehlt er und drückt eines davon Wolf in die Hand. »Was? Du hast doch nicht gedacht, du kriegst auch so einen hübschen Stein, oder? Ich bitte dich. Zu dir passt doch kein pinker Lippenstift. Also wirklich. Du bist ein Kerl. Du musst abspritzen«, lacht er laut und amüsiert sich lange über sein Wortspiel.

Um ihre Körper herum schichtet er Erde auf, spart aber Wolfs Gesicht aus. »Das war's. Also, bis irgendwann mal? Jammer nicht. Du liegst mitten in einer Zielmarkierung. Nachher übt hier die Hubschrauberstaffel. Du wirst gar nix merken. – Na ja, wenn du so lange durchhältst, natürlich nur. Als dann. Ich hab noch was vor.«

4

Das Haus ist leer, als Franziska ankommt. Sie hat ein Taxi genommen. Ihre Nervosität von heute Morgen hatte ihr fürs Erste gereicht.

Jessika ist bereits bei ihrer Freundin. Gemeinsam hatten sie sich freiwillig für die Grabrede gemeldet. Dass ihre Tochter zu den engsten Freundinnen von Vanessa Aschbrenner gehörte, wusste Franziska bisher nicht. Erst als sie ihre vorbereitete Rede auf Jessikas Bett findet und sie sich weinend durchliest, wird ihr das klar und sie macht sich deswegen Vorwürfe.

Um sich abzulenken, geht sie den normalen Aufgaben einer Hausfrau nach. Geschirrspüler ausräumen, Staub saugen, Betten machen, Wäsche waschen. Am Nachmittag kommt der Anruf von Alois, dass Wolf auf dem Weg zur Kaserne sei und dass er einen Vernehmungserlass für Maik Herzog hat. Wolf würde ihm den überreichen und ihn für den morgigen Vormittag vorladen, damit Franziska es selbst erledigen konnte. Außerdem ließ er noch ausrichten, dass er sie pünktlich zur Beerdigung abholen würde.

Gut gelaunt stellt sie sich unter die Dusche und lässt den vergangenen Abend Revue passieren. Sie empfindet es als Fortschritt, wie Wolf und sie sich unterhalten hatten. Über sich und ihre gemeinsame Vergangenheit. Während das heiße Wasser auf ihrer Haut abperlt, muss sich Fanni eingestehen, dass es ein gutes Gefühl ist, Wolf in ihrer Nähe zu wissen. Sie ist kein Angsthase und auch nicht schreckhaft, aber in der Nacht hatte sie ihn gebraucht. Seine Nähe. Und eigentlich hätte sie sich sehr gerne an ihn geschmiegt, nur um sich sicherer zu fühlen.

Zurück im Schlafzimmer, legt sie sich das schwarze Kleid zurecht, die Strumpfhose und ihre besten Pumps. Das ist dann auch alles, was ihr Schrank an schwarzen Dingen anzubieten hat.

Um halb sechs sitztm sie auf dem Sofa und trommelt mit ihren Absätzen auf den Bodenfliesen. Zehn Minuten später schnappt sie sich ihre Autoschlüssel und fährt selbst. – *Wenn man nicht alles selber macht!*

Sie schafft es gerade noch rechtzeitig. Jessika erwartet sie schon ungeduldig. »Wo hast du ihn gelassen?«, fragt Jessika.

»Er taucht nicht auf. Das kennen wir ja schon«, sagt sie zornig.

Ihre Tochter hatte einen Platz in der sechsten Reihe für sie reserviert, denn fast ganz Hammelburg scheint an der Beerdigung teilnehmen zu wollen. Viele Großeltern, wie ein älterer Herr mit weißem Haar, der direkt vor Fanni sitzt und ein äußerst penetrantes Rasierwasser benutzt.

Der Sarg vor dem Altar der kleinen Kapelle ist aus verständlichem Grund verschlossen. Dafür strahlt Vanessa ihr schönstes Lächeln aus einem silbernen Bilderrahmen. Gekränzt wird die Aufbahrung durch Weinranken, Trauben und weiße Rosen, Vanessas Lieblingsblumen. Ihre Krone liegt mittig auf dem Sarg. Niemand wäre auf die Idee gekommen, die Zweitplatzierte zur neuen Königin zu ernennen. Es ist ohnehin fraglich, ob sich weitere Krönungsveranstaltungen rentieren würden, nach den Dingen, die Vanessa zugestoßen sind.

Schräg hinter Franziska sitzt Alois Huber in einem anthrazitfarbenen Anzug. Der steht ihm gut, findet sie.

Alois geht zu ihr herüber und flüstert ihr ins Ohr: »Wo is Wolf?«

»Ich habe keine Ahnung«, zischt sie vorwurfsvoll und klopft neben sich auf den Platz, der für Wolf gedacht war. Alois setzt sich zu ihr. »Er wollte mich abholen. Scheint nicht so, als hätte er seine Gewohnheiten geändert, hab ich recht?«

Alois schweigt, sieht aber nachdenklich aus.

Noch bevor er etwas sagen kann, kommen der Priester und die Ministranten. Auch sie wirken betroffen. Es gehörte eigentlich zu Vanessas Aufgaben, das Kruzifix beim Einmarsch zu tragen.

5

Als die Gemeinde den Beginn der Trauerfeier erwartet, wird das Geläute der Glocken durch Rotorenlärm einer Hubschrauberstaffel fast vollständig übertönt. Man kennt das hier und stört sich nicht mehr daran. Natürlich verzieht man das Gesicht und macht seinen Unmut mit einem kurzen Seufzer Luft, mehr aber auch nicht.

Über dem Übungsplatz teilt sich die Formation, übt Zielanflüge, das Absetzen und Aufnehmen von Bodentruppen, Rettungsaktionen mit Seilwinden und Bergungskörben. Als es zu dämmern beginnt, ist es an der Zeit für die sogenannten Bluecopter. Drei dieser geräuscharmen Hubschrauber üben Tiefflug, Visierung und den virtuellen Abschuss von Gegnern mit Lasergeräten.

Wolf hört sie nicht kommen und auch sehen kann er kaum noch etwas. Das Gift befindet sich jetzt überall in seinem Körper. Die Injektion in die Nackenmuskulatur hatte den Effekt des Toxins auf die inneren Organe verzögert. Dem Angreifer war es auch mehr darum gegangen, sein Opfer zu lähmen. Das geht schneller, wenn man das Gift in der Nähe des Rückenmarks spritzt. Bis es den Blutkreislauf erreichte, verging fast eine Stunde. Erst dann ließ es die Zellmembranen platzen, das Blut langsam gerinnen, Halluzinationen vor Wolfs Augen tanzen und den Herzmuskel immer wieder flimmern.

Den Laserpointer, der über seinem und Beatrice Habermanns Grab huscht, sieht er nicht. Seine Augen sind durch das Fehlen der Tränenflüssigkeit blind. Als der Pointer einen Sensor am Sprengstoff streift, blinkt eines der Pakete kurz auf, dann ist alles Weiß.

Die Druckwelle schleudert Erdreich vier Meter hoch, verfehlt den tieffliegenden Eurocopter jedoch knapp. Nur mit Mühe gelingt es dem überraschten Piloten, einen Absturz zu verhindern. Im ersten Schock zieht der Pilot den Steuerknüppel an sich heran und kämpft mit der Maschine um eine horizontale Position in der Luft. Vergeblich. Er war zu eifrig und das Heck bricht aus. Immer schneller wird der tödliche Kreisel, und ein Kampf dagegen scheint schon aussichtslos, bis die Druckwelle einer verzögerten Explosion den Heckgyro erfasst und den Heli schlagartig gerade stellt. Jetzt findet der Hauptrotor jedoch keinen Luftdruck mehr vor und die Maschine sackt ab. Schlingernd nutzt er den Auftriebsverlust, um die Maschine auf den Boden zu setzen. Er macht einen Notstopp, um die Drehzahl der Rotorblätter so schnell wie möglich zu reduzieren. So nah am Boden konnten

die Rotorblätter jeden Moment neuen Luftwider-
stand finden.

Der Pilot atmet angestrengt, als es ihm gelingt,
ohne dass der Helikopter erneut abhebt. Zitternd
und leichenblass sehen sich der Pilot und sein
Schütze an. Die Rotorblätter drehen sich pfeifend
und immer langsamer über ihren Köpfen.

»Scheiße, das war knapp!« Der Co-Pilot taumelt
aus der Kabine und übergibt sich an Ort und
Stelle. Erst jetzt bemerkt er den tiefen Krater, nur
wenige Meter von ihnen entfernt. Vor seinen
Füßen entdeckt er zwei abgetrennte Finger. Sein
Magen rebelliert erneut.

6

Hammelburger reagieren bei Explosionen mit
dem Hochziehen ihrer Augenbrauen und dem
Gedanken *Bundeswehr*. Auch diesmal.

In diesem Moment der Trauer und gegenseitigen
Beileidsbekundungen hätte man gerne darauf ver-
zichtet.

Alois unterhält sich etwas abseits mit Vanessas
Großeltern, die sich so viel Händeschütteln lieber
entziehen wollen. Er schirmt sie, in seiner Position
als Polizeichef, so gut es geht ab.

Während Franziska auf ihre Tochter wartet, die
sehr viele Umarmungen und Danksagungen für
ihre wunderschöne Rede bekommt, tippt sie auf
ihrem Smartphone herum und schickt eine weitere
Nachricht an ihren Ex-Mann, was er sich dabei
denkt. Gelegentlich treffen sich die Augen von

Mutter und Kind. Dann lächeln sie sich aufmunternd an. Dass es einen Tumult an den beiden Haupttoren gibt, hört sie zunächst nicht.

Es ist Georg, der zu Fanni kommt, sie an den Schultern nimmt und in eine uneinsichtige Ecke drängt. Da sie mit einer weiteren Kurznachricht beschäftigt ist, kann sie ihm nur einen auffordernden und fragenden Blick gönnen.

Georg drückt ihr ein A5-Blatt in die Hand. Franziska erkennt sich. Nackt. Es ist das Foto aus dem Schwimmbad.

Über dem Bild steht: *Ich bin eure* ..., und darunter: ... *geile Kommissarin Fanni.*

»Woher ...«

Georg deutet mit dem Kopf nach allen Seiten. »Es sind hunderte Blätter. Hunderte«, flüstert er ihr aufgeregt zu. »Sie liegen verstreut an allen Ausgängen.«

Die Warnungen von Wolf sind schlagartig zurück. Harmlose Scherze, hatte er gesagt. Aber harmlos ist das hier gar nicht mehr.

Jessika kommt zu ihr gelaufen. Auch sie hat eines der Bilder in der Hand. Als sie sieht, dass ihre Mutter eine weitere Kopie besitzt, bricht sie in Tränen aus.

»Wir bringen euch weg«, sagt Georg schnell und führt sie zu einem Seitenpfad, der hinter dem Landratsamt zu einem Parkplatz führt. Mit seinem Wagen fährt er sie nach Hause.

»Was zum Geier ist das?«, schreit Franziska, als sie endlich die Tür hinter sich zu zieht und ihre Hackenschuhe durch das Wohnzimmer schleudert.

»Ich bin schuld«, weint Jessika. »Es war mein Computer. Ich hab die Scheiße angenommen.«

Fanni nimmt ihre Tochter in den Arm und spendet ihr Trost. Immer wieder redet sie ruhig auf sie ein, dass sie nichts dafürkann. Es immer zu wiederholen, beruhigt sie schließlich auch selbst.

Ein paar Minuten später trifft Alois ein. »Geht's eich guad?«

»Super, Lois. Ich könnte mir nix Geileres vorstellen.«

»Koan Sarkasmus, Fanni. Des ist todernst. Du bist beurlaubt. Fahr weg. Es is so, wie Wolf es g'sagt hod. Wo is der überhaupt? Noch ned do?«

Bevor sie antworten kann, klingelt sein Telefon und er hebt den Finger, um das Gespräch zu verstehen. Als er sich schließlich wieder zu ihnen umdreht, ist sein Gesicht aschfahl.

»Man hod Leichenteile auf'am Übungsplatz g'funden.«

»Was für Leichenteile?«

»Jessy, mogst ned nauf geh'n?«, fragt Alois liebevoll und ist sehr erleichtert, als sie dem Ratschlag folgt. »Sakra no oamoi!«, poltert er, als sich nur noch Polizisten in Franziskas Wohnzimmer aufhalten. »Noch a Toter. Wos is hi los? Tina, fahr z'rück aufs Revier und b'ställ umgehend die Spurensicherung. Schoasch«, er kramt in seiner Hose, »do, moi Schlüsseln. Nimmst dia moi Laptop und dena Scanna. Die hom g'sogt, 's gibt zwoa Glubbal. Nimm Abdrücke. Schoass auf de Loboaratt'n. I wui Ergebnisse. Bed'n mia zur Jungfrau, doss 's wos nützt.«

»Alles klar, Chef.«

»Fanni«, er bemüht sich wieder, »du versuchst Wolf aufz'treiben. Des machst du von dahoam aus. Hörst mi? Am besten, du schließt di ein.«

»Du spinnst wohl. Ich muss wissen, was ...«

»... dia no passier'n ko? Eppa hod di grod voa oin Leidn diffamiad. Jeda do hod di 'etz nackt g'seng. Hosd a Ahnung, woaauf da ois naxts kimmt?«

»Du hast doch gar keine Leute, um mich hier einzusperren, Lois.«

»Glaabst, i mach dena Foi seibst? I schick 'etz a Depesch'n os LKA in Würzburg. Die könna aa moi wos moch'n.«

»Aber ...«

»Nix aba! Host mi?!«

»Ja doch.«

Alois Huber konnte herrisch auftreten, wenn er es denn musste. Dass er es aber so sehr sein kann, ist auch für Franziska neu. Sie muss in den sauren Apfel beißen. Beurlaubung, trotz zweier Fälle, die unerledigt auf ihrem Schreibtisch warten. Ein Zustand, den Franziska so gar nicht leiden kann.

Als Alois mit ihr allein ist, kommt er näher an sie heran und flüstert. »Du woasst, dass Wolf in der Kasernen wor, ja?«

»Natürlich, Tina ...«

»Des wor sein letzter bekannter Aufenthaltsort. Er wollte zur Beerdigung z'rück san. Is er aber ned g'wesen. I wui die Fingerabdrücke. Du woasst, warum.« Fanni muss sich setzen. Alles dreht sich.

»I wui, dass du do bleibst. Verramm'l die Tür'n.« Er greift in seine Jacke, zieht seine Dienstwaffe aus dem Halfter und legt sie vor Franziska auf den Tisch. »Sei vorsichtig. I mog di nämlich.«

»Lois …«

»Schließ ab«, sagt er, als er die Tür hinter sich ins Schloss zieht.

7

Die spürbare Panik in der Stadt gefällt ihm. Alle Polizisten rennen kopflos durch die Straßen, strömen in das Präsidium und wieder hinaus. Eben ist es der Polizeichef. Er wirkt ein wenig mitgenommen und irgendwie spürt sein Beobachter das innere Verlangen, seinem Leiden ein Ende zu setzen.

Keine Eile.

Nein, keine Eile. Zunächst will er sichergehen, dass es für die Zielperson auch eine wirklich unangenehme Nacht wird.

Auf seinem Stammplatz unter der wuchtigen Ulme bringt er sich in Position. Oben, in Jessikas Zimmer, leuchten die Vorhänge rot. Aber noch ist sie nicht sein Ziel.

Es sind ja noch mehr als zwei Wochen. Nein, jetzt ist es Zeit, sich um Franziska zu kümmern.

Er braucht ein paar aussagekräftige Bilder, die ihren psychischen Knacks möglichst deutlich wiedergeben. Zweifel daran, dass ihm das in Kürze gelingen wird, hat er nicht. Ganz und gar nicht.

Erster Schritt, ein Telefonat. Dazu gibt es die Voicechanger-App. Die gibt es kostenlos zum Download. Natürlich darf man nicht so dumm sein, nur eine davon zu nutzen. Man ruft mit der verzerrten Stimme über mindestens ein weiteres Telefon, selbstredend mit derselben App, die gewünschte Nummer an. Er benutzt vier Telefone. Das würde ausreichen, um gegen jedes Tracking gefeit zu sein.

Außerdem ist meine Stimme dann so unkenntlich und diabolisch, dass sich Franziska in die Spitzenhöschen scheißt.

Aber das allein würde sie nicht aus dem Haus jagen. Dazu braucht man einen Köder. Ein Lockmittel. Das Beste, das er sich für die Kommissarin vorstellen kann, ist er selbst. Bescheuert genug, sich selbst in das Fahrzeug zu setzen, das gegenüber ihres Hauses parkt und noch ein paar Überraschungen für sein Opfer bereithält – *große Überraschungen* –, ist er aber nicht.

Er kriegt einen Harten, als er sich vorstellt, wie Fanni, nur in bepisster Unterwäsche, aus der Tür stürmt, die Tür des Wagens aufreißt und dann völlig geschockt zu Boden fällt.

Er kann es kaum erwarten.

8

Franziska starrt auf die P7 von Heckler & Koch, Alois' Dienstwaffe, die mittig auf dem Naturholztisch ruht. In ihrer Hand hält sie eine Tasse mit Fencheltee, weil der entspannend sein soll. Seine erhoffte Wirkung lässt aber im Moment ewig auf sich warten. Von oben hört sie das leise Summen ihrer Tochter. Innerlich wünscht sie sich, wieder so unbefangen sein zu können, wie Teenager in diesem Alter. Ihr ganzer Körper verkrampft, als das Telefon auf dem Tisch durch die Vibration tanzt. Wie immer schaltet sie auf Freisprechen.

»Ja?«

»Hallo Franzi.«

Sie weiß sofort, wer es ist. Die Stimme klingt wie aus einem schlechten Horrorfilm. *Wie in Scream*, schießt es ihr ins Gedächtnis.

»Ich wollte nur mal kurz Hallo sagen.«

»Was willst du, Arschloch!«

»Aber, aber.«

»Du bist der bekloppte Hacker.«

»Hacker?«

»Und Stalker.«

»Schon besser, aber noch nicht ganz.«

Sie weiß, dass sie auflegen sollte. Ein Anruf bei Lois und sie hätte die Fangschaltung.

»Du solltest dir lieber ein paar Strümpfe anziehen. Man sagt, wenn man so ängstlich ist, wird einem schnell kalt. Und du willst doch keine Blasenentzündung, oder doch?«

Franziska schaut an sich herunter und merkt, dass sie tatsächlich keine Socken trägt. Sie schaltet schnell und hält die Handykamera mit einem Finger zu.

»Kluges Mädchen.«

»Was willst du?«

»Nur sehen, wie es dir geht.«

»Tja«, sagt sie gespielt schnippisch, »daraus wird ja nun nichts mehr, so ohne Kamera.«

»Wusstest du eigentlich, dass eine deiner beiden Haustürlampen defekt ist?«

Ihr Herz pocht wild, als sie sich nach ihnen umdreht. Aber beide schimmern noch gelblich durch die zugezogenen Fensterscheiben. »Du bist am falschen Haus.«

Mit einem Knall explodiert die linke Glühbirne an ihrer Tür. Franziska schreit panisch, rutscht unter den Tisch und hält sich die Ohren zu. Das gehässige Lachen lässt sie wieder zu Sinnen kommen.

»Hoppla. Da musst du dir bald eine Neue besorgen. Aber pass auf, dass du dir nicht in deine zarten Füßchen schneidest.«

»Warum machst du das, du Arsch?!«

Im Flur, oberhalb der Treppe, gehen die Lichter an.

»Sag deiner Tochter, sie soll in ihrem Zimmer bleiben. Ich bin ein ziemlich guter Schütze.«

»Jessy, bleib oben. Jessy?!«

Jessika kauert sich an das Geländer und krallt sich an den Streben fest.

»Sie ist noch immer nicht weg«, mahnt die Stimme.

Ein weiterer Knall lässt beide zusammenfahren. Jessika kreischt hysterisch. Draußen erlischt die zweite Lampe.

»Jessy, geh in dein Zimmer. Geh! Jetzt!«

»Mama ...«

»Geh! – Bitte.«

Sie weint, beide weinen, während Jessika langsam vom Geländer verschwindet.

»Na geht doch. Sie scheint ja doch ein ziemlich kluges Kind zu sein, was? Wenn man bedenkt, dass sie so ohne Weiteres fremde Chatfenster öffnet.«

»Das hätte jedem passieren können. Kein Mensch rechnet mit so irren Typen wie dir.«

»Ich schon. Mir wäre das nicht passiert.«

»Selbst du machst Fehler. Und ich schwöre dir, dass ich dich kriege, du Wichser!«

»Fehler? Welchen Fehler?«

»Ruin A Cops Life. – Ich weiß, dass du dahintersteckst. Jede Website kann man knacken. Ich werde deine knacken, dich finden und dich zur Strecke bringen!«

Es kommt keine prompte Antwort. Ein winziger Sieg. Einer ohne Belang.

»So, du weißt also von dem Spiel? Aber du hast noch nicht gesehen, worum es geht, oder?«

»Ihr versucht, die Leben von Polizisten zu zerstören.«

»Nicht versuchen, Franzi. Wir tun es einfach. Schade eigentlich, dass du die Seite nicht aufrufen kannst, was? Du hast nämlich noch keine Ahnung, was um dich rum so alles passiert.«

»Dann erzähl's mir doch!«

Nur Lachen. Eine ganze Weile lang nur Lachen.

Oben an der Treppe erscheint das verängstigte Gesicht von Jessika.

Instinktiv drückt Franziska den Finger noch stärker auf die Kamera.

Gestikulierend deutet ihre Tochter zur Tür hinaus und macht Zeichen, wie das eines Lenkrads, das man dreht.

»Er ist hier?«, formen Franziskas Lippen.

Jessika nickt.

»Vor der Tür?«

Sie macht einen Bogen mit der Hand.

»Auf der anderen Seite?«

Wieder nickt Jessika.

»Das ist zu plump, Franzi. Viel zu plump. Ich hatte erwartet, du seist einfallsreicher.«

»Tut mir leid, dich enttäuschen zu müssen, Großmaul. Nervosität beeinträchtigt leider die kognitiven Fähigkeiten.«

»Nervosität? Ich denke ja, du hast so richtig geile Angst«, haucht seine Stimme.

»Bilde dir bloß nichts ein!«

Während er wieder lacht, tastet Franziska nach der Pistole, entsichert sie und hält sich den Griff an die Stirn, um sich zu beruhigen. Auch damit hat sie nur wenig Erfolg. Aber es fokussiert ihr Denken ein wenig.

»Ich mag, wenn du wütend bist. – Übrigens hast du schon mal in deiner Handtasche nachgesehen?«

»Was soll das denn jetzt?«

»Überraschung«, singt die Stimme.

»Ich stehe bestimmt nicht auf, um sie zu holen, du Spinner.«

»Ach, wieso sollte ich dich erschießen wollen? Man macht doch keine Geschenke, wenn sich der Beschenkte nicht darüber freuen kann, oder? Also«, flüstert er, »hol sie schon.«

»Und was, wenn nicht?«

»Dann halte ich dich so lange in deinem Haus fest, wie ich will, du Fotze! Und glaub mir, es gibt keine Möglichkeit, deine Bullenfreunde zu benachrichtigen!«

»Ach nein?«, lacht Franziska, die sehr wohl bemerkt hat, wie viel ihm daran liegt, dass sie holt, was auch immer in ihrer Tasche ist.

»Du glaubst mir nicht?«

»Kein Wort.«

»Dann leg doch auf. Komm schon. Leg auf und ruf die Polizei. – Das ist dann wie ein Selbstgespräch, nicht wahr? Ein Polizist ruft die Polizei um Hilfe.«

Fanni legt auf, wählt die Kurzwahltaste für Alois und lässt es klingeln. Beim zweiten Zeichen nimmt er ab.

»Da bin ich wieder.«

Jetzt rast ihr Herz, während sie das Telefon von sich wirft. Es tanzt auf den Natursteinfliesen bis hin zur Wohnungstür. Minutenlang starrt sie es nur an. Es liegt dort regungslos. Wartend.

»Mama«, flüstert ihre Tochter.

Sie schaut zu ihr hoch.

Jessika macht Gestiken, als würde sie kriechen und dann die, als würde sie eine Waffe abfeuern.

Franziska schüttelt vehement den Kopf. Nicht nur sie würde gegen alle Vorschriften verstoßen. Auch für Alois hätte solch ein Handeln ernsthafte Konsequenzen. Einmal ganz davon abgesehen, dass der Kerl sie erschießen könnte, sobald sie aus der Haustür tritt.

Das energische Klingeln ihres Festnetzanschlusses lässt sie abermals zusammenzucken. Der Hörer liegt auf dem Küchentresen. Es ist ein versteckter Weg. Ein deutlich mehr Sicherheit bietender. Sie robbt hinüber, greift hinauf und hält sich den Hörer ans Ohr.

»Na? Du hattest doch nicht etwa Angst? Wo ist das Telefon gelandet? In irgendeiner Ecke, die ich einsehen kann?«

»Komm doch, wenn du mich willst«, fordert sie verbissen.

»Ich bin doch nicht verrückt. Ich weiß, dass du eine ausgezeichnete Schützin bist.«

»So? Was weißt du denn noch alles?«

»Zum Beispiel, dass du dein Geschenk noch immer nicht gefunden hast. Magst du es nicht holen?«

»Wieso sollte ich?«

Demonstrativ legt sie auf, kriecht zur Haustür und nimmt ihr Smartphone. Mit ein paar Handgriffen schaltet sie die App ein, welche die Kamera steuert. Sie aktiviert die Lichtverstärkung, schiebt es unter den Vorhang und macht ein Foto. Als sie wieder sicher hinter dem Küchentresen liegt, ruft sie es auf. Gleichzeitig läutet abermals das Haustelefon.

»Nett war das nicht«, sagt die Stimme.

»Wie du mir ...«

Sie nutzt das Lachen aus, um sich das Bild zu betrachten. Der Golf, sie schätzt ein 3er, ist unbeleuchtet. Aber sie erkennt ein Gesicht, das zur Tür hinüberstarrt. In dem graugrünen Licht wirkt es wie eine Maske. In einem Mundwinkel glimmt etwas, das aussieht, wie eine Zigarette.

»Was für eine Marke rauchst du?«, fragt sie unverblümt.

Das Lachen stirbt. Stattdessen faucht er sie an.

»Woher weißt du das, du Flittchen!«

»Ich bin Kriminalkommissarin. Ich weiß alles.«

Jessika war noch nie so froh, diese Phrase zu hören. Ihre Mutter zeigt sich tough. Unbeugsam und kalkulierend. Sie deutet ihrer Tochter an, sie solle Alois eine Nachricht schicken. Jessika versteht, nickt und kriecht zurück in ihr Zimmer.

»Das hat ja gedauert«, sagt die Stimme.

»Was meinst du?«

»Da kriege ich doch glatt einen Anruf von deiner Tochter.«

»Jessy! Leg auf! Leg sofort auf!«

Wieder lacht er.

Jessika ist bleich, als sie aus der Tür späht. »Weißt du eigentlich, dass Jessy wundervolle kleine Tittchen hat? Sie sehen fast so aus wie deine.«

»Lass sie da raus, du Schwein!«

»Wieso sollte ich?« Zur Untermauerung schickt er ihr den Schnappschuss, den er mit der Webcam an Jessikas Laptop aufgenommen hatte. »Süß, nicht? So zarte Nippel. – Meinst du, sie mag pinken Lippenstift?«

Franziska schnürt es die Kehle zu. Nicht nur wegen des Bildes.

Das war ein Geständnis! Er ist Vanessas Mörder!

»Du sagst ja gar nichts. Hattest du das noch nicht erraten? Entschuldige. Spoileralarm.«

»Du wirst sie nicht kriegen!«

»Oh doch«, lacht er und stöhnt wie ein Besessener in das Handy. »Ich werde deine süße Tochter nehmen und sie durchficken, bis ihre kleine Fotze glüht, und du darfst dabei zusehen.«

Ihr Puls rast und ihr Finger ertastet den Abzug.

»Du wirst hören, wie sie nach mehr stöhnt ...«

»Halt dein Maul!«

»Wie sie meinen harten Schwanz lutscht ...«

»Du sollst deine Fresse halten!«

»... und ich ihr in den kleinen Arsch ficke.«

Sie springt auf, stürmt zur Tür, reißt sie auf, legt an und feuert. Die erste Kugel durchschlägt die

Seitenscheibe und lässt Glaskörnchen durch den Innenraum fliegen. Ihre Augen registrieren, wie die zweite in seine Schulter einschlägt und der Jackenstoff förmlich auseinanderspritzt. Eine weitere Kugel schlägt in das Grinsen ein. Dann wieder und noch eine dritte. Nach zehn Schritten steht sie direkt vor der Beifahrertür. Immer noch drückt sie ab, obwohl ihr Magazin schon lange leer ist.

Noch nicht ganz bei Besinnung braust ein Wagen an ihr vorbei. Die Scheibe auf der Fahrerseite ist heruntergelassen und ein vollmundiges Lachen erklingt. Es ist dasselbe verzerrte Lachen, wie aus dem Telefon. Das Aufleuchten eines Blitzlichts nimmt ihr die Sicht. Starr vor Schreck bewegt sich ihr Kopf nur sehr langsam. Ihre Augen tasten den Innenraum des Golfs ab. Sie sieht Blut zwischen den Glasscheiben. Sehr viel Blut. Es spritzt oberhalb der Schulter aus der zerfetzten Halsschlagader. Mit zittrigen Fingern ertastet sie sein Gesicht. Es ist tatsächlich eine Maske. Die Zigarette ist eine elektronische, dessen Spitze gelegentlich aufglüht und wieder erlischt. Sie legt sein Gesicht frei. Im selben Moment erhellt ein Blitz von der Rückbank aus alles, was sich im Fahrerbereich tut. Ihr Gehirn registriert es als Explosion und die Angst löst sämtliche Muskeln. Ein kurzes Klickgeräusch, als der Auslöser schaltet. Dann ist es wieder dunkel und der Urin tränkt ihren Slip.

Als sie von sich hochschaut, hält sie die Maske mit weit geöffneten Augen in der Hand. Das Gesicht dahinter kennt sie. Es zuckt noch. Er zuckt noch und ihre Lippen formen seinen Namen:

»Schoasch.«

9

Franziska Voigt sitzt reglos vor der geöffneten Beifahrertür. Jessika kauert vor dem Haus und wiegt sich wie weggetreten selbst. Nachbarn sind schon herbeigeströmt und bilden einen weitläufigen, gaffenden Ring, durch den sich die Streifenwagen quälen müssen. Es sind neun.

Alle neun.

Die Polizisten ziehen die Waffen und richten sie auf ihre Kollegin. Die rührt sich nicht. Erst als Alois Huber mit seinem Auto vorfährt, entspannt sich die Situation. Er macht keine Anstalten, zieht auch keine Waffe, sondern geht ruhig auf sie zu, hockt sich neben sie und nimmt seine Pistole von ihr entgegen. Augenblicklich stürmen die Kollegen heran. Die Handschellen schnappen um die Handgelenke, die sie ohne Aufforderung auf ihren Rücken legt. Als ein Kollege sie auf die Beine zwingen will, fährt ihn Alois Huber an. Seine Adern platzen fast, so sehr regt er sich auf. Der Kollege hebt die Hände und nimmt Abstand.

Der Rettungswagen kommt kurz darauf. Auch der rast mit Blaulicht und Martinshorn an. Dennoch muss er hart abbremsen und Slalom durch die Gaffer fahren. Wieder ereifert sich der Polizeichef und sein Trupp nimmt die Personalien aller Handyfilmer auf. Das zeigt Wirkung. Die meisten Anwohner verschwinden in ihren Häusern, bleiben jedoch an den Fenstern stehen und drücken sich dort die Nasen platt.

Versteckt hinter Weinreben, versteht er nicht, was geredet wird. Eigentlich interessiert es ihn auch nicht sonderlich. Er hat seinen Spaß, diesen

Moment aus sicherer Entfernung und durch den Zoom seiner digitalen Videokamera festzuhalten. Das grüne Licht der Nachsichtfunktion lässt das Bild grobkörnig werden, was aber sein Hochgefühl nicht zu dämpfen vermag.

Einige Minuten vergehen, bis Alois Fanni an der Armbeuge fasst und sie in ihr Haus zurückgehen. Doch das Wegschaffen des mittlerweile verbluteten Polizisten im 3'er Golf muss er noch festhalten. Dabei bekommt er Hilfe, da die Polizei den Bereich großzügig auszuleuchten beginnt und er den gesamten Abtransport in bester High Definition filmen kann.

Wieder bekommt er eine Erektion, wenn er an die vielen Punkte denkt, die ihn der Mitschnitt des Telefongesprächs, das Video, welches zeigt, wie sie aus dem Haus marschiert und das Magazin leer ballert, der Schnappschuss, als Fanni sich in den Schlüpfer pisst und das Material, welches er jetzt zusammensammelt, einbringen wird. Es würde nicht mehr lange dauern, bis er sich daran ergötzen kann.

Er kann sich denken, dass er seine Zielperson ziemlich in Bredouille bringt, was unter Umständen darauf hinauslaufen könnte, dass sein Gesamtwerk unvollständig bleibt, aber er vertraut auf die innige Freundschaft, die Alois und Franziska verbindet. Er wird sie nicht in Haft nehmen, sondern nur unter Beobachtung halten, bis er den Staatsanwalt so lange bekniet hat, dass der nur Anklage wegen Tötung im Affekt stellen wird. Franziska müsste nicht in Untersuchungshaft und das Urteil würde knapp zwei Jahre auf Bewährung lauten. Nur wird es zu keiner Verhandlung kommen. Nein, wenn alles glatt läuft – und wie es aussieht, geht alles in maßgeschneiderten Bahnen weiter –, wird sie vorher entweder mit einer Kugel im Kopf, baumelnd an einer Strippe oder, das wünscht er sich am meisten, mit einem Granitlächeln irgendwo in der Stadt enden. Am besten gefällt ihm die Idee, es direkt auf den Stufen der Polizeistation geschehen zu lassen.

Das wäre ein Chaos. – Wundervoll!

Aber bis dahin waren noch ein paar Schritte zu tun und jetzt würde er Zeit haben, sich um den Rest von Fannis Familie zu kümmern.

Franziska selbst wird darauf bestehen, dass Jessika zu ihrer Oma nach Karlstadt fährt. Diese bewohnt da eine Zwei-Zimmer-Wohnung im Erdgeschoss eines zweigeschossigen Hauses am Ortsrand. Die obere Etage wurde vor Kurzem vermietet. An ihn.

Um Franziskas Vater macht er sich keine Gedanken. Er ist keine Mühe wert. Seine Leber ist laut letzten Untersuchungen so sehr angegriffen, dass er entweder ins Koma fällt oder seine Leber einfach schlappmacht.

Innerlich summt er: *Mit sechsundsechzig ist's dann auch endlich mal Schluss!*

Der Krankenwagen fährt ab und ›Zur Kanzel‹ verfällt wieder in das schummrige Licht aus den Fenstern und der gelblichen Straßenbeleuchtung. Es wird Zeit, zusammenzupacken und den Punkten beim Klettern zuzusehen.

10

Als sie aus der Dusche kommt, wirkt Franziska apathisch. Sie knetet sich das Haar unter dem Handtuch, schaut aber dabei ins Leere, anstatt Alois ins Gesicht, der vor der Tür gewartet hatte. Jessika wird inzwischen von Tina betreut.

»Ich hab's versaut«, stammelt sie mit schwacher Stimme, als sie sich im Wohnzimmer auf die Couch fallen lässt.

Alois nimmt ihr gegenüber Platz und presst die Luft der Verzweiflung hörbar heraus.

»Der Kerl hat mich angerufen«, erklärt Fanni stotternd. »Ich habe versucht, dich zu erreichen, aber da war er auch dran. Er hat meine Lampen zerschossen.«

»Deine Lampen san durchg'brannt, Fanni.«

»Nein!« Sie schüttelt ihren Kopf und reibt sich die tränenden Augen. »Er hat sie zerschossen! Es gab zwei Schüsse! Jessy und ich haben uns versteckt, lagen auf dem Boden, damit er nicht durchs Fenster ...«

»Die san ned zerschossen! Die oanz'ge, die do g'schossen hod, bist du!«

Franziska legt ihren Kopf in den Nacken und reibt sich die Tränen fort, die nicht aufhören wollen zu laufen, egal wie sehr sie versucht, gegen sie anzukämpfen. »Das ist es, was? Ruin A Cops Life? Er hat es geschafft. Er hat mich fertiggemacht. Ich hab Georg erschossen. Ich! Georg!«

Eine Polizistin kommt herein, beugt sich zu Alois herunter und flüstert ihm etwas ins Ohr. Ernst sieht er Fanni an. »Des LKA kimmt«, sagt er ruhig. »I muss denen sagen, dass es mei Waffen wor. I glaub di, dass du panisch warst, dass er euch Angst g'macht hod, dass du ihn aufhalten wollt'st. Es wor a Fallen.«

»Die werden mich in den Knast stecken.«

»Naa.«

»Ich würde es tun.«

Sie geht zu ihm hinüber, als die Kollegin weg ist, und schmiegt sich an ihn. Er nimmt sie gerne in den Arm. Sekunden später küsst sie seinen Hals, seine Wange und krallt sich an ihm fest. »Nimm mich, Lois. Bitte. Ich brauch das jetzt!«

Nur mit Mühe kriegt er sie von sich gelöst. »Jetz roass di zam! Benimm di ned wie a läufige Hündin! Du bis Kommissarin. Die Beste, die i je kannt. Schalt dein G'hirn o! Denk nach! Versuch, ihn zu erwischen!«

»Und wie? Aus dem Gefängnis heraus?«

»I sperr di ned o und so lang i des LKA d'ran hindern ko, werden die des aa ned mochen! Du bleibst do. Komm zu di, Fanni! I braa di. Mia braan di! Schoasch braat di, Herrgott no oamoi!«

»Schoasch ist tot!«

»Is er. Des Oanz'ge, dass du noch für eahm doan konnst, is dena Bazi ranz'kreagn.«

Oben öffnet sich die Tür. Tina führt Jessika an ihren Schultern zu ihnen hinunter. Sie stürzt sich sofort in Fannis Arme.

»Tina, bleib mit dem Streifenwagen do und bewach des Haus.«

»Er weiß, wo ich wohne, Lois«, sagt sie besorgt und dreht sich zu Jessy um. »Du musst zu Oma, Schatz.«

Jessika beginnt wieder zu weinen. »Ich will nicht weg, Mama.«

»Du musst, Schatz. Fahr zur Oma. – Lois?«

»I bring di«, sagt er und breitet die Arme aus.

»Mama!«

»Ich muss hier bleiben, Schatz. Ich habe Georg erschossen. Die Polizei wird mich befragen, die Presse wird herkommen ... Bitte, Jessy. Du musst das nicht durchmachen.«

»Aber du hast dich nur gewehrt. Du hast mich beschützt!«

»Und das werden die Untersuchungen auch ergeben, Schatz. Bitte. Mir zuliebe.«

Sie willigt ein. Nach vielem Betteln und noch mehr Tränen.

Eine Viertelstunde später ist sie allein. Die Streifenwagen sind fort, die Lichter aus und sie sitzt einsam auf dem Sofa.

11

Der gewünschte Effekt tritt ein. Seine Vorgehensweise ist klug. *Selbstverständlich ist sie das.*

Er gibt ihnen Häppchen und lässt dem zahlenden Publikum die Zeit, Punkte zu verteilen, Pushs zu senden und – das tut er erstmals – sich mit ihm zu unterhalten. Es sind nur kurze Nachrichten. Viele Glückwünsche, ein paar kurze Anfeuerungen und antreibendes Schulterklopfen. Er sonnt sich in seinem Erfolg.

Schon mit den Fotos von Wolf, dessen Kopf er im verwesenden Schoß von Beatrice Habermann zurechtgelegt hatte, hagelt es Punkte. Die Besucher honorieren es als Doppelmord, nicht als Einzelfall. Die Fotos mit den Markierungen der beiden Statisten, über denen die Hubschrauber mit ihren Laserpointern kreisen, bringen Pushs. *Jede Menge Pushs.*

Punkte bekommt er wieder für die fotografierte Explosion, die er von Standbildern seiner mitlaufenden Kamera gemacht hatte. Als Nächstes folgt die Bildreihe, wie er Fannis Kollegen Georg fasst. Auf dem ersten Bild hockt der vor dem Hubschrauber, einen Laptop und ein Gerät neben sich, mit dem er die Fingerabdrücke in das Programm lädt.

Er musste sehr geduldig auf Georg warten. Am Tatort wimmelte es von Militärpolizei. Es ist aber auch ein sehr gutes Ablenkungsmanöver, denn als Georg in sein Auto steigen wollte, war er ganz allein auf dem großen und verlassenen Parkplatz. Er konnte nicht einmal sehen, wie er hinter ihm aus dem Schatten trat, um ihm das Toxin in den Hals zu jagen. Auch Georg taumelte schnell und hatte akute Kreislaufprobleme, weshalb er ihm eine winzige Dosis des Gegengifts spritzen musste. Genug, um ihn zu stabilisieren. Bei Weitem nicht ausreichend, um die Wirkung des Quallengifts zu hemmen. Er überstand es, wurde still und heimlich zum Haus von Franziska Voigt kutschiert, mit einer Maske ausgestattet und einer E-Kippe. Schließlich setzte er ihn auf den Fahrersitz eines heruntergekommenen Golfs, den er immer benutzte, um Fanni zu beobachten. Der stand bisher verborgen unter der gewaltigen Ulme.

Anschließend rollte er ihn mitsamt Passagier direkt vor ihre Haustür.

Von all den kleinen Schritten hatte er Fotos genommen. Eins nach dem anderen. Die ganze Tat bringt nicht viel ein, aber das spielt für ihn auch keine Rolle. Das richtige Scheppern würde kommen. Und das tat es dann auch.

Noch nicht mit dem Telefonat. Die Tonaufzeichnung ist zu schlecht zu verstehen. Vor allem, weil die Auditoren meist aus dem englischsprachigen Raum kommen.

Das Foto von Franziskas Organza-Slip, der so wundervoll durchsichtig ist und eigentlich gar nicht als Scharfmacher gedacht war, brachte schon fünfundsiebzig Punkte. Ein sehr gutes Beiwerk für eine Zufälligkeit.

Dann kommt der Kracher: Klickt man auf den Pfeil, muss man eine Weile warten. Die Umleitung über die verschiedenen Relaisknoten und vorgetäuschten IP-Adressen braucht seine Zeit. Fast eine Minute. Hält man es jedoch durch, erscheint eine Nachtsichtaufnahme.

Mit Ton!

Die Tür öffnet sich und das herausdringende Licht erscheint grünlich gleißend. Franziska Voigt, nur mit eben diesem durchsichtigen Slip und einem eng anliegenden Shirt bekleidet, unter dem ihre harten Nippel klar und deutlich hervortreten, hält die Waffe ausgestreckt in ihrer Hand und feuert sie ab. Gleichmäßig. Routiniert. Mit jedem Schritt ein Schuss. Sie braucht zehn Schritte bis zum Wagen, der ebenfalls vom Bildausschnitt erfasst wird und deutlich zeigt, wie der arme Georg durch die Wucht der Kugeln zappelt. Das Ganze lässt er dann nochmals in Zeitlupe ablaufen. Erst die Nahaufnahme von Fanni – man ist den masturbierenden Kunden schließlich einiges schuldig –, und dann die von Georg. Mit reduzierter Geschwindigkeit kann man sogar sein Blut spritzen sehen.

Er bekommt Targetpoints. Alle Punkte mal zehn, da solch ein Vorfall vermeintlich sogar das Ende einer Polizeikarriere bedeutet und man somit das Leben eines Polizisten praktisch ruiniert hatte. Durch diese Option wird ebenfalls ermöglicht, dass man in letzter Minute noch den Spielsieg erreichen kann.

Davon sieht er sich derzeit noch meilenweit entfernt, was seine Freude über die Bewertung allerdings in keiner Weise schmälert. Voll kindlicher Begeisterung, klatschend, sieht er zu, wie seine Punktzahl an der seines Vordermanns vorbeizieht. Als Lichtpunkte, die leuchtende, explodierende Raketen simulieren sollen, auf seinem Schirm auftauchen und NEW LEADER in fetten, tanzenden Buchstaben erstrahlen, rennt er mit hoch erhobenen Armen um seinen Stuhl und jubelt lautstark.

Allerdings beruhigt er sich auch ganz schnell wieder, setzt sich an den Rechner und lädt die Bonusfotos hoch. Es gilt, seinen Vorsprung auszubauen. Am Ende liegt er mit dreitausendvierhundert Punkten vorne.

Der letzte Gesichtsausdruck Franziskas, mit Maske in der Hand, weit aufgerissenem Mund, schockstarren Augen und vollgepisstem Slip, der ihr zwischen den Schamlippen klebt, ist unbezahl-

bar. Davon gibt es zwei Bilder. Eins von der Rückbank des Golfs und eines, das er schoss, als er
direkt an ihr vorbeifuhr.

Am Ende nimmt er noch die Pushs für das kurze
Video des Polizeiaufgebots und des Abtransports
von Schoasch mit.

Alles in allem ein sehr gelungener Schachzug.

ARREST

1

An Schlaf ist nicht zu denken. Wie hätte sie das auch hinbekommen sollen? Die Bilder des vergangenen Abends verfolgen sie. Hauptsächlich Georgs Gesicht, das sie verzweifelt mit den Augen anfleht, während sie ihm Kugel um Kugel in den Körper jagt.

Kurz vor Mitternacht hatte das Telefon geläutet und Franziska damit unter den Wohnzimmertisch gescheucht. Erst als der Anrufbeantworter anspringt und Jessika ihr mitteilt, dass sie gleich noch mal anruft, entspannt sie sich und muss hysterisch lachen. Jessika hatte gewartet, bis ihre Oma eingeschlafen war. Sie berichtete ihrer Mutter, dass es ihr gut ginge und sie am liebsten wieder bei ihr wäre. Fanni muss alle Geduld aufbringen, um ihr das auszureden. Schließlich schläft Jessika irgendwann ein und ihre Mutter wartet am Hörer, bis ihr Atem gleichmäßig geht.

Um sieben klingelt die Polizei. Es ist Tina. Sie hat ihren Lieblingskaffee dabei und ein warmes Croissant.

»Danke.«

»Ich kann Sie ja nicht verhungern lassen, Frau Voigt.«

»Fanni. Bitte nenne mich Fanni.«

Sie setzt sich ihr gegenüber an den Tisch und mustert sie. »Du hast nicht geschlafen, was?«

»Keine Minute.«

»Es tut mir leid, was mit Schoasch ...«

»Es war eine Falle. Der Arsch saß in einem ganz anderen Wagen.«

Tina nickt. »Du kannst nichts dafür«, sagt sie schließlich. »Ich will nur, dass du weißt, dass wir alle hinter dir stehen.«

Franziska lächelt ob der warmen Worte, die jedoch nichts bedeuten, wenn das LKA sie befragen würde. »Wie geht es Lois?«

»Der rechnet mit einer Suspendierung. Er hat dir seine Waffe gegeben. Außerdem hat er die Auflage bekommen, nicht mit dir in Kontakt treten zu dürfen, bis sie dich vernommen und verhaftet haben.«

Franziska nickt. *Standardprotokoll.*

»Aber er darf noch mit uns reden und hat mich auch gebeten, dir dein Lieblingsfrühstück zu besorgen.«

»Danke. Auch an ihn. Sagst du ihm das?«

»Mach ich.«

Sie erhebt sich und Franziska tut es ihr gleich, um sie zur Tür zu bringen. Dort dreht sich Tina zu ihr um.

»Darf ich dich kurz drücken?«

Franziska kommen die Tränen, als Tina sie in den Armen hält. Sich die Augen wischend öffnet Franziska die Tür und wird von einem Blitzlichtgewitter empfangen.

Die Presse hatte davon Wind bekommen, Fanni hatte das nur nicht bedacht. Als sie wieder im Haus verschwinden will, streift ihr Blick die Lampen. Sie sind tatsächlich in Ordnung. Instinktiv dreht sie an einer Glühbirne und das Licht geht an. Im nächsten Moment schnappt sie sich Tinas Arm und zieht sie in die Wohnung. »Der hat die Lampen rausgeschraubt.«

»Der Täter?«

»Er war hier. An meiner Tür. Irgendwie muss er ...« Sie denkt nach. – Das Handy! Suchend schaut sie sich um. Es liegt noch immer auf dem Fußboden neben der Küchenzeile. Von dort war sie aufgesprungen, zur Tür gestürmt und hatte geschossen. Als sie es in die Hand nimmt, stellt sie fest, dass es noch immer in Betrieb ist. Es steht sogar noch eine Leitung. »Nimm das mit. Fass es nicht an, sondern bring es zu Wolf.«

Tinas Gesicht verfinstert sich.

»Was ist?«

»Wolf.«

»Ist er wieder da?«

Tina kaut auf ihrer Unterlippe. »Die Datenbank hat die zwei Finger identifiziert, die Georg untersuchen sollte. Es sind Wolfs. Er ist ...«

Abermals werden ihr die Knie weich und sie fällt beinahe in sich zusammen. Tina kann sie stützen und sie zum Sofa bringen.

»Schoasch hat die Abdrücke genommen?«, fragt Fanni.

Tina nickt. »Sein Wagen stand offen auf dem Parkplatz vor der Kaserne. Laptop und alles waren aber noch da.«

»Aber woher wusste der Täter, dass Georg zur Kaserne wollte? Nur wir ...« Franziska taucht ins Nirwana ein. Dann fällt ihr Blick auf ihr Handy, das ruhig und wartend in Tinas Hand liegt. Sie greift zu. »Bist du noch dran?!«, brüllt sie. »Komm schon! Hörst du noch zu?!«

Von der anderen Seite hören sie ein Lachen. Ein verzerrtes, überhebliches Lachen. Plötzlich gibt der Lautsprecher einen Knall von sich. Einen Knall wie gestern Abend, als beide Lampen ausfielen. Dann gibt der Akku auf.

2

Auf der aufgeschlagenen Seite des kleinen Buches ist eine Zeile markiert: ›Die größte Verwundbarkeit ist die Unwissenheit‹.

Noch immer lachend schaltet er die Lautsprecher aus, die mit seinem Rechner gekoppelt sind. Es waren sehr aufschlussreiche Selbstgespräche, die er belauscht hatte. So richtig interessant war es aber erst geworden, als diese Tina zu ihr kam.

Sie halten zu ihr. – Sollen sie doch.

Zu befürchten hat er nicht viel. Eine Überprüfung ihrer eingehenden Anrufe verliefe sich irgendwo in der Schweiz. Dort befindet sich der Knoten, der sein Skypesignal in ein Funksignal wandelte, um es an ihr Android zu schicken. Vorher jedoch durchlief es zwei IP-Kopplungen, vier weitere Relaisknoten und die fünf TOR-eigenen Schaltpunkte.

Mit Franziskas geklonter SIM-Karte hatte er Javascript umgangen und somit Zugriff auf das gesamte Handy bekommen. So gelang es ihm, ohne Klingelton oder Vibration, ein Gespräch zu senden und anzunehmen, ohne dass die Besitzerin überhaupt etwas davon mitbekam. Natürlich hält er sich auf dem Laufenden und weiß, dass dieses Problem bekannt ist und wahrscheinlich auch bald von der Liste der Schwachstellen verschwindet. Noch ist das aber nicht der Fall.

Eine weitere Sache war ihm aufgefallen. Seine Zielperson ist noch in guter Verfassung. Sie schaltet zwar etwas langsamer als vor dem Abschlachten ihres Kollegen, aber sie zieht immer noch die richtigen Schlussfolgerungen. Sogar ausgesprochen Treffsicher.

Genauso treffsicher wie ihr Kugelhagel auf den kleinen, zappelnden Bullen.

Bei manch anderem wäre zumindest die erste Kugel irgendwo im Blech der Autotür gelandet. Ihr erster Schuss durchschlug die Scheibe auf Schulterhöhe. Der zweite Schuss ging durch das entstandene Loch und bohrte sich dort in Georg hinein, gleich oberhalb des Schlüsselbeins, und zerriss dessen Halsschlagader.

Oft genug hatte er sich die Aufnahmen angesehen. Als er filmte, hatte er neben dem Haus gestanden und, sozusagen, seitlich von hinten aufgenommen. Als sie dann ihr Magazin leer ballerte, war er in

ihrem toten Winkel geblieben und mit ihr mit-
gegangen. Sein Herz hatte dabei wie wild geschlagen. Es war aufregend. Ekstatisch. Ja geradezu
prickelnd erotisch.

Diese Erfahrung bekräftigte seine Überzeugung,
dass Franziska Voigt eine exzellente Schützin ist.
Eine, die selbst in so einem aufgewühlten Gemüts-
zustand einer Libelle im Flug die Flügel vom
Rumpf schießen könnte.

Er bewundert sie.

*Nicht weil sie wirklich atemberaubend aussieht,
wie die Wichser, die ihr Foto mittlerweile tausend-
fach angeklickt hatten, sondern wegen ihrer
Fähigkeiten.*

Die Falle hatte funktioniert und er streicht das
Zitat an, das er sich als Leitspruch für den ver-
gangenen Abend gewählt hatte: ›Unordnung ent-
steht aus Ordnung, Feigheit entsteht aus Mut,
Schwäche entsteht aus Stärke, Hass entsteht aus
Liebe.‹

Tief in ihm regt sich der Wunsch, dieses Spiel ewig
fortführen zu können.

3

»Wenn ich es Ihnen doch sage! Er hat zugehört.
Hier, live, über ihr Handy.«

Tina läuft in Franziskas Wohnzimmer umher,
gestikuliert mit sämtlichen Körperteilen und redet
sich in Rage.

Der junge LKA-Mann hört ihr zu, glaubt aber nur
wenig davon. »Sie wissen schon, dass es nicht so

ohne Weiteres möglich ist, ein Handy als Mikrofon zu nutzen, geschweige denn als Lautsprecher für irgendwelche Spezialeffekte.«

»Der Mann ist ein Hacker. Er konnte Jessika Schmitts Facebook-Account benutzen, um das Nacktbild zu schicken. Facebook! Hallo?«

»Er scheint bewandert zu sein, das gebe ich zu. Aber ein Handy als Soundanlage?«, zweifelt er.

Franziska sieht Nägel kauend zu. Gelegentlich muss sie über Tina schmunzeln, deren Adern an Hals, Nacken und Stirn bedrohlich angeschwollen sind. Ihr um Hilfe flehender Gesichtsausdruck zwingt sie dazu, doch etwas zu sagen.

»Aus dem Lautsprecher habe ich den Schuss gehört, Herr Kollege. Nicht den Knall. Der kam von der Tür. Zeitgleich.«

»Das sind wichtige, neue Erkenntnisse!«, mahnt Tina.

»Mag sein. Trotzdem möchte ich Sie bitten, Frau Kollegin, mich vorerst mit der Kommissarin alleine zu lassen. Es geht um die Schüsse auf ihren Kollegen Georg. Bitte warten Sie draußen. Es wird nicht lange dauern.«

Tina stöhnt missmutig, als sie die Tür hinter sich zu zieht.

Schließlich wendet er sich an Franziska. »Ihre Kollegen legen sich mächtig ins Zeug, um Ihnen den Hintern zu retten, wissen Sie das?«

»Ja«, sagt Franziska abgeklärt.

»Sie halten viel von Ihnen.«

»Ja.«

»Sie wollen nicht darüber reden, was?«

»Weil es egal ist.«

»Ich finde es gar nicht egal«, sagt der Polizist, als er sich setzt. »Es bedeutet, dass sie Ihnen vertrauen.«

»Ich habe Georg erschossen.«

»Aber Sie dachten, es handele sich um diesen Hacker.«

»Mörder.«

»Mörder?«

»Er hat Andeutungen über pinken Lippenstift gemacht.«

»Das kann er auch aus der Presse haben.«

»Könnte er.«

Er mustert sie eine Weile, findet keinen Zweifel in ihrem Gesicht und nickt schließlich zustimmend. »Gut, dann ein Mörder.«

»Nicht gut. Das ist gar nicht gut. Ich habe einen Grundsatz im Polizeidienst missachtet. Ich habe auf jemanden geschossen, den ich vorher nicht einwandfrei identifiziert habe. Es ist mein Fehler. Ein furchtbarer Fehler.«

»Der macht Ihnen zu schaffen, was?«

Sie schaut ausdruckslos in seine Augen, während sie weiter an ihren Nägeln kaut. Die Knie angezogen und die Arme vor der Brust verschränkt, sieht sie wie ein bockendes Kind aus. »Selbstverständlich tut es das. Ich bin Kriminalkommissarin. Dieser Fehler war dumm.«

»Woher war die Waffe?«

»Von Alois Huber.«

»Sie liefern ihren Vorgesetzten ans Messer?«

»Lois hat ihnen die Geschichte schon längst erzählt. Verkaufen Sie mich nicht für blöd.«

»Woher wissen Sie das?«

»Ich bin Kriminalkommissarin. Ich weiß alles.«
Der Mann vom LKA muss grinsen. Franziskas
Gesicht bleibt zornig.

»Ich kenne Lois, Herr ...«

»Meier.«

»Meier«, wiederholt sie skeptisch. »Wirklich?«
Der hebt schuldig seine Schultern. »Ich kann
nichts dafür.«

»Alois lügt nicht. Er lügt nie. Er druckst rum, versucht, sich rauszureden, aber er lügt nicht. Sie
haben ihn schon gefragt, nicht wahr? Dann hat
Lois es Ihnen auch schon erzählt.«

»Sie wissen, dass er sich dadurch strafbar gemacht
hat?«

»Hat er nicht.«

»Nicht?«, hinterfragt Meier.

»Waffengesetz, Paragraf neunzehn: Erwerb und
Besitz von Schusswaffen und Munition, Führen
von Schusswaffen durch gefährdete Personen.
Abschnitt 1: Ein Bedürfnis zum Erwerb und Besitz
einer Schusswaffe und der dafür bestimmten
Munition wird bei einer Person anerkannt, die
glaubhaft macht, erstens, wesentlich mehr als die
Allgemeinheit durch Angriffe auf Leib und Leben
gefährdet zu sein und zweitens, dass der Erwerb
der Schusswaffe und der Munition geeignet und
erforderlich ist, diese Gefährdung zu mindern.
Abschnitt 2: Ein Bedürfnis zum Führen einer
Schusswaffe wird anerkannt, wenn glaubhaft
gemacht ist, dass die Voraussetzungen nach
Absatz 1 auch außerhalb der eigenen Wohnung,
Geschäftsräume und/oder des eigenen befriedeten
Besitztums vorliegen. – Dadurch, dass Lois mir

die Waffe als Selbstschutz übergeben hat, hat er Abschnitt eins oder zwei oder beide als zutreffend befunden. Allerdings kommt es auf die Auslegung des Richters an.«

»Und die Beweislage, dass Sie wirklich in einer lebensbedrohlichen Gefahr schwebten.«

»Es war ein Kind im Haus. Urteil des obersten Verwaltungsgerichts Niedersachsen, 2003, der dem Vater den Gebrauch seiner Jagdflinte zusprach, um einen Eindringling zu erschießen, der damit drohte, sich an dessen Kind zu vergreifen, welches sich zum Tatzeitpunkt in der Wohnung befand. Wenn Sie wollen, kann ich Ihnen das Aktenzeichen raussuchen.«

Jetzt schmunzelt er doch. »Sie sind gut. Warum sind Sie keine Anwältin geworden?«

Fanni antwortet mit bitterschwarz funkelnden Augen: »Weil ich solchen Wichsern, wie den, der das hier gerade mit mir anstellt, in die Eier treten will.«

Ihr Blick ist so hart, dass Meier nicht lächeln kann. Er spürt eine eisige Kälte seinen Nacken herunter wandern. »Dennoch, laut Polizeiverordnung hätte sich Oberkommissar Huber die Übergabe seiner Dienstwaffe an Sie quittieren lassen müssen.«

»Richtig.«

»Richtig? Kein Ausweichartikel, keine Fußnote oder irgendwas?«

»Warum, wenn Sie recht haben?«

»Nicht mal eine Moralische?«

Fanni baut sich auf. »Das hier ist weder für mich noch für Alois Huber so unglaublich witzig, wie es Ihnen erscheint, Kommissar Meier. Bloß weil ich mich mit den Gesetzen auskenne, heißt das nicht, dass ich mich rausreden oder Lois in Schutz nehmen will. Ich nehme meinen Beruf sehr ernst und ich hasse es, hier eingesperrt zu sein. Erst recht, weil da draußen immer noch ein Mörder rum rennt, der Vanessa Aschbrenner mit einem Quallentoxin paralysiert und mit einem Zwanzig-Kilo-Stein das Gesicht zertrümmert hat. Einer, der das Mädchen, als es schon tot war, sexuell missbrauchte, ihre Gebärmutter zerfetzte und sich danach in Luft aufgelöst hat. Dann haben wir da noch eine Kollegin von der Spurensicherung in Frankfurt, die Vanessas Leichnam untersucht hat und am Tag danach verschwunden ist. Ihr Wagen wurde in einem Waldgebiet entdeckt, das dazugehörige Nummernschild jedoch von einem vierzehnjährigen Jungen sieben Kilometer vom Fundort ihres Toyotas gefunden. Wolf Schmitt, mein Ex-Mann, ist ebenfalls gestern verschwunden und man hat nur noch zwei Finger von ihm auf dem Truppenübungsplatz gefunden. Auch er wurde vermutlich ermordet, oder denken Sie ein Kriminaloberkommissar ist dumm genug, auf einem Übungsplatz der Armee herumzulaufen, wo gerade scharf geschossen wird? Dann ist da der Stalker, der mich dazu brachte, meinen Kollegen, mit allen zehn Kugeln des Magazins, zu erschießen. Auch dieser Kollege war damit beschäftigt, auf dem Truppenübungsplatz zu ermitteln. Aber anstatt mal bei der Bundeswehr anzuklopfen, weil offensichtlich alle Spuren dorthin führen oder sich um diese vier Fälle zu kümmern, die alle miteinander zu tun haben, was mir Vanessas Mörder noch stolz unter die Nase reibt, denkt das LKA darüber nach, Lois zu suspendieren. Er hat nichts weiter gemacht, als mir seine Dienstwaffe als Selbstschutz zu überlassen. Sie setzen falsche Prioritäten, Meier.«

»Also ist die Tötung ihres Kollegen dann nicht so wichtig?«

»Sie hören nicht einmal zu!«, schreit sie ihn an, setzt sich aber sofort wieder. »Ich rede mich nicht raus. Ich habe Georg erschossen. Mit einer Waffe, die mir zum Selbstschutz überlassen wurde. Konzentrieren Sie sich aufs Wesentliche, Herr Kollege. Setzen Sie Lois wieder ein und lassen Sie ihn seine Arbeit machen. Ich laufe Ihnen schon nicht weg. Wenn Sie wollen, sperren sie mich ins Frauengefängnis. Das wäre mir sogar lieber, als hier auf die nächste Scheißidee eines Irren zu warten. – Ich sitze hier auf dem Präsentierteller, Mann!«

»Ich bin auf Ihrer Seite, Frau Schmitt.«

»Voigt! Hören Sie zu, Mensch!«

»Kein Grund ausfällig zu werden, oder wollen wir die Sache lieber auf der Station klären?«

»Ich habe Ihnen gerade angeboten, in den Knast zu gehen, Mensch! Glauben Sie echt, sie könnten mir irgendwie drohen? Verpissen Sie sich aus meinem Haus!«

4

Am späten Nachmittag klopft es an der Tür, anstatt zu klingeln. Es gibt nur einen, der das tut und sie reißt die Tür auf, um ihm in die Arme zu springen. Dass sie Presse sich darauf stürzt, ist ihr völlig egal.

»Die ham g'sagt, du hätt'st des Waffeng'setz zitiert, um mi rausz'boxen.«

»Hab ich.«

»Des konnt' nur dir einfall'n«, lacht Alois und schiebt die Tür hinter sich ins Schloss. »Wie geht's dir?«

»Ging schon besser. Kaffee?«

»Prodomo?«

»Gibs aa and're Soad'n?«, imitiert sie, so gut sie kann, seine Mundart.

Alois lächelt, während sie abwesend aus dem Fenster starrt und dem Gluckern der Kaffeemaschine lauscht.

»Habt ihr den Golf schon untersucht?«

»Die Spurensicherung hätt scho längst hi sein soll'n. I woass aa ned, wo die san. Münch'na eben. Wieso?«

»Meier, der vom LKA, glaubt mir nicht, dass ich Schüsse gehört habe.«

»Do gabs aa koane.«

»Ich weiß. Aber wir haben sie gehört. Jessika und ich. Der Golf steht genau vor meiner Tür.«

»Moanst, der Saudrack hod do wos g'fuscht?«

»Irgendwoher müssen die Geräusche schließlich gekommen sein«, murmelt sie und stöhnt erledigt, als der Kaffee durchgelaufen ist und sie Alois ihre

Tränen in den Augen offenbart. »Entweder das, oder ich bin einfach reif für die Klapse.«

»I hob versucht, di anz'rufen«, bemerkt Alois. Franziska greift hinter sich und hebt den gezogenen Stecker ihres Telefons hoch. Als sie die Tassen auf den Tisch stellt, dazu Plätzchen auf einen Teller legt und sich ihm gegenüber setzt, sieht sie ihn zerknirscht an.

»Entschuldige, dass ich mich so benommen hab. So ...«

»I wär gern auf des Angebot ein'gangen. Aber die Umstände ...«

Sie verzieht nur die Mundwinkel und muss sich neue Tränen aus dem Gesicht wischen. »Wie geht's Jessy?«, fragt Franziska, nachdem es ihr endlich gelingt, den Heulkrampf zu lösen und sich zu konzentrieren.

»Guad. Mach dir koa Sorgen. Die Kollegen ham sogar a Routen eing'richtet, um alle zwoa Stund dort voabeiz'kimman.«

Das beruhigt sie. »Ich könnte mir nie verzeihen, wenn Jessy irgendwas zustößt.«

»Hör zu, i darf ned lang blei'm. Hosd du ois, wos du braast?«

»Wolf hat's erwischt, nicht wahr?«

Tina hatte ihm schon gebeichtet, dass sie es Franziska berichtet hatte. Alois zeigt Verständnis dafür, ganz im Gegensatz zum Staatsanwalt, der gleich ausrastete. »Er wurd' in die Luft g'sprengt. – Des is so a Bazi, so an oag'sochada.«

»Die Fälle hängen zusammen.«

»Des glaab i aa.«

»Er hat es mir gesagt.«

Alois zieht die Brauen hoch und fordert Aufklärung.

»Mach dein Telefon aus.«

Er tut es.

»Vanessa wurde von dem Kerl getötet«, beginnt
sie. »Paulsen hat bestimmt was damit zu tun.
Zumindest glaube ich, dass er derjenige ist, mit
dem sie vor ihrem Tod Verkehr hatte. Wahrscheinlich ist Vanessa nur ein Zufallsopfer, vielleicht aber auch nicht. Ich glaube, er hat sie ausgesucht, weil wir uns ähnlich sind. Blondes Haar, wir
haben dieselbe Figur, Bogenschützin ... Das passt.
Daher auch die unglaubliche Brutalität. Weil er
mir zeigen will, dass er auf mich wütend ist. Ich
verstehe nur nicht warum.«

»Weg'n em Spui.«

Franziska nickt zustimmend. »Ich glaube nur, das
ist noch längst nicht alles. Beatrice stand mir
nahe. Sie hat mich geküsst. Wenn der mein Handy
anzapfen kann, hat er davon gewusst. Vielleicht
hat er uns sogar zusammen gesehen. Wahrscheinlich sogar. Ich denke, dass er uns belauscht hat, als
sie von ihren Untersuchungsergebnissen erzählt
hat. Sie war es schließlich, die den Nachweis
brachte, dass es Vanessa ist. Also, er klaut Herzogs
Auto – den kannst du übrigens von der Liste der
Verdächtigen streichen –, und stellt sich ihr in den
Weg. Beatrice ist clever. Ich wette, sie hat die
Abkürzung über Seifriedsburg nehmen wollen, um
schneller nach Hause zu kommen. Du weißt selbst,
wie die Sonne da abends blendet. Man sieht fast
nichts. Schon gar nicht einen so lackierten Wagen,
wie Herzogs. Irgendwo dort hat es geknallt. Ich

weiß nicht, was er mit ihr angestellt hat, und ich will es mir auch gar nicht ausmalen, aber es würde ins Muster passen. Dann haben wir die Sache mit den Nacktaufnahmen. Er will mich demütigen. Öffentlich. Natürlich muss er mich dafür in Hammelburg brandmarken. Was ist dazu wohl besser geeignet, als Vanessas Beerdigung? Die ganze Stadt war da. Das ist kein Zufall. Die zuständige Ermittlerin nackt auf der Beerdigung des Opfers ...«

»Aber Wolf war ...«

»Wolf kam ihm dazwischen. Du hast ihn angefordert. Er war gar nicht Teil seines Plans. Ich hätte mit dir diesen Fall übernommen, und da ich die Kripo bin, hättest du mir auch die Leitung überlassen.«

Alois stimmt zu.

»Wolf vernimmt also Paulsen und fühlt ihm auf den Zahn. Als der toxikologische Befund kommt und wir wissen, dass wir nach einem Gift suchen müssen, kriegen wir das Okay vom Bund. Wolf fährt hin, läuft diesem Kerl aber nichts ahnend in die Arme. Sicher hat der Wichser recherchiert, dass ich mal mit ihm verheiratet war. Du warst mit auf der Beerdigung, Lois. Da gab es eine Explosion und du sagtest gerade, er sei in die Luft gesprengt worden. Es gab nur diese. Dann hört er über mein Telefon mit, wie du die Meldung bekommst, dass zwei Finger gefunden wurden und du Georg hinschickst. Er lässt natürlich Georg die Fingerabdrücke nehmen, weil er will, dass ich erfahre, dass mein Ex-Mann tot ist. Er will mir einen weiteren Schlag versetzen. Jedenfalls nimmt Georg die

Abdrücke, geht zurück zum Wagen und der Mörder nutzt das Durcheinander aus, indem er ihn abfängt. Er betäubt ihn wieder mit dem Gift, setzt ihn in den Wagen, den er vor meiner Wohnung abstellt und beginnt mit seinen Psychotricks. Wenn du gehört hättest, was er Jessy alles angedroht hat. Was ich alles mit anschauen ...« Sie ist schlagartig im Nirwana.

»Wos? Ea woit wos?«, brüllt er fast schon vor Neugier und holt sie damit wieder zurück.

»Er kennt mich«, murmelt sie, bevor ihre Augen seine finden. »Der Arsch kennt mich! Es ist mir gar nicht aufgefallen! Er nannte mich Franzi! Niemand nennt mich mehr Franzi!«, ruft sie, während sie zur Garderobe stürmt.

Dort durchwühlt sie die Schubladen, findet ihre schwarze Handtasche und nimmt sie mit ins Wohnzimmer. Dort krallt sie ihre Nägel in das edle Leder. Ihre Augen sind kreisrund, als sie Alois anstarrt.

»Er wollte mir ein Geschenk geben. Es ist etwas, dass er mir in die Tasche gesteckt hat.«

»Wie? Wann?«

»Ich hatte sie nur auf der Beerdigung. Es muss auf der Beerdigung gewesen sein.«

Sie hält die Tasche ausgestreckt an ihrer Hand. Alois soll sie nehmen.

»I?«

»Bitte.«

»Aba wos, wenn do Sprengstoff ...«

»Er will mich fertigmachen. Er will, dass ich mich umbringe, damit er sein beschissenes Spiel gewinnt, das in zwei Wochen endet. Was auch immer da drin ist, soll mich psychisch verletzen. Nicht physisch.«

Alois ist skeptisch, aber bisher klingt alles plausibel. Mit einem lauten Atemzug öffnet er die Handtasche.

Zwischen allerlei Frauenutensilien fällt ein Foto heraus. Es zeigt Jessika. Nackt. Hochauflösend. Unter der heimischen Dusche.

5

Nun such schon!

Mit einem breiten aber liebevollen Lächeln im Gesicht fährt seine Hand über ihr Abbild, das mit panischen Zügen auf seinem Bildschirm prangt.

Staunend hatte er ihren Kombinationen gelauscht, hier und da die Augen aufgerissen, oft beifällig geklatscht und sich über Hubers total verwirrten Gesichtsausdruck gefreut. Jetzt lehnt er sich in seinem Drehstuhl zurück und schaltet auf eine andere Kamera um, da Franziska durch die Wohnung rennt.

»Der Kerl war hier! Hier, in meiner Wohnung! Das da ist mein Badezimmer! Er hat sie von der Tür aus fotografiert!«

Sie geht ein paar Schritte zurück, um die richtige Position zu erreichen.

»Von hier aus! Das sind keine zwei Meter! – Lois! Der hätte ihr sonst was antun können!«

»Aba, wann soll er des g'macht ham?«

Er rutscht ganz nah an seinen Laptop heran. »Morgens. Vor der Beerdigung«, flüstert er ihr zu.

»Vor der Beerdigung!«, ruft Franziska aus.

Lachend und klatschend lässt er seinen Sessel um die eigene Achse kreisen. »Bingo, mein Schatz! Ist halt Scheiße, wenn die ganze Stadt in der Kirche ist. So einfach.«
Es war tatsächlich ein Kinderspiel. ›Zur Kanzel‹ war so verlassen, wie die Straßen in einem Endzeitfilm, in dem ein Virus grassiert und sämtliches Leben binnen weniger Tage auslöscht. Morgens die Trauerfeier an der Schule, die Gedenkstunde im Rathaus, die Aufbahrung ... Ein Tag voller unausweichlicher Riten. Bis hin zur Beerdigung.

»Naa«, mischt sich Alois ein. »Des kann ned stimmen. Du bist hi g'wesen. Du hodst bloß Besprechung. Wos is mit den Nachbarn?«

So blöd bist du also doch nicht, was?

»Aber ...« Der Einwand ist berechtigt und lässt sie grübeln. »Es muss so gewesen sein. Siehst du? Das ist ihr Kleid!«, tippt sie aufgeregt auf das Foto. »Das, was sie zur Beerdigung getragen hat. Hier! Wir waren auf dem Revier, erinnerst du dich? Jessika war hier, hat geduscht und ist dann los zu ihrer Freundin.«
Franziska wedelt mit dem Foto vor Alois' Nase herum.
»Mei, des stinkt«, sagt er.

Das tut es. Es riecht vergoren, alt ...

»Sakra!«, ruft Fanni aus. »Das ist ...«

Abermals riecht sie an dem Polaroid, schließt ihre Augen und versucht sich zu erinnern. Ein Umriss taucht vor ihren Augen auf. Ein Anzug. Weißes Haar.

»Der Kerl saß vor uns! Direkt vor uns!«

»Bei dera Beerdigung?«

»Der war da! Der Kerl war tatsächlich da!«

Oh, und wie nahe ich dir war. Und dein Parfüm war so umwerfend ...

Er muss sich Freudentränen aus den Augenwinkeln wischen, als Fanni in Alois Arme sinkt. Er unterbricht die Aufnahme und lädt es sofort hoch. Ein Nervenzusammenbruch ist so gut, wie ein Selbstmord. – *Na ja, fast.* – Aber es kommt der Sache schon ziemlich nahe. Dafür würde es Targetpoints hageln, die seinen Vorsprung vergrößern. Jedoch gefriert ihm das Blut in den Adern, als er zurück auf den Bildschirm sieht und in ihre starrenden, tiefblauen Augen blickt.

»Bist du da, du Wichser?!«

Er fängt sich und lächelt wieder. »Ja, mein Schatz. Ich bin hier.«

»Genießt du die Show? Ja?« Franziska zieht ihr Oberteil hoch und entblößt ihm ihre Brüste. »Ist es das, was du willst, ja?!«, schreit sie in die Linse der winzig kleinen Kamera. »Macht dich das an?! Holst du dir jetzt einen runter?!«

Er sieht zu, wie Alois sie von dem Stuhl zerrt, auf dem sie steht.

Die winzige Kamera neben dem Kronleuchter gibt ihm einen ausgezeichneten Ausblick auf das gesamte Wohnzimmer. In Alois' Armen zappelt sie, wie ein Fisch am Haken.

»Dass du so was Banales von mir denkst«, sagt er niedergeschlagen. »Nach allem, was ich getan habe, so etwas Lapidares? Du enttäuschst mich, Franzi.«

Wie angestochen rennt Franziska durch ihre Wohnung und sucht alle Ecken ab. Sie findet mehrere Kameras. Mit jeder einzelnen kommt sie zur Wohnzimmerlampe zurück, hält sie ihm vor die Linse und zertritt sie vor seinen Augen.

Im selben Moment erlischt eines der kleinen Fenster auf seinem Schirm.

Als Nächstes kommt sie mit einem Mikrofon an. Das hatte sie erst verdutzt in ihrer Hand gehalten und nach allen Seiten gedreht.

»Du hörst mich also, ja?«, spricht sie kalt und emotionslos hinein.

Wieder folgt er mit dem Finger den Konturen ihres Gesichts. »Klar und deutlich.«

»Dann weißt du ja, dass ich dich durchschaut habe, nicht wahr?«

»Du bist nah dran.«

»Hör zu, du kleiner, perverser Pisser. Ich finde dich! Merk es dir! Ich ... finde ... dich!«

Im nächsten Moment tritt sie darauf und die Interferenzen quälen die Membranen seiner Lautsprecher. Schließlich reißt sie die Kamera aus der Decke. Zwei hatte sie dennoch übersehen. Auf einem der beiden Video-Streams sieht er Franziska und Alois Huber das Haus verlassen.

6

Kommissar Meier sieht die beiden kommen und baut sich vor ihnen auf.
»Bringen Sie sie wieder rein, oder ich muss sie festnehmen. Vor der gesamten Presse, Herr Huber.«
Alois beachtet ihn gar nicht. »Tina, hol ma oan Technika. Des Heisl is voia Wanz'n und Mikros. Martin, schick a Streifenwong nach Karlstad. Sie soin Jessika b'wach'n. Rund um die Uha. Schickt sie nei, damit's aa nachschau'n, ob ois in Ordnung is. Gabi, Fanni braat a neie Waffen. Mit Quittung, damit da Paragrafenreida do koa Mätzch'n mocht!«
»Klar Chef!«, rufen die im Chor und Alois grinst breit.
»Oberkommissar Huber ...«
»Wos woll'ns?«
»Kann ich bitte erfahren, was sie gerade für Anweisungen gegeben haben?«
»Freili, kaufens si a Wörterbuach.«

»Techniker ist bestellt, Chef«, ruft ihm Tina vom Streifenwagen aus zu.

»Supa! Die soin aa den Golf ausoanandaneh'm. Sog'am Heini, dass i Fanni mid z'mir nehm, bis ihra Hütt'n wanzenfrei is. Und gib eahm moi Adress'n, damit er mi aa find.«

Alois 3'er ist schon längst in einer dichten Staubwolke verschwunden, als Meier nervös aufschreit:

»Waffe? Sie bekommt eine neue Waffe?«

»Sie haben Lois Adresse, Kollege. Beschweren Sie sich bitte bei ihm.«

7

»Du kannst mir keine Waffe geben«, sagt Fanni zu Alois, der sich in diesem Augenblick geradezu taufrisch fühlt.

»I woass«, antwortet er mit breitem Grinsen, »aba i woit, dass eahm de Gosch'n af's Kinn foid.«

Alois parkt in seiner Garage und führt sie in seine Küche hinauf. Fanni war schon öfters bei ihm zu Gast und kennt sich aus. Instinktiv geht sie zur Kaffeemaschine und befüllt einen neuen Filter. Der Kaffeeduft zieht gerade durch das Haus, als Alois einen Anruf bekommt.

»Das LKA kimmt gleich. Mit am Staatsanwalt.«

»Ob die auch Kaffee wollen?«, kontert sie mit Galgenhumor.

»Die kriang koan Schluck von mei'm Prodomo!«, poltert er und steckt sich eine Pfeife an.

Franziska lächelt, aber es ist nicht echt.

8

Die Verhaftung läuft in der Tagesschau. Mittlerweile wimmelt es vor Presse in der fränkischen Kleinstadt. Ein Trostpflaster für sämtliche Hoteliers, die nach dem brutalen Mord an Vanessa Aschbrenner siebzig Prozent ihrer Gäste verloren hatten. Mittlerweile war jedes Hotel, jede Pension oder jedes private Gästezimmer von Reportern belegt. Jessika sieht die Nachrichten, weil ihre Oma es tut, bekommt einen Heulkrampf und rennt hinaus. Auf den steinernen Stufen schnauft sie durch, und wischt sich die Tränen fort.

»Alles in Ordnung mit dir?«

Sie sieht in das freundliche Gesicht eines Mannes um die vierzig, der gerade Kisten heranschleppt.

»Geht schon.«

Er reicht ihr ein Taschentuch. »Schweren Tag gehabt?«

»Ja, ziemlich.«

Er nickt und atmet vernehmbar durch.

»Ziehen Sie oben ein?«, fragt Jessika beiläufig.

»Ja«, stöhnt er kurz und streckt ihr die Hand entgegen. »Andi.«

»Jessika.«

»Freut mich, Jessika.«

Sie reibt mit dem Ärmel über Augen und Nase. »Mich auch.«

Andi schnappt sich wieder seine Kisten und schleppt sie die Stufen hinauf. In der Küche füllt er sich ein Glas mit Wasser und schaut lächelnd über den Rand, als er Jessika mit einer Stehlampe in der Hand im Türrahmen erblickt.

»Ich dachte, ich helf Ihnen.«

»So was gibt's noch?« Sie lächelt verlegen. »Stell sie einfach da ab.«

Eine halbe Stunde dauert das Abladen, dann lassen sie sich beide auf die gerade hochgehievte Couch fallen. Andi streift sich das durchgeschwitzte Shirt vom Körper und wirft es in die Ecke, während Jessika verstohlen auf seinen durchtrainierten Oberkörper starrt. Ihre Augen weiten sich noch mehr, als er aufsteht und die Hosen fallen lässt.

»Ich muss duschen. Nimm dir ruhig was. Im Kühlschrank ist Cola.«

Splitternackt geht er ruhig an ihr vorbei und Jessika rollt mit den Augen, als er den Raum verlassen hat. Kurz darauf hört sie das Wasser rauschen. Als sie gehen will, muss sie am Badezimmer vorbei.

Er ließ die Tür absichtlich offen und Jessika bleibt wie angewurzelt stehen.

»Willst du schon weg?«

»Ja«, quält sie sich hervor. »Oma wartet.«

»Warte«, sagt er, schnappt sich ein Handtuch, drückt sich an ihr vorbei und kramt in seiner Hosentasche. Mit einem Zehneuroschein kommt er zurück und drückt ihn ihr in die Hand.

»Danke, Jessika.«

»Jessy«, sagt sie schamrot und weiß nicht, wohin sie ihre Augen wenden soll. Als er sie umarmt und ihr einen Kuss auf die Wange gibt, läuft sie rot an und erwidert vorsichtig die Umarmung. Ihr Herz schlägt heftig, als sie seine nasse Haut und die Muskeln unter ihren Fingern spürt.

»Du kannst raufkommen, wann immer du willst«,
sagt er freundlich und verschwindet wieder unter
der Dusche.

9

Franziska hat die Knie angezogen, hockt in der
Ecke des beigen Sofas, das in Alois' Büro steht,
und sieht zum Fenster hinaus. Der Himmel leuchtet purpur in der Abendsonne. Am Schreibtisch
zankt Alois gerade mit Sigfried Gratzerl, dem
Staatsanwalt.

»Es ist a Unding, dass es koa andere Lösung geben
soll, als sie ins G'fängnis zu stecken, Sigi. Sie is
schließlich ebenso
Opfer.«

»Ich verstehe dich, Lois, aber mir sind die Hände
gebunden. Noch heute muss ich eine Anklage ein-
reichen. Heute! Kannst du mir mal sagen, wann
ich das erledigen soll, wenn du mir weiter Steine
in den Weg legst? Es ist schon nach acht.«

»Hier kann sie ned bleiben. Des is wie Einzelhaft.
I kann mi gar ned mehr erinnern, wann i mol
oanen länger in den Zellen g'habt hob, als a paar
Stunden. Und wag es ja ned, sie nach Aichach zu
schicken.«

»Was schlägst du vor? Keine Anklage erheben?
Ich muss sie festnehmen und das weißt du. Sie hat
immerhin ihren Kollegen erschossen, Herrgott!
Das ganze Magazin! Zehn Schuss!«

»In Panik, Sigi. Er hod g'droht, Jessika zu ver-
gewaltigen.«

»In Panik? Wirklich? Zehn gezielte Treffer? Neun davon wären tödlich gewesen. Das kommt nicht unbedingt panisch rüber, Lois!«

»Sie is die beste Schützin in Franken, Herrschaftszeiten. Wos ko sie denn dafür, dass sie so gut trainiert is? I vertrau der Fanni, Sigi. I glaub ihr, dass sie panisch wor und du sollt'st di auf mein Urteil verlass'n. I wui für sie a Bewährungsstrafen.«

Gratzerl setzt sich stöhnend und schaut zu Franziska hinüber, die sich noch immer nicht regt.

»Also gut, Lois. Nehmen wir mal tatsächlich an, es war ein Affekt ...«

»Es wor oana!«, echauffiert sich Alois und springt dem Staatsanwalt förmlich ins Gesicht.

Der Staatsanwalt hebt beschwichtigend die Hand.

»Nehmen wir's an. Das Mindestmaß, das ich schreiben könnte, wären ein Jahr und sechs Monate.«

Alois' Gesicht erhellt sich erstmals seit Stunden.

»Na bitt'schön. Des wär doch wos. Ned, Fanni?«

Sie reagiert nicht und starrt weiter leer aus dem Fenster.

»Siehst du? Sie freut sich nicht einmal. Vielleicht sollte ich ein psychologisches Gutachten beantragen.«

»A Schoass wirst, Sigi. Wie würd'st du di fühl'n, wenn du grad deinan Kollegen erschossen hätt'st, a Mörder hinter dir her is und du der Schoass'n nur a Ende setzen könnt'st, wenn du di selbst umbringst? Sie is fertig.«

»Ist ja schon gut«, versucht Gratzerl, Alois zu beruhigen. »Aber was machen wir jetzt wegen der U-Haft? Ich kann sie nicht auf freiem Fuß lassen,

Lois. Die Presse wird mich ohnehin zerreißen, wenn ich nur anderthalb Jahre fordere.«

»Wos is mit Hausarrest? So wie bei die Amis?«

»EAÜ?«

»Mir egal, wie ihr des nennt. A Fußfesserln.«

»Das ist dasselbe, Lois.«

»Wär des nix?«

Gratzerl springt auf und richtet einen wippenden Zeigefinger auf Alois, der augenblicklich versteht. Zehn Minuten lang telefoniert Gratzerl mit seinen Vorgesetzten in München und debattiert über Sicherungsverwahrung, Präzedenzregelung und Ausnahmesituationen.

Als Sigfried den Hörer auflegt, atmet er lang und tief durch.

»Abgemacht. Der Generalstaatsanwalt hat zugestimmt.«

Alois will schon die vollkommen weggetretene Franziska in die Arme nehmen, als Sigfried ihn unterbricht.

»Aber – die Anklage wird auf dreiundzwanzig Monate lauten.«

»Dreiundzwanzig?«

»Und sie muss ein Gutachten über sich ergehen lassen, das untermauern soll, dass es wirklich ein Affekt war.«

»Herrgott, es wor an Affekt!«

»Fang jetzt ja nicht noch mal an, Lois«, mahnt Sigfried Gratzerl mit hochgezogenen Augenbrauen. »Es gibt noch einen Punkt, der dir sauer aufstoßen wird.«

»Wos?«

»Sie wird entlassen.«

»Wos?! Fanni is die beste Kommissarin in ganz Bayern!«

»Sie war es.«

»Aba ...«

»Es ist schon beschlossen, Lois.« Sigfried schaut zu Franziska hinüber und wieder zurück. »Du hast alles bekommen, was du wolltest. Eine Bewährungsstrafe, sie kann daheimbleiben und meinetwegen dir auch als Beraterin zur Seite stehen. Aber sie ist keine Polizistin des Freistaates mehr.«

»Behält sie ihren Rang?«

Sigfried hebt die Schultern. »Sie hat den Abschluss. Das ist Arbeitsrecht. In Bayern wird sie nicht mehr als Polizistin arbeiten können. Aber es gibt ja noch fünfzehn andere Länder, oder?«

Ein bitterer Beigeschmack bleibt, als Alois voll ehrlicher Dankbarkeit seinem Freund die Hand reicht. »I schuld dir wos«, sagt er.

»Nicht zu knapp«, lächelt ihn Gratzerl an. »Lass sie hier, bis die EAÜ aus Würzburg kommt. Ich denke, die wird schon unterwegs sein«, sagt er, als er die Tür von Alois Büro öffnet. »Kommissar Meier?«

»Ja, Herr Staatsanwalt?«, fragt der junge LKA-Mann, der Franziska vernommen hatte.

»Sie bleiben hier und unterstützen Oberkommissar Huber.«

»A...«

»Das Fax des Innenministers wird gleich eintreffen. Er hat Sie eingeteilt, nicht ich. – Meier ist ein guter Mann, Lois. Benimm dich.«

10

Jessikas Großmutter Lise Voigt sitzt in ihrer Hollywoodschaukel unter dem Kirschbaum im Hinterhof und genießt den Abend. Inzwischen hatte sich Alois Huber bei ihr gemeldet und auch mit Jessika gesprochen, dass ihre Franziska nicht ins Gefängnis muss, sondern bis zum Gerichtstermin unter Hausarrest stünde. Morgen Nachmittag will er sie beide abholen, damit sie sich sehen konnten.

Jessika sitzt neben ihr und tippt auf ihrem neuen *gebrauchten* Telefon herum, dass sie ihr besorgt hatte. »Das ist lahm, Oma. Das ist ein HTC 10. Das ist uralt«, beschwert sie sich und geht abermals das Menü durch.

»Tut mir leid, dass ich kein Besseres hab, Schätzchen.«

»Wieso hast du eigentlich kein Internet?«

»Wozu?«

»Wozu?«, rollt Jessy mit den Augen.

»Ja, wozu?«

»Phaaa ...«, beginnt Jessika mit ausufernden Armbewegungen, »wo soll ich anfangen? Facebook, Filme, E-Mail, Freunde ... Ich brauche WLAN, Oma.«

»Was ist Wehlahn?«

»Echt jetzt?«, starrt Jessika entsetzt.

Ihre Oma zuckt mit den Schultern.

Im Obergeschoss sieht sie Andi am Küchenfenster vorbeihuschen. Verstohlen schielt sie hinauf, damit Lise es nicht mitbekommt. Immer wieder schießt ihr durch den Kopf, wie er nackt aussieht, und jedes Mal wird sie rot, wenn das geschieht. Wieder geht er vorbei und sie kann sein braunes, strubbeliges Haar sehen, das wild und rebellisch wirkt. *Ob er wohl Internet hat?*, fragt sie sich.

»Hast du Andi schon getroffen, Oma?«

»Der von oben?« Jessika nickt. »Ja, er hat mich gegrüßt und sich vorgestellt. Scheint ein netter Mann zu sein. Er hätte das richtige Alter für deine Mutter«, kichert sie.

Jessika ist bei diesen Worten gar nicht nach Kichern zumute. Sie fühlt einen Stich in ihrer Brust, der ihr das Atmen schwer macht.

»Ich geh rein, Oma«, sagt sie und gibt ihr einen Kuss.

»Mach nicht mehr so lange mit deinem Handy, ja?«

»Na klar.«

Sie schleicht sich nach oben und steht vor Andis Tür, die Hand zum Klopfen erhoben. Ihr Herzschlag rast förmlich. Nach ein paar Minuten in vollkommener Regungslosigkeit, atmet sie durch, schüttelt den Kopf und dreht um, als Andi die Tür öffnet.

»Jessy.«

Sie errötet sofort.

»Alles klar? Wolltest du zu mir?«

»Nein. Ja.«

»Nein? Ja?«, schmunzelt Andi, an dessen Mundwinkeln sich niedliche Grübchen bilden.

»Hast du WLAN?«

»So, so, WLAN.«

»Meine Oma hat kein Internet.«

»So was gibt's?«

Jessika muss lachen und hält sich schüchtern die Hand vor den Mund.

»Na komm rein.«

Andi hatte den Nachmittag genutzt. Seine Wohnung ist aufgeräumt und fast alles steht schon an seinem vorgesehenen Platz. Das Geschirr ist in den Schränken, Bücher in den Regalen und im Fernsehen laufen die Simpsons.

»Nur eine Blue-Ray. Ich liebe die Simpsons«, grient er schuldbewusst.

»Du hast die auf DVD?«

»Nicht DVD. Blue-Ray«, sagt er und zeichnet mit den Händen einen künstlichen Horizont in der Ferne des Küchenfensters. »Dolby Digital 5-Kanal-Surround Home Cinema«, schwärmt er.

»Da hörst du eine Stecknadel fallen.«

»Spinner«, lacht sie.

»Wirklich«, beteuert er. Seine Hand packt ihre und er zerrt sie auf die Couch. Dort nimmt er sie an den Schultern, setzt sie mittig und dunkelt das Licht ab.

»Was hast du vor?«

»Pssst!« Er schiebt eine neue Scheibe in den Player ein und hockt sich vor ihr auf den Boden.

»Lehn dich zurück. Relax, Baby.«

»Etwa so?«, fragt sie und streckt die Beine von sich.

»Ja. Dann noch den Al Bundy«, sagt er und steckt sich die Hand in den Bund.

»Das ist eine Männerpose.«

»Ist doch egal. Fläz dich hin, wie im Kino.«

Sie versucht es und Andi ist zufrieden. Der Sound erschlägt sie förmlich, als er auf Start drückt.

»Das ist ja wie im Kino«, sagt sie strahlend.

»Sag ich doch. Geil, oder?«

»Irre.«

Auf dem Schirm erscheint ein Mann in einem roten Anzug, der in einem Taxi sitzt und zu Bollywoodklängen einen Kaugummi von der Seitenscheibe kratzt.

»Ist das Deadpool?«

»Kennst den?«

»Den darf ich noch nicht sehen«, zischt sie ihm zu.

»Wieso? Ist deine Oma bei den Bullen oder so?«

»Meine Mama. – Kripo.«

Andi reißt die Augen auf. »Echt jetzt?«

Jessika nickt und kann sich ein Lachen wegen seines schockierten Gesichts nicht verkneifen.

»Ich verrat's nicht, wenn du's nicht tust«, flüstert er in ihr Ohr, wobei seine Lippen ganz leicht über ihre Muschel streift.

»Okay«, haucht sie.

Bei den Erotikszenen schaut sie heimlich zu ihm rüber. Wieder kommt ihr sein nackter Körper in den Sinn. Ihr wird warm. Unglaublich warm. Später krallt sie sich gelegentlich an ihn und er nimmt sie in den Arm. Als seine Hand ihre Brust streift, läuft ein Schauer durch ihren gesamten Körper. Ein neues, ein ungeahntes Gefühl. Am Ende des Films hat sie ihre Finger in seine geflochten.

»Der war krass«, lächelt sie Andi an.

»Ich liebe ihn.«

Sie schaut seitlich zu ihm auf, als er die Augen geschlossen hält und die Musik des Abspanns genießt.

Als er sie zur Tür bringt, dreht sie sich zu ihm um und gibt ihm einen Kuss auf die Wange. Es ist ein ruppiger, ungeschickter Kuss, aber Andi lächelt und seine Grübchen verzaubern sie.

»Das kannst du besser«, sagt er, umfasst ihre Taille und zieht sie an sich. Seine Lippen sind weich und heiß, und als seine Zungenspitze sanft ihre Lippen berührt, öffnet sie ihren Mund.

Nach ein paar Sekunden ist alles vorbei. Nur das Kribbeln bleibt und das Gefühl, das Schönste auf der Welt erlebt zu haben.

»Gute Nacht«, sagt er.

»Gute Nacht.«

11

›Zur Kanzel‹ liegt eingehüllt im matten Licht der Straßenlampen, als Alois Franziskas Haustür aufschließt. Vor dem Haus steht noch der Wagen des Technikers. Der ist gerade dabei, die Kameras und Mikrofone in die Tüten zu packen.

»Es waren nur zwei«, sagt er zu Alois, der zufrieden nickt.

»Seid's ihr fertig? Wos is mit dem Golf?«

»Den hat die Spurensicherung mitgenommen«, ist die Antwort und er winkt seinem Kollegen zu, »Pack zusammen.«

Kurz darauf ist Alois mit Franziska allein. Sie hatte sich wieder in die Ecke ihrer Couch verkrochen und starrt leer zur Decke hinauf. Dorthin, wo die Minikamera neben der Lampe angebracht war. Jetzt ist dort ein winziges Loch.

»Es is sauber«, sagt er und nimmt sie in den Arm. Franziska regt sich nicht. Es ist, als sei sie im Nirwana, nur dass sie dabei nicht vor sich hin murmelte, wie sie es im Allgemeinen tut. Schwer atmend löst er die Umarmung und nimmt ihr Fußgelenk in die Hände.

»I muss die dir jetzt anlegen«, sagt er und schaut sie an. Er bekommt nicht einmal ein Zwinkern. Ohne ein weiteres Wort schließt er die Schnalle und schaltet den Sender ein. »Komm zu dir, Fanni. I schaff des ned ohne di.« Doch ihre Augen bleiben leer.

Alois geht kopfschüttelnd hinaus zum Streifenwagen und gibt den Kollegen die Erlaubnis, Feierabend zu machen. Aus seinem Wagen holt er noch Wolfs Habseligkeiten aus dem Büro. Den Laptop von Jessika packt er aus und legt ihn auf den Küchentresen. Als er sich zu ihr umschaut, hat sie ihre Sitzposition keinen Millimeter verändert.

»I hoff, dass du zurechtkommst, Fanni. Gib nicht auf, hörst du? Wir tun ois, um diesen Kerl zu kriegen. Nach meiner Schicht hole ich Jessy her. Sei bis dahin wenigstens geduscht.«

Franziska hört Alois Wagen wegfahren, dann zwinkert sie ihre Augen feucht. Ihr Blick klebt an Jessikas Computer. Kurz darauf steht der vor ihr und sie lässt ihn hochfahren. Sie findet das TOR-Programm und klickt auf das Icon.

Alles hier ist Neuland für sie. Die werbefreie Oberfläche, das Zwiebellogo. Es sieht wie Google aus, nur ohne all das Klimbim. In das Suchfeld gibt sie R.A.C.L. ein und bekommt nur ein paar Treffer, die zu einer rumänischen Hip-Hop-Band auf You-

Tube führen. Aus Ratlosigkeit klickt sie es an und lehnt sich zurück. Die Musik gefällt ihr, auch wenn sie den Text nicht versteht. Sie ist schwer und melancholisch. Fanni stellt es auf Dauerschleife ein, schließt die Augen und lässt sich fallen. Es hilft ihr, sich zu konzentrieren.

Ihr fällt die Pinnwand wieder ein, von der Mattes ihr berichtet hatte. Sie gibt ›blackbook‹ ins Suchfeld ein und wird abermals enttäuscht. Alle Ergebnisse enden auf .com, .de oder .net.

Keine TOR-Seiten. Das ist noch das Oberflächennetz.

Mit einem entschlossenen Blick ruft sie Facebook auf, erstellt ein Profil, ruft die Seite ihrer Tochter auf und lächelt einen winzigen Moment lang, als sie ›J V Copgirl‹ liest. Sie durchsucht ihre Freunde und findet ›Schrauber G‹. Sie öffnet den Chat und schickt eine Nachricht. Als Anhang hängt sie das Nacktbild mit der Unterschrift: Ich bin's. Fanni. Sie muss nicht lange auf eine Antwort warten.

›ID‹

Sie überlegt nicht lange und setzt sich in Pose. Mit der Webcam macht sie ein kurzes Video, wobei sie Ausweis und das Datum auf der Tageszeitung vor die Linse hält. Das schickt sie ihm zu.

›Frau Voigt? Ich dachte, Sie wurden verhaftet?‹

Ihr Gesicht bleibt steinern, als sie ihm antwortet:

›Brauch Hilfe. Darknet.‹

›Sind Sie über TOR drin?‹

›Ja.‹

›http://blkbook3fxhcsn3u.onion/new/‹

Es ist ein Link. Mattes schickt noch eine weitere Nachricht:

228

›New Account. Liken Sie ihr Pic. Ich finde Sie.‹

Sie folgt den Anweisungen. Nach der Anmeldung geht sie auf Images und findet, zwischen einer Unmenge IS-Propaganda und freizügigen bis verstörenden Fotos, auch ihres. Sie klickt auf den Daumen. Kurz darauf erhält sie eine Freundschaftsanfrage, die sie annimmt. Schließlich öffnet sich ein Chatfenster.

›Gar nicht so schwer, was?‹

›Gewöhnungsbedürftig.‹

›Wird schon.‹

›Suche Suchmaschine. R.A.C.L.‹, tippt die ein.

›Hidden Wiki, dann uncensored und die Suchmaschinen ausprobieren. Nicht die von TOR, die sucht nur surface.‹

›Hab ich gemerkt.‹

›Was ist R.A.C.L.?‹

›IRL-Game.‹

Diesmal dauert es lange, bis Mattes zurückschreibt, und die Antwort macht sie stutzig.

›Ich bin raus. Viel Glück.‹

›Was?‹

Aber er antwortet nicht mehr. Ihr Herz schlägt schneller, als sie das registriert. Mattes weiß scheinbar etwas über diese Art Spiele. Genug zumindest, dass er vorsichtig ist. Erst spät schaltet sich ihr Gewissen ein. Einen vierzehnjährigen Jungen in diese Sache hereinziehen zu wollen, ist eine unglaublich rücksichtslose Idee. Sie schämt sich wegen dieses Gedankenspiels.

Nein, das hier gilt mir. Ich muss es allein durchstehen.

Und dafür braucht sie eine neue Strategie.

Franziska gibt ›hidden wiki‹ ein und landet auf einer schwarzen Seite mit orangefarbenen und weißen Buchstaben. An dritter Stelle findet sie einen Link mit der unzensierten Version davon. Sie klickt darauf und landet auf einer anderen Webseite, die dasselbe anzeigt, aber aussieht wie Wikipedia, mal abgesehen vom Logo. Gleich oben stehen die Suchmaschinen. Sie entscheidet sich für TORCH, da die Reklame lautet: *1,1 Millionen Seiten des Deep Webs indexiert*. Dort gibt sie die vier Buchstaben ein und findet nach zwanzig Minuten, unendlich vielen Pornoseiten und unter dem siebenunddreißigsten Suchergebnis einen Link namens ›g@m3 0n! j0in! t#1rt33n d@ys L3ft! 10000btc!‹.

Als sich die Seite von oben nach unten aufbaut, krallt sie ihre Nägel in die Polster, während ihr Herzschlag hörbar unter der Schädeldecke hämmert.

12

Im zweiten Stock eines elfenbeinfarbenen Hauses am Stadtrand vor Karlstadt geht ein Licht an. Das Tablet meldet einen Count. Es ist ein furchtbar nerviger Ton, den Andi bisher noch nicht geändert hat.

Nur ein Besucher, denkt er und dreht sich wieder herum, um das Licht zu löschen. Die Ziffern des Funkweckers zeigen 03:04 Uhr, als es abermals pingt. Er dreht sich nochmals zum Tablett um und sieht einen Log-in. Ein Gast, der zweitausend Euro springen lässt, um auf die Galerie zu dürfen. Die einzige Möglichkeit, alle Fotos und Videos zu betrachten.

Oder die Spielregeln.
Diese nimmt sich, dreißig Kilometer von ihm entfernt, Franziska Voigt vor. Die Kreditkarte liegt noch griffbereit neben ihr. Sie will das Spiel verstehen. Sie will wissen, wie es funktioniert, wie die Punkte verteilt werden, was erlaubt ist und was nicht. Das alles versucht sie mit grimmigem Blick in sich aufzunehmen, bevor sie ihr komplettes Profil besucht. Sie will es ohne Wut lesen. Ohne Hass auf den Kerl, der sie Sicherheit, Ex-Mann, Arbeit, Freiheit und ihre kleine Familie gekostet hat.
Sie braucht eine ganze Stunde dafür. Die Regeln sind nicht sonderlich kompliziert, auch das Englisch ist einfach gehalten, es sind ihre Gedanken, die ständig Sprünge machen, Vorschläge und Taktiken liefern, ohne dass Franziska es will. Immer wieder rennt sie im Kreis, macht Atemübungen und versucht die Geistesblitze zu verdrängen. Sechzig Minuten benötigt sie.
Zehntausend Euro. Der Einsatz, um mitspielen zu dürfen. Nur will sie keinen Cop jagen, sondern den Spieler. Die Idee kam ihr erstmals, als sie von Wolfs Schnarchen erwacht war. Die Nacht vor Vanessa Aschbrenners Beerdigung. Die Nacht, bevor alles chaotisch wurde. Als es noch keinen ominösen Alten gab, der vor ihr in der Kapelle sitzt, noch keine Flugblätter mit ›Ich bin eure geile Kommissarin Fanni‹, keine Manöver, bei denen

ihr Ex-Mann durch eine Granate, Mine oder durch Sprengstoff in tausend kleine Stücke zerrissen wird oder Projektile, die sich kalt und hart in den wehrlosen Körper von Georg Schuster beißen. Da war sie noch naiv. Da durfte sie es noch sein.

Ihre Gedanken damals waren simpel. *Mach mit, finde ihn, schalte ihn aus.* Im Grunde ist das jetzt immer noch ihr Plan, nur weiß sie mittlerweile, dass es kein harmloses Katz-und-Maus-Spiel ist. R.A.C.L. ist tödlich.

Sie öffnet das erste Profil. Nicht ihres, sondern das des Letztplatzierten.

Nummer dreiundvierzig. Zielperson ist eine Corinna Evelina Maria Faria, aus São Paulo, Brasilien. Geboren am 14. Mai 1992, wohnhaft Rua Dom Manuel 196 im Jardin Obelisco, GPS-Koordinaten: -23.539992, -46.343899. Sie hat eine Tochter, Sara Evelina Faria Miguel, sechs Jahre.

Es gibt von ihr sieben Fotos. Nummer eins: Corinna Evelina Maria Faria auf der Straße, lässig an ihren brasilianischen Streifenwagen gelehnt. Sie lacht, offensichtlich über den Scherz ihres Kollegen, der die Arme von sich streckt, als würde etwas riesig groß sein. Sie hat ein wundervolles Lachen. Strahlend weiße Zähne, leuchtende, tiefschwarze Augen.

Beim nächsten Bild, dem letzten, übergibt sich Fanni auf den Wohnzimmerteppich. Es ist eine HD-Aufnahme. 500 dpi. So, wie das Bild von ihr. Man sieht den Lauf eines Gewehrs, der in ihrem Mund verschwindet und in fast seiner Gesamtlänge aus einem klaffenden Loch in ihrer Schädeldecke ragt. Hinter ihr ein dunkler, schleimig schimmernder Fleck an der Wand. Vor ihr, die nackte, zerstückelte Leiche ihrer Tochter, aufgehängt an Drähten, sodass sie wie eine Marionette tanzt. Der Kopf fehlt. Den hält Corinna an ihre Brust gedrückt. Als Gesicht dient ein Stein, auf dem ein Grinsen prangt, gemalt mit einem pinken Lippenstift.

Franziska schleppt sich auf allen Vieren ins Badezimmer und reißt sich die Kleider vom Leib. Unter der Dusche gurgelt sie hockend ihren Mund mit einer halben Flasche Mundspülung aus, stellt den Wasserstrahl auf kalt, um zu sich zu kommen, und lässt sich dann zitternd auf die Badezimmerfliesen fallen.

13

Als Alois bei Lise Voigt klingelt, nickt er den beiden Kollegen im Streifenwagen zu, die gerade am Haus vorbeikommen.

Sie drehen ihre Runden und halten noch immer zu Franziska. Alle auf dem Revier waren froh, die Neuigkeiten aus Alois' Mund zu hören. Franziska käme in kein Gefängnis, sondern stünde bis zu ihrer Gerichtsverhandlung nur unter Hausarrest. Die will Alois so schnell wie möglich über die Bühne gehen lassen und Sigfried hat ihm zugesichert, dass er alles daran setzen würde, das auch hinzubekommen. Versprechen konnte er ihm nichts, aber das spielt auch keine Rolle.

Wenn Sigi sich etwas vornimmt, zieht er die Sache auch durch.

Den Wermutstropfen, die sofortige Entlassung Franziskas aus der Landespolizei Bayern, nahmen sie murrend entgegen, konnten jedoch genauso wenig an der Tatsache ändern wie ihr Chef.

Lise öffnet die Tür und umarmt Alois. »Schön dass du kommst. Hattest du schon Mittag?«

»Noch ned.«

»Dann komm rein. Jessy isst auch noch. Es gibt Bratkartoffeln und Thüringer mit Sauerkraut«, lockt sie mit einem Lächeln.

Alois nimmt gerne an. Zwar sind ihm Weißwürschtl lieber, aber mit den Jahren hat er auch Geschmack an Thüringer Rostbratwürsten gefunden. Außerdem liebt er Lises Sauerkraut, das um Längen besser ist, als alle Zubereitungen, die er bisher probiert hatte.

Jessika lächelt müde, als er hereinkommt.

»Kurze Nacht?«

Sie nickt und stochert weiter in ihren Bratkartoffeln herum. Sie hat keinen Appetit. Die Nervosität, ihre Mutter endlich wiederzusehen, schlägt ihr auf den Magen. »Meinst du, ich kann bald wieder zu Mama?«, fragt sie ihren Onkel.

»I hoff's. I find aba, dass du hier blei'm sollt'st, bis der ganze Spuk vorbei is. I könnt di abhol'n, wenn die Schul'n wieder losgeht.«

»Wir sprechen deutsch an diesem Tisch«, bemerkt Lise forsch und fügt mit ihrem unverwechselbar unnachahmlichen Feingefühl hinzu: »Gibt es was Neues über Wolf?«

Freili gibt's die, aba i werd der Jessy b'stimmt ned sogn, dass ihr Vata in a Schuhkarton basst. – »Naa, wir wissen noch nix.«

234

»Hoffentlich ist ihm nichts passiert«, seufzt sie. »Er ist doch eigentlich so ein netter Mann.«

Jessy knallt die Gabel auf den Teller, schiebt den Stuhl mit dem Hintern weg und stampft aus der Küche.

»Was sie nur hat?«, fragt Lise nachdenklich.

»Hods dir die Fanni nie erzählt?«

»Was?«

»Na, dass ea sie g'schlog'n hod.«

»Deutsch, Alois. – Jeder streitet sich mal«, gibt sie zurück. »Dann muss man sich zusammenraufen und sich aussprechen.«

»Er hat sie g'schlagen, Lise. Ned einfach mal a Watschen.«

»Das lag nur am Alkohol, Alois. Er hat es sicher nicht so gemeint.«

Alois Huber gibt auf und stopft sich eine halbe Wurst in den Mund. Dass Fannis Mutter, die sogar vier Jahre jünger ist, als er selbst, so stumpfsinnig sein konnte, geht nicht in seinen Schädel. Natürlich vergönnte er Wolf eine zweite Chance. Beruflich. Auf privater Ebene ist er aber komplett auf Fannis Seite.

»War köstlich, Lise. Wie immer«, sagt er abschließend und gibt sein charmantestes Lächeln. Franziskas Mutter nimmt das Kompliment dankend entgegen. »Wollen wir dann gleich fahr'n?«, fragt er und erntet dafür ein vorwurfsvolles Kopfschütteln.

»Ich kann noch nicht weg, Alois. Ich muss das Geschirr spülen, mich umziehen ... Das dauert seine Zeit. Magst du nicht mit Jessy ein bisschen spazieren gehen? Ich bin dann sicher bald fertig.«

»Natürlich, Lise«, sagt er und wünscht sich, die Jungfrau möge ihm Fassung geben.

Jessika sitzt mit ihrem Handy im Gästezimmer. Alois gesellt sich zu ihr und nimmt sie in den Arm.

»Mogst mit naus? Do kannst Luft ablass'n«, stichelt er liebevoll Bairisch, weil er weiß, dass seine Patentochter den Dialekt liebt.

Jessika nimmt lächelnd an und wartet, bis sie um zwei Ecken sind, bevor sie ihre Wut herauslässt.

»Mei, so alt ist sie doch noch gar ned! Wie kann sie so was sagen? Wolf, ein so lieber Mann«, äfft sie die Stimme ihrer Großmutter nach.

»Es is a and're Generation, Jessy.«

»Deine Generation, Onkel Lois«, sagt sie und bestürzt ihn mit der Generationsgleichstellung ebenso, wie sie ihn mit dem Onkel beglückt. So hatte sie ihn schon seit Jahren nicht mehr genannt.

»Hob a bisserl Nachsicht mit dei Oma. Sie hod scho vui durchg'mocht.«

»Mamas Vergewaltigung ...«

Alois sieht überrascht aus. »Du woasst davon?«

»Mama hat's mir erzählt, als Wolf bei uns war. Wir haben viel geredet.«

»Hod sie dir aa g'sogt, dass dei Oma a Nervenzusammenbruch g'hobt hod? Fünf Monate wor sie im Spital. Sie hod ned oamoi die Gerichtsverhandlung mitmoch'n kenna. Vielleicht saans die Medikamente, dass sie des ois so harmlos betrachtet.«

»Du mogst moi Oma, gell?«

»I liab dei Oma. Scho weg'n ihram Sauerkraut«, lacht er.

Jessika schmiegt sich schmunzelnd an ihn, während sie gehen.

»Du hast dei G'sicht verzogen, als sie di nach Wolf g'fragt hat. – Is er tot?«, fragt sie.

Die Abgeklärtheit in ihrer noch so jungen Stimme erschrickt ihn, gibt ihm aber auch die Möglichkeit, Franziska dieses Thema zu ersparen.

»Ja. Es tut mir leid.«

»Muss es ned. I kannt' ihn ja kaum.«

»Er wor dei Vata.«

»Mein Erzeuger.«

»Es trifft di ned?«

»Ned wirklich. Mama ist mit mir weg, als i acht war. An meinem neunten Geburtstag hab i ihn das letzte Mal g'seh'n. Fünf Jahre hat er sich ned g'meldet. Dann taucht er auf, tut so, als ob all's in Ordnung wär und erzählt mir dann, dass er Mama g'schlagen hat. Er hat ned um Entschuldigung gebeten. Ned, dass er's hätt machen soll'n.«

Sie biegen um die nächste Ecke und halten beim Bäcker, damit sich Alois einen doppelten Espresso gegen das aufsteigende Sodbrennen durch das Sauerkraut holen kann.

Sie biegen in einen kleinen Waldweg ab, der in einer Schleife zum Haus von Lise Voigt zurückführt und Jessika wechselt das Thema.

»Wie is es, wenn jemand tot is?«

»Wos moanst?«

»Dei Frau. Vermisst du sie?«

Alois atmet schwer. »Sehr. Manchmal fürchterlich. Aba Maria wor scho lang ned mera die Frau, die i g'heiratet hodd.«

»Wieso?«

»Sie hod a G'hirntumor g'hobt. Des hod sie verändert. Ihran Charakter. Manchmal wor sie a ganz
and're Frau.«

»Aber du vermisst sie trotzdem.«

»Jeden Dog. – Es is schwer, wenn man jemanden
verliert, den man g'liabt hod.«

»Mir fehlt Nessi.«

Alois nickt. »Ihr wart's euch nah, oda?«

»Sie wor moi beste Freundin. I mein, sie wusst'
all's von mi, i konnt mit ihr über all's reden und
nun is sie weg. I glaub, Mama mocht' die Beatrice
Habermann genauso, wie i die Nessi.«

»Naa, des wor a zu kurze Zeit. Aba i denk scho,
dass sie verknallt wor'n.«

»Weiß Mama, dass Wolf tot is?«

»I hobs ihr g'sagt.«

»Sie hat ihn scho lang ned mehr g'liebt.«

»Trotzdem, es wär a Chance g'wesen, dass ois
wieder ins Reine kimmt.«

»I glaub ned, dass Mama d'rauf Wert g'legt hätt«,
zweifelt Jessika und imitiert Alois' Mundart, so
perfekt es geht. »Mia san guad klor kimma.«

»I mog dei Bairisch, Jessy«, brummt er.

Sie lächelt. »I aa.«

Die Runde endet auf der anderen Hausseite. Lise
ist gerade im Flur und zieht sich eine dünne
Strickjacke über, als Andi die Stufen herunterkommt. »Grüß Gott«, sagt er im Vorbeigehen und
zwinkert Jessika zu, die scheu zu Boden schaut.

Alois sieht ihm grübelnd nach. »Habt's ihr a
neuen Nachbarn?«, fragt Alois, als Andi um die
Ecke verschwindet. »I glaab, den hob i scho moi
g'seh'n.«

»Ah!«, sagt Lise und winkt ab. »Du siehst immer nur Gespenster. Er ist ein netter, junger Mann«, antwortet Lise. »Der wäre gerade was für Franzi.«

14

Franziska liegt auf dem Sofa, als es an der Tür klopft. Sie fühlt sich schwach und der Geruch nach Reinigungsmittel verstärkt das Gefühl noch, da es in ihr die Erinnerungen an Corinna Faria wachrüttelt.

Jessika umarmt sie stürmisch und Franziska erwidert es, so gut sie kann. Finster schaut sie zu den Pressefuzzis hinüber, die jeden ablichten, der sich dem Haus nähert oder aus der Tür kommt.

»Geht's dir besser?«

Sie nickt, sagt aber nichts dazu.

»Himmel, Kind«, hört sie ihre Mutter rufen, als diese nachkommt. »Du siehst ja schrecklich aus. Du musst was essen.«

»Geht schon, Mama.« Ihre Stimme ist schwach und kratzig.

Augenblicklich sprintet Lise in die Küche, um ihrer Tochter einen Tee aufzubrühen.

»Hast du hier was verschüttet?«, fragt Lise und schnüffelt in der Luft. »Chlorreiniger? Im Wohnzimmer?« Sie bemerkt den Fleck auf dem Teppichboden. »Du kannst doch keinen Chlorreiniger für den Teppich benutzen, Franzi«, sagt sie vorwurfsvoll.

»Ich habe mich erbrochen, Mama. Es stank. Ich musste den wegmachen.«

»Du isst zu wenig. – Jessy, mach deiner Mutter ein paar Eier, damit sie wieder zu Kräften kommt«, befiehlt sie scharf und zupft ihr am T-Shirt, bis sich ihre Enkelin in Bewegung setzt.

Jessika sieht das bange Flehen in Franziskas Augen. Kurz darauf kommt sie mit dem Tee und ein paar Scheiben Toast zurück.

»Eier sind aus, Oma.«

»Gott, das nächste Mal müssen wir welche einkaufen. Erinnere mich dran, ja, Jessy?«

»Natürlich, Oma.«

»I hob wos für di«, sagt Fanni zu Alois, so authentisch sie das Bairisch über ihre Lippen bekommt. Es ist noch lange nicht so flüssig, wie das ihrer Tochter, dennoch wird daraus ein fast perfektes ›Ijobwos füdi‹.

»Was?«, fragt Lise, die nicht mehr alles hört, worüber Franziska manchmal froh ist.

»Nichts, Mama.«

»Ich hoffe, das war kein Bairisch. Du weißt, ich verstehe das nicht so gut.«

»War es nicht, Mama.«

Zwei Stunden später verabschieden sie sich und Alois bringt sie wieder zurück, nur um danach gleich wieder bei Fanni zu klopfen.

Wieder knipsen die Fotografen sich die Finger wund.

»Kannst du dagegen was machen?«

»Sie san auf der and'ren Straßenseiten, Fanni.«

»Krieg ich deine Pistole?«

Alois lacht kurz und ruckartig. »I hoff, des wor bloß dei Humor. Schön, dass ea wieda do is«, zwinkert er ihr beifällig zu.

240

Sie brüht ihm einen Kaffee auf und sich einen weiteren Tee. Während des Besuchs ihrer Mutter hatte sie festgestellt, dass der ihr bei Weitem besser bekommt, als Alois' Prodomo.

»Oiso? Wos gibt's?«

»Ich bin auf der Seite.«

»Welcher Seite?«

»Ruin A Cops Life.«

Er zieht die Brauen hoch. »Wie hast du des g'macht?«

Franziska lässt ihre VISA wie in dem Werbespot auf den Tisch schnipsen. Dazu gibt sie mit kratziger Stimme den Jingle zum Besten. »VISA – die Freiheit nehm ich mir.«

»Du hosd b'zahlt?«

»Anders kam ich nicht rein.«

»Wie viel?«

»Genug«, antwortet sie prompt.

»Wos hosd g'funden?«

Sie klappt den Computer auf und dreht ihn zu Alois um.

Es erscheint das Bild der brasilianischen Kollegin, die sich ihr Gehirn aus dem Schädel gepustet hatte.

»Hagoddza! – Des is fei desselbe, wos di aa hi mochen.«

»Das geschieht überall. São Paulo, Hongkong, New York, Lyon, Bristol, Porto, Moskau ... Willst du sie alle wissen?«

»Hosd du di alle og'schaut?«

Sie schüttelt den Kopf. »Mir hat das da gereicht und die ist Platz dreiundvierzig.«

»Du bist da auch bei?«

Sie dreht den Schirm wieder zu sich um, minimiert das Bild und scrollt die Seite hinauf.

»Oans? Du bist af Platz oans?«, fragt Alois lautstark, als er den Schirm sieht.

»Juhu, ich freu mich auch.«

»Wie kannst du do so ruhig blei'm?«

»Ich bin nicht ruhig, Alois«, faucht sie mit glühenden Augen. »Mir ist speiübel und ich habe Schiss. Richtigen Schiss. Ich traue mich manchmal nicht mal mehr aufs Klo und pisse ins Waschbecken, Lois. Kein Scheiß! Der Sack war hier! Hier drin! Weiß ich, ob er nicht auch schnell einen Nachschlüssel gemacht hat? Wie lange dauert das wohl bei Neubauer unten im Supermarkt? Fünf Minuten? Zehn? Wir waren drei Stunden weg.«

»Du schläfst nimmer ...«

»Nein«, schnieft Franziska und wischt sich die Tränen fort. »Ich kann nicht mehr, Lois. Ich bin fertig. Was glaubst du denn, warum ich nur noch Wasser saufe? Damit ich nicht auch noch ins Waschbecken scheißen muss, Lois. Deshalb. Ich fühle mich ekelhaft. Und ich hab heut geduscht. Überall juckt es mich. Ich rieche nur noch Pisse. Alles stinkt nach Pisse, Lois.«

Er will zu ihr rüber gehen, um sie in die Arme zu nehmen, aber sie blockt ihn ab, als er sich erhebt.

»Nicht. Nimm mich mit, Lois. Sperr mich ein, damit ich schlafen kann. Eine Nacht nur. Oder besorg mir Schlaftabletten. Irgendwas.«

»I kann des ned.«

»Dann geh ich hier drauf«, sagt sie, mit geröteten Augen, die seine fest fixiert halten. »Ich geh drauf. Und ich wette, hier ist irgendwo noch eine

Kamera, die das filmt. Und wenn ich dann umkippe, nimmt er das auf, lädt es hoch und lacht sich einen Ast.«

»Fanni.«

»Bitte Lois.«

Er stemmt seine Arme in die Hüften und sieht sich um. Kurz darauf hebt er einen Zeigefinger, rennt hinaus zum Streifenwagen und fordert den Rettungswagen an. Als er zurückkommt, zittert Fanni am ganzen Leib.

»Die nehmen's di mit. So wie du ausschaust, wirst a paar Dog do blei'm. Mehr kann i erst mal ned mochen.«

Zwanzig Minuten dauert es, bis der Krankenwagen kommt.

15

Das Spektakel bleibt nicht unbeobachtet. Abgesehen von den Reportern, die live und vor Ort berichten, sitzt Andi in seinem Wagen, ein ganzes Stück vom Haus entfernt, auf einer Anhöhe in den Weinbergen versteckt, und filmt.

Es gab keine Kamera mehr im Haus. Da hatten die Techniker ganze Arbeit geleistet. Allerdings gibt es noch ein Mikrofon. Versteckt in der Armlehne ihrer Couch.

Franziska hat Angst. Nackte, tiefste Angst. Und sie hatte recht, gäbe es eine Kamera, hätte er ihr zugesehen, auch gefilmt, wie sie sich in der Küche auf die Spüle hockt, um es danach auf der Plattform zu posten.

Als er am Haus ankam, nah genug, damit er das Signal des Mikrofons empfangen konnte, fragte Alois gerade, warum sie so ruhig sei. Das Zittern in ihrer Stimme fühlte sich für Andi wundervoll an. Sie steht offensichtlich kurz vor einem kompletten Nervenzusammenbruch. Dass sie jetzt in die Klinik eingewiesen wird, gibt ihm Zeit, die letzten Schritte in die Wege zu leiten.

Jessika.

Andi muss zugeben, dass er es schade findet, dass dieses süße, zarte, vierzehnjährige Mädchen mit der Zahnspange, den langen Haaren, an dessen Ansatz bereits wieder das Schwarz von Wolfs dominanter DNS hervor spross, und der unschuldigen Schamesröte mit einem Granitblock im Gesicht enden sollte.

Es sei denn, Franzi killt sich vorher. Dann wäre es nicht mehr nötig.

Die nachvollziehbare Vorfreude auf mehr als vier Millionen Euro überwiegt jedoch. Was auch geschehen mag, Jessika ist bereits butterweich. So oder so, er wird Spaß an ihr haben. Sogar noch mehr, wenn Franzi beschließt, ihrem Leben ein Ende zu setzen. Dann wäre er ihre Zufluchtsperson.

Eine Vaterfigur mit gewissen Vorzügen.

Der gutaussehende, durchtrainierte Nachbar, der ein offenes Ohr hat, ihr erlaubt, nicht jugendfreie Filme zu schauen und sie wie eine attraktive Frau behandelt.

Bald wird er sie nehmen.

Schon sehr bald.

16

Alois Huber steht vor der Tür zu Franziskas Krankenzimmer. Sie liegt auf dem Bett und eine Nährlösung tropft stetig in den Zufluss zu ihrer Vene. In dem grellen Licht der Leuchtstoffröhren sieht sie aus wie der Tod selbst. Blass und mit immensen, dunklen Augenringen.

Als der Arzt aus dem Zimmer tritt, stellt er sich neben ihn. »Sie schläft jetzt.«

»Gut«, nickt Alois.

»Ich würde sie gerne in die Psychiatrie verlegen.«

»Is sie so fertig?«

»Dass sie mit dir gesprochen hat, ist schon ein Wunder. Seit sie hier ankam, ist sie apathisch und starrt an die Decke. Das ist schon ein Zeichen von Depressionen.«

»Meinst, es is was Seelisches?«

»Das kann ich nicht sagen. Ich werde erst mal alle physischen Variablen testen. Morgen mache ich eine CT. Ich will sicher sein, dass mit ihrem Gehirn alles in Ordnung ist.«

Alois nickt zustimmend, als er an der offenen Tür lehnt und mit sorgenvoller Miene zu Franziska schaut.

»Du musst dann aber hier sein, um die Fußfessel abzunehmen. Die brutzelt sonst durch.«

»Is sie a G'fahr?«

Der Arzt lacht. »So? Sie ist zu schlapp, um sich aufzusetzen, Alois. Das wird auch die Nährlösung so schnell nicht ändern. Außerdem habe ich ihr ein ziemlich starkes Beruhigungsmittel geben müssen.«

Alois kramt in seiner Tasche und holt den Schlüssel heraus. »Nimm sie ihr ab, wenn du sie reinschiebst, und anschließend machst du sie wieder dran.«

»Darf ich das überhaupt?«

»Naa, aber i muss der Sache nachgehen, von der sie mir erzählt hod.«

»Was für eine Sache?«

»Eine Grausame. Es is besser, i sog dir nix.«

17

Um sechs Uhr früh, sitzen die Kollegen im Konferenzraum der Hammelburger Polizei. Alle sind angespannt, verschlafen oder auf Energydrinks.

Es wird still, als Alois den Raum betritt. Unter seinem Arm trägt er Jessikas Laptop. Hinterdrein kommen Sigfried Gratzerl, der Staatsanwalt und Kommissar Meier vom LKA. Beide sehen äußerst müde aus.

»Guten Morgen. – Für alle, die's noch ned wissen, Fanni is im Spital und kommt wahrscheinlich in die Psychiatrie. Des is aa der Grund, warum i diese Versammlung einb'rufen hob.«

Er schließt den Laptop an den Beamer an und projiziert das Bild der brasilianischen Polizistin an die Wand. Lachend und lässig gegen ihren Streifenwagen gelehnt.

»Des is Corinna Faira aus São Paulo. Besser, sie war es.« Er schaltet das Bild um und ein Raunen geht durch die Reihen der Polizisten. Einige werden bleich, zwei stürmen zur Tür hinaus.

»Des hier«, er zeigt auf die Marionette aus Körperteilen, »is ihre Tochter. Sechs Johr. Mia alle kennen dieses Grinsen, ned wahr?«

Offene Münder, die monoton im Takt wippen.

»Fanni hat des g'funden. Besser, Wolf hat's g'funden, aber Fanni is dem nach'gangen. Mia verdanken's ihr, dass mia des überhaupt zu G'sicht kriang. Fanni hod dafür b'zalt, um auf diese Seite z'kimma. Zweitausend Euro. – Des Madl is Teil eines Spiels. Es nennt sich Ruin A Cops Life. Was die damit meinen, ist wohl jedem klar. Genau des machen's auch g'rad mit uns'ra Fanni. Wem des jetzt g'nug is, der kann gerne gehen. Diese Corinna ist Platz dreiundvierzig des Spiels. Der Spieler is somit oiso scho längst ab'g'schlog'n und hod koa Chance mehr, es zu g'winnen. Ganz im Gegenteil zu dem, der mit Fanni spuit.« Er scrollt die Seite hinauf und hält den Finger hoch. »Fanni is af Platz oans.«

Ein gemeinsames, erschüttertes Einatmen.

»I hob mi den Dreck scho og'schaut. Es geht nah. I sag's eich all'n: Des is a freiwillige Gruppen, die i bilden wui. I zwing koanen, sich des anzuseh'n oder mitz'machen. Wenn's oiso jemanden gibt, der si des ned zutraut, bitt i ihn, jetzt zu geh'n. Wer bleibt, bekommt den g'samten Schoass erklärt, der uns hi zu schaffen mocht. Vanessa Aschbrenner, Wolf, des verschwundene Auto, der Touareg, Schoasch und freili Fanni. Glaubt's mi, i wor aa skeptisch, wos Fanni so erzählt hod. I bin's nimmer. – Wer will geh'n?«

Niemand steht auf. Nicht einmal die, welche kurz raus mussten.

Emotional wischt sich Alois eine Träne aus dem Augenwinkel. »I liab eich, wisst's ihr des?«, räuspert er sich nach mehreren tiefen Atemzügen. »Oiso schön. I versuch's auf deutsch«, probiert er, die betretene Stimmung aufzulockern, »also nehmt's Rücksicht. Pack ma's.«

Er ruft ihr Profil auf. Viele kennen das Bild, das ihre Kollegin nackt unter der Dusche des Freibads zeigt. Darunter befindet sich eine Bildergalerie. Säuberlich sortiert nach Ort und Datum.

»Wir wissen, er hat Kenntnis über Fannis E-Mail, IP-Adresse, Festnetz- und Handynummer. Darüber hinaus sind hier die Nummern von Jessika, die Adresse ihrer Eltern und der Eltern von Wolf. Die wohnen zu weit weg, also sind sie kaum von Int'resse. Trotzdem sollten mia die Kollegen in Coburg informier'n. Jessika befindet si jetzt bei ihrer Oma in Karlstadt. Im Haus wohnt a Mann um die Vierzig. Jemand muss rausfinden, wer des is.«

»I mach des«, ruft eine rundliche Frau von hinten und hebt ihre Hand.

»Dank dir, Greta. – I will einen Streifenwagen ständig vor Ort. Ihr habt's die Touren scho g'macht. Kümmert's euch drum. Nach dem Bild von dera brasilianischen Kollegin is es offensichtlich, dass Jessy in G'fahr schwebt. – Sigi, i wui Polizeischutz für Jessika!«

Er bekommt ein Nicken, weiß aber nur zu gut, dass es ein oder vielleicht zwei Tage dauern wird, bis München zusagt. Alois wartet, bis alle ihre Notizen gemacht haben und schaut dann in die Runde.

»Der Fall Aschbrenner, Vanessa«, sagt er, atmet tief durch und klickt auf den Link.

Ein Video baut sich auf und springt an. Es zeigt Fanni, wie sie, während des Stadtfests, über den Marktplatz läuft. Sie befragt Gäste, weist Richtungen aus, ermahnt Jugendliche.

Nach einem Schnitt sieht man Vanessa Aschbrenner. Sie sitzt auf dem Schoß von Maik Herzog. Neben ihm ist Dirk Paulsen, der, mit Bierglas in der Hand, seinem Freund zujubelt. Herzog hat seine Finger unter Vanessas Dirndl. Sie stöhnt lustvoll.

Ein weiterer Schnitt. Vanessa liegt auf einer Parkbank nahe des Schlosses. Die Kamera schwenkt und man sieht Michael Stifel, wie er im Gebüsch sitzt und die Fäuste ballt. Als Paulsen Vanessa würgt und sie versucht, sich von ihm zu befreien, springt Stifel dazwischen, prügelt auf Paulsen ein und schlägt ihn zu Boden. Vanessa flüchtet. Sie versucht die Abkürzung hinter dem Franziskanerkloster zu nehmen, läuft dabei direkt auf den Kameramann zu. Eine behandschuhte Hand schnellt hervor, packt sie am Bein und lässt sie stolpern. Vanessa schlägt mit dem Kopf auf und ist benommen. Dann sticht ihr jemand eine Spritze in den Hals und injiziert eine trübe Flüssigkeit. Kurzzeitig reißt Vanessa ihre Augen auf und blickt schließlich starr in den Nachthimmel auf. Ihr Atem geht flach und ruckartig.

Von links führt die Hand ein Foto heran. Es zeigt ein Mädchen um die fünfzehn. Es trägt Jeans und ein Shirt von AC/DC. Das Bild wird umgedreht. Hinten drauf steht: ›Franziska Voigt, Augsburg,

1992‹. Er zoomt heran und legt es neben das blau werdende Gesicht von Vanessa. Die beiden Mädchen sehen sich unglaublich ähnlich.

Nach dem Schnitt steht die Kamera ein Stück weit entfernt. Man sieht, wie jemand im Tarnanzug auf ihr liegt und sie vergewaltigt. Dann folgt ein Wutausbruch und etwas, das er in die Hand nimmt, um damit brutal in sie einzudringen. Immer wieder stößt er mit dem undefinierbaren Gegenstand zu. Vanessa atmet noch. Eine Träne läuft aus ihren Augenwinkeln und ihr Brustkorb bäumt sich mit jedem Stoß auf. Schließlich hebt sich der Schatten, jemand stellt den Zoom der Kamera ein und filmt ihren Kopf in Großaufnahme. Als Nächstes schlägt der Stein in ihrem Gesicht ein, lässt es zerspringen und Weichteile zwischen den zermalmten Knochen spritzen. Augen, Gehirn. Vanessa zuckt nicht einmal. Abschließend dreht der Täter einen Fettstift der Marke Labello auf und malt das Grinsen auf den Stein. Tatsächlich mit der linken Hand.

Alois schaltet das Licht wieder an. Die meisten der Polizisten halten sich die Hand vor den Mund oder unterdrücken Tränen. Alle sind fassungslos, auch Gratzerl und Meier. Alois verliert kein Wort. Er nickt nur zustimmend. Dieselben Reaktionen zeigten sich auch an ihm, etwas mehr als vier Stunden vor dieser Konferenz.

Staatsanwalt

Gratzerl geht hinaus und kommt mit mehreren Kannen Kaffee wieder. Fast jeder nimmt dankend einen Becher und spült den Ekel am offenen Fenster mit ihm hinunter. Noch immer ist es still.

»Auswertung«, unterbricht Alois das betretene Schweigen, doch es dauert, bis jeder wieder Platz genommen hat. »Was ham mia g'lernt?«, wiederholt er seine Frage.

»Paulsen und Stifel haben gelogen.«

»Richtig. Notiert des. Es is wichtig, aber mia konzentrieren uns auf den Mörder.«

»Er trägt einen Tarnanzug.«

»Einen aktuellen«, wirft jemand von hinten in den Raum.

»Woher weißt du des?«

»Das Muster ist erst seit zwei Jahren aktuell. Es ist Bundeswehr. Nicht amerikanisch oder französisch.«

»Oiso hod ea Zugang zur Kasernen. Möglicherweise oan Soldat. Sehr gut. Mehr!«

»Fannis Vergewaltigungstheorie stimmt!«

»Ja«, bekräftigt ein anderer Polizist. »Der ganze Ablauf. Erst der Sex mit Paulsen, dann eine Vergewaltigung des Mörders und anschließend die Penetrierung mit dem Gegenstand.«

»In den Unterlagen steht, dass eine Vergewaltigung erst nach dem Tod stattfand. Das stimmt so ned.«

»Du kannst nicht ausschließen, dass er es noch mal gemacht hat. Nach dem Film«, ruft ein anderer Polizist dazwischen.

»Da war sie komplett kaputt.«

»Ein Sadist«, wirft Meier ein. »Frau Voigt war immer der Meinung, es sei ein Sadist. Wenn das stimmt, hat ihn wahrscheinlich erst das Gefühl von ...«, er gestikuliert zur Leinwand, »... so richtig angemacht.«

»Guter Punkt, Meier«, lobt ihn Alois. »Mia ham eine Menge bestätigt bekommen.«

Er dreht sich zum Lichtschalter um und löscht es wieder. Der Mousezeiger wandert auf den zweiten Link. Es ist wieder ein Film.

»Seid's professionell«, mahnt Alois.

Das Video eröffnet mit einem Waldweg, auf dem ein roter Corolla angebraust kommt. Als der in einer Senke verschwindet, bewegt sich das Bild. Offensichtlich bewegt sich der Wagen auf die Straße zu. Man sieht den Lichtstreif, der über die Windschutzscheibe des Corollas wandert, dann schlägt der Kleinwagen auch schon ein.

Es folgt ein Schnitt und ein Schatten, der um die am Boden liegende Frau wandert. Dann wird die Kamera abgelegt. Tritte in den Rippenbogen lassen ihren Kopf wild auf dem Boden kreisen. Ein schwaches Heben der Hand, als sich ein Schatten über ihr Gesicht legt und der Stein, der mit viel mehr Schwung als bei Vanessa in den Schädel einschlägt und dessen Wirkung noch verheerender ist.

Wieder ein Schnitt. Nun liegt die Leiche in einer Senke. Dort wird der Lippenstift auf den Stein aufgetragen.

Nach einem letzten Schnitt sieht man Franziska mit der Frau in einem Restaurant sitzen. Das Opfer gibt Franziska einen Kuss.

»Er war wütend«, sagt sofort jemand aus der hinteren Reihe.

»Er ist um sie herumgestampft und hat den Stein mit Wucht auf sie geschleudert.«

»Vielleicht Eifersucht?«

»Sehr gut«, bemerkt Alois.

»Er hat eine Uniformmütze auf«, meint eine junge Polizistin.

»Hat er?«, fragt Alois.

»Können wir es noch einmal zurückspulen?«, fragt sie nach.

»Nur den ganzen Film. Man kann ihn ned pausieren, ned herunterladen, ned anhalten, ned spulen. Mia könn' ned oamoi a Ausdruck der Bilder machen.«

»Was ist mit Screenshots? – Wir könnten das Video durch Spiegelung aufnehmen und dann abspielen. So erhalten wir eine normale Videodatei.«

»Mach des!«, klatscht Alois Beifall. »Sehr gut. Aba pass auf, dass du den ned zuklappst. Mia ham koa Passwort, um uns wieder auf die Seite zu loggen. Auch des verdanken mia Fanni, die ihn absichtlich offen g'lassen hod.«

»Die Qualität wird aber nicht besonders sein.«

»Wenn mia so irgendwos für die Akten kriang, is mi des recht. – Noch wos?«

»Er hat sie transportiert.«

»Und es gab keine Giftspritze.«

»Sehr richtig.«

»So wie der Kopf des Opfers rollt, war ihr Genick ohnehin schon angebrochen«, bemerkt eine Kollegin.

»Wisst's ihr, wer des ist? Die Frau?«

Tina hebt ihre Hand. »Beatrice Habermann. Sie hat die Untersuchungen an Vanessa geleitet. LKA Frankfurt.«

Alois nickt.

»Mia war'n so deppert. Fanni hat des g'ahnt. Sie hod des Kennzeichen bei einem Jungen in Höllrich g'funden und gleich g'wusst, dass do a Zusammenhang san muss. Es wor moi Fehler. I hob mi von Wolf leiten lassen, der erst einmal Paulsen auf der Liste hatte.«

»Paulsen war eine legitime Option, Chef.«

»Aba a falsche«, sagt er und schlägt mit den Fäusten auf den Tisch.

Betretene Stille herrscht im Raum, bis Alois sich gefasst hat und das nächste Bild anklickt. Es ist das Dekolleté von Jessika Schmitt. Aufgenommen von einer Webcam.

»Er hatte tatsächlich Zugriff auf ihren Rechner?«

Wieder nickt Alois mit offenem Mund. »Und mia haben ihr ned g'laubt.«

Alois lässt ihnen keine Zeit und klickt die Audiodatei weiter unten an. Sie hören alles. Die verzerrte Stimme, die Drohungen, die vermeintlichen Schüsse, die Schreie von Fanni und Jessika. Alois legt seinen Finger auf die Lippen und streckt dann den Zeigefinger in die Luft. Er lädt sofort das dazugehörende Video.

Die Polizisten sehen, wie die Kamera sich der Haustür nähert, hören die Schüsse und sehen, wie gleichzeitig die Lampen aus dem Gewinde gedreht werden, bis sie erlöschen. Nach einem Schnitt filmt die Kamera hinter Franziska her. Sie marschiert schnurstracks auf den Golf zu und feuert ihre zehn Schüsse ab. Es folgen Nahaufnahmen von Georgs Hals und von Franziska, mit Zoom auf Slip und Gesicht, als sie die Maske in der Hand hält.

Kurz darauf öffnet Lois noch die dazugehörigen Fotos.

»Sexuell motiviert.«

»Nein, das ist für's Publikum.«

»Wieso?«

»Bei Vanessa hat er schon keinen hochgekriegt. Ich glaube, er hat gemerkt, dass er mit Sex mehr Punkte macht. Deshalb die Nahaufnahmen.«

»Wichtig ist der Beweis, dass Fanni panisch war«, sagt Gratzerl.

»Das muss aufgenommen werden. Wer sagte das mit der Spiegelung über die Webcam?«

Er meldet sich und Sigfried zeigt auf ihn. »Wie heißen Sie?«

»Senger, Herr Staatsanwalt.«

»Das hat Priorität. Damit könnte ich es auf ein Jahr für Franziska reduzieren.«

»Wird gemacht.«

»Der Täter bedroht Jessika und kündigt a Vergewaltigung o. Passt mir auf des Madl auf. I bin ihr Patenonkel«, sagt Alois mit Nachdruck.

»Haben wir was über Wolf und Georg?«

»Jede Menge.«

Alois geht auf die Datei, die das Video von Wolf enthält. Das schmerzt Alois ebenso, wie die Aufzeichnungen von Vanessa.

»Des is mit Ton, also hört's gut zu.«

Die Kollegen sind angespannt und konzentriert. Sie sehen, wie er am Boden liegt, hören zu, wie der Täter, unverzerrt, über das Gift redet, seine Motivation, sich Wolf vorzunehmen und sehen auch, wie er ihn in die gleiche Senke wirft, in der Beatrice Habermann bereits liegt.

Sie hören die Granaten, Schüsse und Motorenlärm in der Ferne.

»Das ist der Truppenübungsplatz«, sagt jemand.

»Passt's auf.«

Das nächste Video ist ohne Ton, aber es zeigt eindeutig, wie die Helikopter mit ihren Laserpointern über die Grube fliegen. Gelegentlich zoomt das Bild so nah heran, dass man Wolfs ausdrucksloses Gesicht erkennen kann. Dann blinkt etwas in seiner Nähe und die Explosion folgt.

»Wir müssen die Stelle noch einmal kontrollieren und nach Gewebespuren von der Hessin suchen.«

»Beatrice Habermann«, sagt Gratzerl mürrisch.

»Sie war eine Kollegin. Wir sind es ihr schuldig, dass wir wenigstens ihren Namen kennen.«

»Entschuldigung, Herr Staatsanwalt.«

»Was sagt uns des noch?«

»Er ist bei der Bundeswehr. Niemand sonst kann sich auf dem Gelände frei bewegen.«

»Du hast recht. Hier«, sagt Alois, dem eine der Dateien wieder einfällt. Es ist nur ein zehnsekündiges Video, aufgenommen durch ein Fenster. Es zeigt Wolf und Franziska, wie sie Michael Stifel in eine Baracke folgen.

»Er hat ein Zimmer nahe am Tor. Vielleicht ist es auch gar kein Zimmer, aber vielleicht finden wir es trotzdem.«

»Ich gehe dem nach, Lois«, sagt Sigfried. »Ich krieg das raus.«

»Dank dir, Sigi. – Mehr?«

»Ist es möglich, das noch mal zu sehen?«, fragt eine junge Asiatin, die weiter hinten sitzt. Sie ist noch in der Ausbildung. Ihr war die Schirmmütze des Täters aufgefallen. Alois tut ihr den Gefallen. Die Kamera schwenkt über die Scheibe, dann wird das Bild heller.

»Noch mal«, fordert sie.

Alois traut seinem Instinkt. *Diese Kollegin sieht etwas.*

»Noch mal.«

Er wiederholt es und die Anspannung im Raum steigt.

»Können Sie die Helligkeit reduzieren und es noch mal abspielen?«

Alois geht dem nach. Ganze drei Male noch. Und jedes Mal reduziert er weiter die Helligkeit.

»Es ist Sunzi«, sagt sie und springt auf. »Sehen Sie die Reflexion? Das ist Meister Sun. Die Kunst des Krieges.«

»Sie können des lesen?«

»Ich bin in Taiwan geboren, Oberkomm...«

»Lois«, lächelt er. »Sigi, du nimmst sie mit, wenn du in die Kasernen gehst. Die hod a Adleraug'n.«

»Ich bin noch Anwärterin.«

»A Schmarrn, Sie san jetzt bei der Kripo«, winkt Alois ab und klopft ihr wohlwollend auf die Schulter.

Ganz hinten sitzt Tina. Sie hält, ungesehen von allen, schon eine geraume Zeit die Hand in die Luft, während sie weint.

»Ich hab ihn gesehen.«

»Den Täter?«

Sie nickt.

»Es ist seine Stimme. Die von dem Kerl, der Wolf abgeholt hat.«

»Hast du seinen Namen?«

Noch mehr Tränen schießen ihr in die Augen, als sie schluchzend ihren Block durchgeht und verzweifelt die Arme fallen lässt.

»Ich … Ich dachte, ich hätte ihn, aber er ist nicht da. Irgendwas mit M. Mes… Ich weiß es nicht«, schnieft sie.

Alois geht zu ihr und nimmt sie in den Arm. Finster schaut er diejenigen an, die mürrisch dreinschauen.

»I wui koane Vorwürfe! Mia san alle ned perfekt.«

»Sie hätte ihn sich aufschreiben müssen«, sagt jemand und Alois schnappt ihn sich am Schlafittchen.

Alois' ganzer Körper ist angespannt und sein Blick grimmig. »Hosd mia ned zug'hört? I wui nix hör'n! Mia ham a Spur'n. Soldat, irgendwos mit oanam chinesischen Kung-Fu-Heini und a Namen, dera mit M o'fangt. Des is mehr, all's mia in oana Wochen zam'kriagt ham. Oda ned?«

»Entschuldigung, Herr Oberkommissar.«

»Lois! I hoass Lois! – Mia mochen des für Fanni. Jemand hod's af ihra abg'seh'n. Bis 'etz hod sie ihra Freundin verlor'n, ihran Ex-Mo und ihran Partner. Saan mia zua, dass mia dena kniapisslane Kuhvegla rankriang!«

SOLO

1

Die Fußfessel ist noch nicht ganz geöffnet, da tritt Franziska zu. Sie trifft den Arzt hart an der Schläfe. Seelenruhig und mit zusammengekniffenen Augen sieht sie ihm zu, wie er in die Knie geht.

Eine Schwester stürmt herbei, um zu helfen. Die Kommissarin packt sie an der Kehle, die Schlagader blockiert sie mit dem Daumen.

Jegliche Gegenwehr registriert Franziska regungslos und mit eisigem Blick. Die wilden, abwehrenden Schläge der Krankenschwester bemerkt sie nicht einmal. Gefühllos und vollkommen fokussiert, schraubt sie ihre Finger enger und wartet auf ihre Erschöpfung. Erst als die Augäpfel sich nach oben rollen und sie wie ein Kartenhaus in sich zusammenfällt, lässt sie von ihr ab.

Ohne Eile läuft sie in ihrem Hemdchen durch die Flure. Beachtet wird sie nicht. Die Schwestern sind damit beschäftigt, Medikamente oder das Frühstück zu verteilen. Sie muss nur geduldig warten, bis sie in den Zimmern verschwinden.

Unter ihrem Bett befindet sich ihre Reisetasche. Eine Hose, ein Shirt, Kreditkarten. Alles, was sie für den Anfang braucht. Es ist eine geplante Flucht, keine spontane. Irgendwann gelangte sie an den Punkt, als sie sich selbst als Corinna Faria sah und Jessy als Marionette, die kopflos vor ihr an der Decke hängt. Diese Vision versetzte sie zunächst in Panik, doch schließlich hatte ihr Verstand die Führung übernommen und begonnen, einen Plan zu schmieden.

Apathie vorzutäuschen ist eine leichte Übung. Jedes bockende Kind kann das und es klappt besonders gut, wenn ein Mensch dabei steht, der einen mag. So wie Alois.

Schritt eins: So dermaßen aufgewühlt erscheinen, dass man direkt ein Beruhigungsmittel bekommt. Es musste eine Tablette sein, damit sie der Wirkung entgehen konnte. Sie behielt sie einfach unter der Zunge, um sie später wieder auszuspucken, als sie sich schlapp und wehrlos in ihr Bett verkrochen hatte. Es gelang ihr, als Alois und der Arzt endlich von der Tür verschwunden waren.

Das Krankenhaus verlässt sie durch den Haupteingang, die Haare ordentlich zu einem Pferdeschwanz zusammengebunden. Im Foyer stellt sie sich seelenruhig an den Bankautomaten und leert ihr Girokonto. Anschließend winkt sie ein Taxi heran und lässt sich nach Bad Kissingen fahren, wo sie am Bahnhof in ein anderes Taxi wechselt, um sich in die Jahnstraße chauffieren zu lassen. Dort betritt sie die Nummer zwanzig. Ein Etagenhaus aus den späten Dreißigern. Hier gibt es noch Boiler, um das Wasser zu erhitzen.

Wolfs Wohnung ist schlicht, aber der Duft seines Aftershaves schwebt in der Luft. *Kenzo*, denkt sie und lächelt. Sie schenkte es ihm zu ihrem ersten gemeinsamen Weihnachtsfest. Er war dabei geblieben. *All die Jahre.* Auch, nachdem sie ihn verlassen hatte. Im Kühlschrank findet sie geronnene Milch, eine ranzige Butter und schleimigen Aufschnitt. Sie räumt ihn aus und lüftet. Vom Küchenfenster aus sieht sie einen Supermarkt, wo sie kurz darauf das Nötigste kauft. Vor allem Kaffee, Milch und Tiefkühlpizzen. Dazu noch ein paar Cornflakes und Müsli. Genug, um zu Kräften zu kommen.

Auf dem Rückweg geht sie bei der Post vorbei und mietet ein Schließfach. Es würde bald nötig werden, hofft sie.

Neben Wolfs Bett steht ein Laptop. Sein privater. Sie fährt ihn hoch und geht auf TOR. Es wundert sie nicht, dass er das Programm schon auf seinem Rechner hat. Anschließend deinstalliert sie alle Programme des Rechners, abgesehen vom Virenscanner, dem RealPlayer und der Webcam. Franziska legt den Auto-Start für TOR fest und startet ein letztes Mal neu. Wie gewünscht, lädt der Browser automatisch.

Auf der Hidden Wiki studiert sie die Linksammlung. Es gibt eine Unmenge Shops. Hauptsächlich für falsche Papiere, Drogen und Waffen. Bei Euro-Guns bestellt sie sich eine Walther PPK für siebenhundert Euro. Einhundert Schuss Munition gibt es gratis dazu, wenn sie über einen der Partner Bitcoins kauft. Mittlerweile weiß sie, dass dies die favorisierte Währung des Darknets ist. Bitcoins würde sie brauchen, für alles, was noch auf ihrer Agenda steht.

All ihre bisherigen Schritte, bis hin zu diesem Punkt, sind strukturiert. Schon als Alois ihr Jessikas Laptop vor die Nase stellte, hat der Plan Formen angenommen. Im Arrest konnte sie nicht bleiben, da ihr sehr wohl klar war, dass die Mühlen langsam laufen.

Zu langsam.

Erst recht, wenn sich das LKA einmischt und versucht, eine ganz neue, irrationale Sichtweise auf alles zu finden.

Alois' Handlungen zu hinterfragen war zwar richtig, nur kam das zur falschen Zeit. Ein Punkt, den sie schon oft beobachten konnte. Das Polizeiprotokoll ist ein Hindernis. Eins, das sie umgehen kann. Franziska hatte sich belesen, sich Videos über das Deep Web auf YouTube reingezogen und versucht, die Schritte am Rechner zu wiederholen. Vieles gelang ihr, manches nicht, was sie allerdings überhaupt nicht bedauerte. In den vier Stunden, zwischen dem Besuch ihrer Mutter und der Rückkehr von Lois aus Karlstadt, hatte sie mehr krankes Zeug gesehen, als in ihren neununddreißig Jahren davor.

Aber nicht alles dort unten war ablehnend. Überraschenderweise nicht einmal auf Ruin A Cops Life. Sie fand sogar einen Hilfebereich. Dort hatte sie die Frequently Asked Questions durchgelesen und letztlich auf einen Link mit der Benennung ›Need help?‹ geklickt.

Sie zuckte förmlich zusammen, als sich das Chatfenster öffnete und die erste englische Frage auftauchte.

›Brauchst du Hilfe?‹

Nervös kauerte sie in ihrer embryonalen Position zwischen den Kopfkissen. Dass da irgendwo eine reale Person saß, der eine Art Spielleiter oder Moderator zu sein schien, überraschte und schockierte sie gleichermaßen.

Die nächste Zeile im Chat leuchtet auf: ›Frag, oder deine IP wird verfolgt!‹

Fanni reagierte nur mit einem müden Lächeln. TOR ist fünffach verschlüsselt, ein Tracking somit nahezu ausgeschlossen. Ihre Verbindung ging über eine Brücke in Griechenland, einen Relaisknoten in den USA, einen Computer in Paraguay und schließlich einem in Holland ins Internet.

Prompt antwortete ihr der Chatpartner:

›Relay 1 of 5: 77.247.181.169, Location: Netherlands‹

Es war ihr erster Knoten. Als sie das registrierte, stürzte sie hektisch an die Tastatur und gab das englische Wort für Jagd ein:

›Hunt .‹

›Du willst spielen?‹

›Wann ist Deadline?‹

›Morgen, 12:00 GMT.‹

Wieder kaute sie an den Nägeln. Die nächste Frage war wichtig, aber gefährlich. Jedoch nicht gefährlich genug. ›Wie jage ich einen Spieler?‹

›...‹

Die drei Punkte machten sie nervös und die Warterei schien unerträglich.

›Du bist Polizist?‹

›Gefeuert‹, tippte sie ein.

›Du bist eine Zielperson?‹

›Ja.‹

›Platz?‹

Sie zögerte. Mit der Antwort gäbe sie ihre Identität preis. An irgendjemand, der unter Umständen sogar selbst aktiv mitspielte. Vielleicht chattete sie gar mit demjenigen, den sie eigentlich jagen wollte. Wohl war ihr dabei nicht. Mit zittrigen Händen tippte sie die Zahl ein.

›1.‹

›Franziska Voigt, 39, female, Germany, Bavaria, ID-Number: VOJ1FNZCD, 97762 Hammelburg, Zur Kanzel 9, Born: July 7 – 1977 in Rostock, East-Germany, Cell: 01744627777, Line: 09732929377 – Sind diese Angaben korrekt?‹

Mit jeder Linie, die er schrieb, wurde ihre Sicht wässriger. Am Ende fächelte sie sich Luft zu und biss die Zähne aufeinander.

›Ja.‹

›Mit sechzehn stellte Franziska Voigt einen Rekord im Bogenschießen über 50 Meter mit 36 Pfeilen auf. Jahr, Ort und Punktzahl, bitte.‹

Franziska bekam Panikattacken, stand auf und kratzte sich unbewusst die Oberarme wund. Jemand dort im Netz, womöglich jeder Mitspieler, kannte alle ihre Daten.

›Jahr, Ort und Punktzahl, bitte‹, wiederholte sich der Chat.

Fanni bekam Schnappatmung. Etwas schnürte ihr den Brustkorb zusammen und machte jeden Atemzug zu einer feurig brennenden Qual.

›Letzte Chance! Jahr, Ort und Punktzahl, bitte.‹
Endlich sprang sie auf die Tastatur zu und hämmerte es förmlich in den Computer.
›1993, Hammelburg, 329.‹
›Willkommen, Franziska Voigt. Wie kann ich dir helfen?‹
Die Normalität dieser Phrase ließ ihren Körper mit einem zuckenden Lachen reagieren. Es wirkte surreal und geradezu wie der alltägliche Besuch bei ihrem Lieblingsbäcker. *Guten Morgen, Fanni. Gut geschlafen? Wieder einen Latte Macchiato und ein Buttercroissant, ja? – Und die Semmel? Mit Ei heute, oder doch lieber Putenbrust?*
›Nimm dir Zeit. Ich kann mir denken, wie schwer das gerade für dich ist‹, lautete die nächste Zeile. Wieder ein hysterisches Auflachen, das diesmal ihren Puls herunterschraubte.
›Wie kannst du helfen?‹, überwand sie sich.
›Profilerstellung, Taktik-Tipps, Waffen, Fahrzeuge, Kontakt zu Hitmen, Mentor.‹
›Mentor?‹
›Anleitung, Planung, Psychotricks.‹
›Wie viel?‹
›Frei.‹
Schon klar, dachte sie sich. ›Wieso frei?‹
›Ist in der Startgebühr enthalten. Außerdem persönliches Interesse.‹
Franziska lächelte mit zusammengekniffenen Augen.
›Du spielst?‹
›Nein.‹
Natürlich nicht.
›67A9X14 spielt nicht sauber.‹

›Sauber? Ihr ermordet Leute!‹

›Erwartete Reaktion. Relax.‹

›Relax?‹ Beinahe ging sie durch die Decke. Da sprach jemand von Moral an seinem unwahrscheinlichsten Ort.

›Regel 24b: Eine aktive Lebensbeendung ist nur gestattet, wenn es sich dabei um eine nahestehende Person des Ziels handelt.‹

›Eine schöne Phrase‹, antwortete sie und kochte dabei innerlich.

›67A9X14 hat bisher drei Menschen getötet, die kaum der Definition gerecht werden.‹

›Vier Menschen.‹

›Das ist Ansichtssache.‹

Sie wollte etwas darauf erwidern, tat es dann lieber nicht.

›Du warst Spieler?‹

›Ja.‹

›Gab es schon Polizisten, die Spieler hier gejagt haben?‹

›Ja.‹

›Erfolgreich?‹

›Nein. Regel 17: Physische Angriffe jeglicher Art auf die Zielperson dürfen vom Spieler nur dann vorgenommen werden, wenn das Leben des Spielers in Gefahr ist. In diesem Fall ist auch eine Lebensbeendigung gestattet. Das Spiel gilt dann jedoch als verloren. Sollte der Spieler dennoch die höchste Punktzahl erreichen, wird er auf Platz zwei gelistet und erhält die entsprechenden Prozente am Wetteinsatz. – Da man als Spieler große Vorteile hat, ist es für die Zielperson kaum möglich, einem notwendigen Anschlag zu entgehen.‹

›Hast du schon jemanden getötet?‹

›Ja.‹

›Warum?‹

›Hast du schon jemanden getötet, Franziska?‹

›Ich glaube, das weißt du schon.‹

›Vor der Sache mit deinem Kollegen.‹

›Nein!‹

Seine Antwort beginnt er mit einem siegessicher grinsendem Smiley. ›Auf dem Stadtfest hast du einen Betrunkenen angetroffen und ihn gefragt, ob du ihm helfen kannst. Erinnerst du dich?‹

Franziska stutzt. Wie konnte er das wissen? Wie war es möglich, dass jemand aus – *irgendwo* – eine Ahnung hatte, was sie auf dem Stadtfest getan hatte?

›Ja, wieso?‹, tippt sie endlich ein.

›Vier Stunden später ist er an einer Alkoholvergiftung gestorben. Du hast nicht den Notarzt gerufen, obwohl du gesehen hattest, dass er völlig hinüber war.‹

›Das ist kein Mord!‹

›Das ist ebenfalls Ansichtssache.‹

›Woher hätte ich das wissen sollen? Woher weißt du davon?‹

›Das ist irrelevant. Ich urteile nicht.‹

Franziska hämmerte alles, was ihr an Gegenargumenten einfiel in das Chatfenster. Sie rechtfertigte ihre Handlungsweise, beteuerte, dass er viel zu ›normal‹ wirkte, um von einer Alkoholvergiftung auszugehen, dass er ansprechbar war und reagiert hatte.

Als sie es nochmals durchlas, sah sie ein, dass der Fremde vollkommen recht hatte. Es war irrelevant. Der junge Mann war tot, weil sie sich mit dem Heben seiner Hand zufriedengab.

›Okay. Wie gehe ich vor?‹

›Hast du eine Waffe?‹

›Bestellt.‹

›Wo?‹

›EuroGuns.‹

›Lieferadresse?‹

›Was?‹

Seine Antwort kommt schnell. ›Ich denke, du bist clever genug, sie dir nicht nach Hause schicken zu lassen.‹

Sie tippte die Nummer des Schließfachs und die Anschrift der Filiale ein.

›Gut, ich sorge dafür, dass sie morgen früh da ist.‹

›Morgen?‹

›Vertrau mir.‹

Natürlich. Du bist ein Mörder, du Spinner!

›Hast du eine Kreditkarte?‹

›Ja.‹

›Hast du die zehn Riesen?‹

›Ja.‹

›Sehr gut. Erstelle ein Konto bei OnionWallet und gib dort deine Kreditkartennummer an. Alles auf der Karte wird gelöscht, gewaschen und deinem neuen Bitcoinkonto gutgeschrieben.‹

›Ich soll mein ganzes Geld da abgeben?‹

›Gib diesen Code ein: @JcZ98#V3-%§Q. Vertrau mir.‹

Ihr Bauchgefühl tat es.

›Was dann?‹

›Erstelle dein Profil.‹

›Wie?‹

›Was weißt du über 67A9X14?‹

Fanni lehnte sich zurück und schloss die Augen. Fast zwei Minuten verharrte sie so und öffnete sie mit einer ernüchternden Erkenntnis.

›Nichts.‹

›Kein Problem.‹

Die Antwort überraschte sie. Zum Reagieren blieb jedoch keine Zeit. Es folgte schon die nächste Nachricht.

›Wie weit bist du bereit zu gehen?‹

›Bis einer von uns tot ist‹, schrieb sie ohne jeden Anflug von Zweifel.

›Was ist deine Motivation?‹

›Der Wichser ist ein krankes, gefühlloses Arschloch! Ich habe meinen Job verloren, meine Wohnung, meine Freiheit und meinen Ex-Mann. Ich will, dass er blutet!‹

Die schrieb das mit solch einer Inbrunst, dass ihr Herz wie wild in ihrer Brust schlug. Ihre Nackenhaare stellten sich auf und ihre Augen wurden zu schmalen Schlitzen.

›Mehr nicht?‹

Diese Frage überrumpelte sie. ›Wie meinst du das?‹

›Sonst nichts? Nur Rache?‹

›Gibt es mehr?‹

›Ja.‹

›Ach ja?‹

›Die Frage ist: Brauchst du mehr?‹

›Ich will den Kerl zitternd und jammernd vor mir im Dreck liegen sehen, damit ich ihm seine scheiß Fresse wegpusten kann!‹

›Okay.‹

›Okay?‹

›Es ist eine gute Motivation. Bleib dabei.‹

›Ich verstehe nicht.‹

›Wenn ich es dir erkläre, verlierst du.‹

Franziska war vollkommen verwirrt.

›Mach ein heißes Profilbild. Heißer als das, was er von dir gemacht hat. Du musst ihn ärgern und die Zuschauer auf deine Seite ziehen. Viele von denen stehen auf Snuff. Sex und Gewalt. Das ist dein Trumpf.‹

›Wieso?‹

›Wenn die Kunden dich mögen, kriegt er keine Punkte. Also mach sie scharf.‹

›Dann locke ich ihn raus?‹

›Richtig. Seine Motivation ist Geld. Ohne Punkte kein Geld. Das wird ihn wütend machen. Wütende Spieler begehen Fehler. Große Fehler. Auf die musst du warten.‹

›Aber dann wird er aggressiver.‹

›Irrelevant. Du bist nicht in Gefahr. Wenn er dich tötet, hat er verloren.‹

Ja, aber er könnte Jessy ins Visier nehmen. Die Vorstellung ließ ihr einen Schauer über den Rücken wandern und ihr wurde klar, dass sie bald in Richtung Karlstadt aufbrechen sollte. Sie musste in Jessys Nähe sein. Wenn er sie wirklich treffen will, selbstmörderisch treffen will, muss er sich an Jessika ranmachen.

Dort werden sich aber auch Alois und alle Kollegen befinden.

Es ist ein Risiko, das sie eingehen muss.

Wie zur Bestätigung kam sein nächster Ratschlag:

›Du hast eine Tochter. Es ist nicht auszuschließen,

dass er sich an ihr rächen will, sobald du dich ihm offenbarst. Vielleicht ist sie schon Teil seiner Strategie. Sei in ihrer Nähe und warte auf ihn.‹

›War mein Plan.‹

›Gut. – Darf ich was Privates fragen?‹

›Gibt es was, das du noch nicht weißt oder noch nicht gesehen hast?‹

Als Reaktion erschien ein Smiley im Fenster. ›Was ist dein Rang in der deutschen Polizei?‹

›Kommissarin.‹

›Was ist das in den Staaten?‹

›Du bist aus den Staaten?‹

Das Fenster blieb einen Moment leer. Dann erschien ein neues Smiley. ›Du bist gut. Mein Fehler.‹

Ein Lächeln huschte über ihr Gesicht.

›In der Arbeit wohl ein Detective. Nach dem Rang in meiner Stadt Deputy Chief, denke ich.‹

›Danke.‹

›Ich danke dir‹, tippte sie, ohne auch nur einen Gedanken daran zu verschwenden, mit wem sie sich da gerade unterhielt.

›Ich melde mich, wenn dein Profil online ist. Warte, so lange du kannst.‹

›Wieso?‹

›Vertrau mir. Du kannst es schaffen.‹

Inzwischen lächelt Franziska nicht mehr. Mittlerweile kennt ihr Gesicht nur noch den Ausdruck von Zielstrebigkeit.

Da TOR ein verschlüsselter Server ist, loggt sie sich bei ihrem Kreditkartenanbieter ein und transferiert alles Geld, das sie irgendwo besitzt, auf ihre VISA. Insgesamt sind es vierzehntausend Euro.

Angespart seit ihrem Abschluss auf der Polizeischule. Nicht viel für fünfzehn Jahre, aber es würde reichen. Mit dem, was noch auf der Karte war, bleiben ihr noch dreitausend übrig. Anschließend geht sie auf OnionWallet. Die Seite reklamiert sich selbst als beste Bitcoin-Wäsche und sicherstes Bitcoin-Portemonnaie des Internets. Es fordert Überwindung, die abschließende Taste zu drücken. Für Fanni fühlt es sich so an, als ob sie ein Bündel Geldscheine aus dem Fenster schmeißen würde, um dann, mit kindlicher Vorfreude, zehn Etagen herunterzuspazieren, um sie anschließend wieder aufzusammeln. Umso erleichterter ist sie, als ihr Account sechzig Minuten später 40,2145 Bitcoins anzeigt. Obwohl es sich unheimlich wenig anfühlt.

Beim Zuklappen des Laptops kommt ihr der Gedanke, dass man ihr Verschwinden inzwischen bemerkt und gemeldet haben musste. Alois würde sich vielleicht denken können, dass sie hier untergetaucht ist, aber sie bezweifelt es. Niemand weiß davon, dass Wolf ihr den Schlüssel überlassen hatte.

Fanni stärkt sich mit einer Mikrowellennahrung, bevor sie sich an die Aufgabe macht, ihren Gegner zu studieren. Es gibt Spätzle mit Züricher Geschnetzeltem, dazu eine Cola. Sie weiß, ihr würde schlecht werden.

Leer kotzen ist aber schlimmer, als den Mageninhalt loszuwerden.

Seelisch und körperlich auf das Schlimmste gefasst, loggt sie sich ein und klickt auf ihr Profil. Link eins. Das Video von Vanessa Aschbrenner.

2

Alois Huber stürmt ins Krankenhaus. Im Schlepptau hat er Meier, der mit Vornamen Tilo heißt, wie er endlich herausbekommen hat. Der hat Schwierigkeiten, mit dem deutlich älteren Oberkommissar mitzuhalten.

»Sie müssen mehr Sport machen«, maßregelt ihn Alois, als er schnaufend hinter ihm ins Arztzimmer torkelt.

Dort sitzen der Arzt und die junge Schwester, welche aufgeregt hyperventiliert, anstatt durchzuatmen.

»Ich kann mir das nicht erklären, Lois. Die hat mir einen Tritt verpasst ...«

Alois sieht die Fußfessel auf dem Schreibtisch liegen und kneift die Lippen zusammen. »Tilo, Sie geben keine Meldung an Gratzerl. I mach des. Is des klar?«

»Natürlich, Chef.«

»Nehmen's die Aussagen der beiden auf.«

Er packt den Sensor in seine Hosentasche und marschiert nachdenklich aus dem Krankenhaus. Hier stopft er sich eine Pfeife und lehnt sich auf einer Parkbank zurück. *Wos hosd vor, Fanni? Du planst doch wos!* Er lächelt, als Tilo herauskommt.

»Ist alles in Ordnung, Chef?«

»Bestens.«

»Was unternehmen wir wegen Frau Voigt?«

»Nix«, sagt er bestimmend.

»Nichts? Aber sie ist auf der Flucht!«

»Sache der Staatsanwaltschaft oder ham's a'n Haftbefehl?«

Meier sieht ihn verwirrt an.

»Sehn's. I aa ned. Außerdem hod des LKA sie festg'nommen, ned mia.«

»Aber ich bin vom LKA.«

»Dann sollten's sich auf die Suche machen, oder Tilo?«

»Allein?«

»Naa. Rufen's Verstärkung aus Würzburg. Allerdings san Sie vor Ort und ham die Aussagen. Somit is 's Ihr Fall.«

»Aber ...«

»Kneifen's, Herr Meier? Ein LKA-Mann kneift?«

»Natürlich nicht.«

»Na dann. Sie ham noch wos vor«, sagt er schmunzelnd, steigt in seinen Wagen und fährt los. Meier lässt er ohne weitere Worte auf dem Krankenhausparkplatz zurück.

3

Es geht ein leichter Wind durch Karlstadt, der die Blätter an den Bäumen zum Rascheln bring. Jessika sitzt auf dem Fensterbrett, hat die Augen geschlossen und genießt den Luftzug auf ihrer Haut.

»He«, zischt es von oben. »Jessy.«

Sie sieht hinauf und winkt Andi zu.

»Ich hab was für dich.« Er lässt ein Kabel zu ihr hinab. Ein USB-Kabel.

»Was soll ich damit?«

»LAN.«

»Über Kabel?«

»Wireless krieg ich nicht so schnell«, lügt er. »Das dauert. Aber ich hab LTE und kann dich über LAN mit meinem Rechner koppeln. Der läuft über mein Handy. Schnelleres Netz kriegst du hier nirgends«, grient er. »Du musst nur dein Ladekabel in den Adapter stecken. Schon kann's losgehen.«

»Das geht?«

»Alles geht, wenn man weiß, wie's geht«, lacht er und zwinkert ihr liebevoll zu.

Schnell holt sie ihre Kabel aus der Verpackung und stöpselt sich ein. Die Netzanzeige springt augenblicklich auf Maximum.

»Danke«, strahlt sie zu ihm hinauf und erwidert den Luftkuss, den er ihr zuwirft. »Du bist ein Schatz.«

»Dein Schatz«, sagt er, bevor er verschwindet. Außer Sichtweite versteinert sein Blick und mit ein paar Schritten sitzt er schon am Laptop und liest ihr Handy aus.

Die Verbindung mithilfe des Ethernets über ein OTG-Kabel herzustellen war eine seiner leichtesten Übungen. Dennoch ist das für fast alle Handybesitzer kaum bekannt. Erst recht nicht einem vierzehnjährigen Mädchen.

Jessikas Handy ist nur ein paar Tage in Betrieb und noch fast vollkommen leer. Abgesehen von einem Selfie und einem Herz-Sticker, in dem ›Andi‹ steht. Er registriert es mit einem finsteren Grinsen.

Mit wenigen Tastenanschlägen auf Bifrost leitet er ihre Anrufe auf seinen Computer um. Dort würde er sie als Audio-Dateien speichern, bis er Gelegenheit hatte, sie anzuhören.

Nachdem er das erledigt hat, zieht er kurz am Kabel und lächelt in ihr Gesicht, das sich strahlend am Fenster zeigt.

»Zieh noch mal raus und versuch den Code hier«, zwinkert er und wirft ihr einen zusammengeknüllten Zettel herunter. Es ist ein WLAN-Code mit einem Herzkranz und einem Kussmund.

Jessy lächelt und ihr Herz hüpft vor Freude. Kurz darauf klopft es an seiner Tür und sie springt ihm in die Arme.

»Funktioniert es?«

»Super«, sagt sie, schaut in seine Augen und küsst ihn mit all ihrer Leidenschaft und unerfahrenen Glut.

Seine Lippen übernehmen schnell die Führung, während er sie zur Couch trägt. Seine Hände wandern über ihren Körper, umfassen ihre Hüften, den Po, die Schenkel. Seine Lippen wandern hinab auf ihren Bauch. Der bäumt sich bei jeder Berührung auf und plötzlich will sie, dass sie weiter wandern.

Während sie sich in die Lippen beißt, wühlen ihre Finger in seinen Haaren. Der Griff wird stärker, dann lehnt sie sich zurück und schiebt ihn tiefer.

4

Auf dem Revier herrscht dicke Luft. Staatsanwalt Gratzerl wartete schon auf Alois Huber, der mit einem Lächeln durch die Tür kommt. Es verschwindet nicht einmal, als Sigi ihn mit wütendem Blick ins Büro zerrt. Draußen lauschen die Kollegen jedem Wort, das aus dem kleinen Raum dringt.

»Es ist eine Unmöglichkeit, dass du das erlaubt hast, Lois.«

»I hatt mi vorz'b'reiten, Sigi. Wann hätt i sonst den ganzen Müll anschau'n soll'n? Und selbst der Arzt hod g'sagt, sie sei zu schwach.«

»Da hat er sie wohl unterschätzt.«

Alois kann nicht aufhören zu grienen.

»Ich finde das nicht lustig, Lois. Wir haben eine flüchtige Gefangene.«

»Mia ham Fanni, Sigi. Ohne sie hätt'st du gar nix. Am Ende hätt'st sie eing'sperrt und der Mörder würd uns davonkimma. Des woasst du.«

»Ich muss sie zur Fahndung ausschreiben.«

»Dann mach des doch. Wer hält di auf?«

»Du. Weil du nicht mit dem LKA zusammenarbeiten willst«, wirft er Alois vor und sieht ihn finster an.

»Es is a LKA-Foi. Wie oft müssen mia betteln, bis was von Landesebene kimmt, frag i di. Naa, die kimman nur, wenn's um VIP's geht. Um ausg'brochene Mörder, um Drogenringe oder prominente Freier auf am Babystrich in Tschechien. Selbst als des mit der Nessi g'scheh'n is, habt's ihr die Spurensicherung lieber aus Frankfurt og'fordat, anstatt aus München. Erzähl mir nix.«

»Du lenkst vom Thema ab.«

»Welches Thema? Des LKA hat Fanni verhaftet. Unser Foi is der Mörder an Vanessa Aschbrenner, Beatrice Habermann, Wolf Schmitt und Georg Schuster.«

»Fanni hat Georg erschossen.«

»Woher woasst, dass ea noch ned tot wor?«

»Sein Herz pumpte sein Blut aus seinem Hals. Bei Leichen passiert das in der Regel nicht, Lois.«

»Rechtlich könnt ea aba scho tot g'wesen san. Erinnerst di an des Video? Der Mörder hat ihm Gift in den Hals g'jagt. Ea wär so oda so g'storm.«

»Er ist an den Kugeln gestorben. Kugeln aus deiner Waffe, abgefeuert durch deine Kollegin.«

»Wenn oana unrettbar vergiftet is und daran sterben wird, gilt des als Todesursache. Ned die Schüsse auf dena Leichnam. Wenn des Resultat do is, wissen mia, ob du sie wegen Tötung oder nur Störung der Totenruhe anzeigen kannst. I woass, dass du drauf wart'st, wos der B'fund is, Sigi. Du woasst, dass i recht hob. Eigentlich such i oan Vierfachmörder und du nur a flüchtige Person. Wer könnt hi wohl Huif braan? Du oda doch vielleicht mia?«

Sigfried knallt die Tür beim Rausgehen. Eine Minute später wird Alois Huber mit Applaus von seinen Kollegen empfangen.

5

Jessika erwacht in seinen Armen. Die Sonne ist gerade über den Horizont geklettert und strahlt ihr grelles, morgendliches Licht direkt auf ihre Augen. Sie dreht sich zu ihm um, riecht seinen Körper, seinen Schweiß und schmiegt sich an ihn.

Er ist ihr Erster. Und es war schöner, als sie es sich jemals hätte träumen lassen. Andi war so zärtlich und so erfahren. Jede Berührung, jeder Kuss, jeder Biss löste ein Feuerwerk von Gefühlen aus. Es tat nicht weh. Gar nicht. Alle, mit denen sie darüber gesprochen hatte, sagten, es würde wehtun. Es wäre eklig, hart, grob. Jetzt kichert sie und sagt sich: Tja, hättet ihr mal nicht den Erstbesten zwischen eure Beine gelassen.

Er küsst ihre Stirn und sieht hinunter.

»Du lachst? Alles gut?«

»Alles toll, Andi.«

»Alles?«

Sie strahlt. »Komplett alles.«

Viel zu schnell muss sie sich fertigmachen. Es ist schon nach sechs. Ihre Oma würde bald aufstehen und frühstücken. Normalerweise nimmt sie dabei einen Umweg zu ihrem Zimmer auf sich, klopft an und sieht nach, ob sie es gehört hat.

»Ich muss runter«, haucht sie Andi zu.

»Noch fünf Minuten«, bettelt er.

»Noch eine.«

»Vier.«

»Zwei.«

»Drei.«

»Okay.«

Als die Zeit abgelaufen ist, kriecht er unter die Decke und küsst sie den ganzen Weg hinab. Am Fußende krabbelt er dann unter der Decke hervor. Sie kichert aufgekratzt und starrt ihm auf den Hintern, als er in Richtung Badezimmer geht. Nun quält sie sich selbst hoch und zieht sich an.

Als sie am Bad vorbeikommt, läuft sie schnell zu ihm und küsst ihn. Er albert rum und spritzt sie nass. Jessy lacht und rennt hinaus.

Sie kann sich gerade noch in Sicherheit bringen. Ihre Großmutter geht soeben aus der Wohnung, um im Garten nach ihr zu rufen. Sie nutzt die Chance, flüchtet ebenfalls aus der Haustür und rennt zum Bäcker hinüber. Mit ihrem letzten Euro kauft sie fünf Brötchen und steht dann freudestrahlend und mit unschuldigem Gesicht vor ihrer besorgten Oma, die erleichtert die Hand auf die Brust legt.

»Hast du mich erschreckt, Liebes.«

»Ich wollte frische Brötchen.«

»Mach das nicht noch mal, hörst du?«

6

Knappe dreißig Kilometer entfernt, wird Franziska auf dieselbe Weise geweckt, wie ihre Tochter, nur, dass sie niemanden hat, an den sie sich hätte ankuscheln können. Ohnehin steht ihr im Moment nicht der Sinn nach Zärtlichkeit.

Franziska Voigt reicht ein ›Steh-auf-Käffchen‹, wie ihr Vater einen viel zu starken, türkischen Kaffee nennt. Sie muss wach sein. Es gibt heute noch viel zu erledigen.

Sie braucht eine neue Prepaidkarte für ihr Telefon, ein oder zwei gute Jagdmesser und zumindest eine Gaspistole, sollte das mit der echten Waffe nicht funktionieren. Es gab reihenweise Warnhinweise, dass man im Darknet abgezockt würde. Aber das Risiko ist es ihr wert. Es musste es ihr wert sein. Geld ist ihr mittlerweile auch egal, schließlich würde sie den Großteil ihres Ersparten ausgeben, um sich als Spieler zu registrieren. Und sie würde ihn wissen lassen, dass sie Jagd auf ihn macht.

Die kleine Postfiliale öffnet um neun. Schon ein paar Minuten früher steht Franziska vor der Tür und geht schließlich mit einem freundlichen Lächeln hinein.

Sie ist überrascht, als das Päckchen tatsächlich in ihrem Schließfach liegt.

Wie hat der das gemacht?

»Das kam heute früh mit DHL Express. Ich hab's gerade erst reingelegt.«

»Na dann bin ich ja keinen Moment zu früh gekommen.«

»Nein«, lacht die junge Postangestellte.

»Das war das einzige Päckchen, das ich erwartet habe«, sagt Franziska. »Kann ich mein Schließfach sofort wieder kündigen?«

»Schon?«

»Ich gehe heute ohnehin zum Meldeamt. Meine Post wird dann sicher bald an meine richtige Adresse kommen.«

»Natürlich. Sie kriegen aber noch ihr Restgeld raus. Sie hatten ja schon für einen ganzen Monat bezahlt.«

Kaum aus der Filiale versteinert ihr Gesicht wieder. Sie hat keine Zeit darüber nachzudenken, wie einfach es ist, in diesem Land eine Waffe und dazu passende, scharfe Munition zu kaufen. Jetzt im Moment ist ihr das sogar sehr recht.

Ein paar Straßen weiter geht sie zu einer Miet-wagenfirma und leiht sich einen sportlichen Klein-wagen, um mobil zu sein. Auch hier tut sie das mit ihrem strahlendsten Lächeln, das sofort verschwindet, sobald sie den Fuhrpark verlässt und auf die Hauptstraße einbiegt.

In Wolfs Wohnung setzt sie sich aufs Bett, zerlegt routiniert die Waffe in ihre Einzelteile und schmiert sie ordentlich mit dem dazugehörigen Waffenöl. Auch das eine Gratisbeilage. In dem Karton ist sonst nur ein Zettel. Darauf ein Smiley mit einer Schusswunde auf der Stirn. *Don't kill yourself!*, steht in roter Schrift darunter. Das würde sie nicht tun. Nicht, bevor dieser Kerl tot ist.

Nach dem Zusammensetzen der Walther, betätigt sie einige Male den Abzug und übt den Umgang und das Handling. Es ist dasselbe Modell, mit dem sie Schießen gelernt hatte. Eine 7,65-Millimeter Browning, anstatt der 9-Millimeter, wie sie jetzt die Polizei benutzt. Sie schätzt, dass es eine gestohlene Waffe des Zolls ist. Aber es fühlt sich gut an, sie wieder in den Händen zu halten. Die Waffe gibt ihr Sicherheit.

Als Nächstes geht sie duschen, rasiert sich sämtliche Schambehaarung fort und stellt sich, mit noch triefend nassen Haaren, die sie kokett über die linke Schulter legt, knallrotem Lippenstift und verlaufenem Mascara, breitbeinig und mit gezogener Waffe vor die aufgebaute Kamera. Anschließend zieht sie die SD-Karte heraus und lädt das Foto auf die Festplatte.

Vor ihrem nächsten Schritt stärkt sie sich mit einem ausgiebigen Frühstück. Es gibt Kaffee und zwei nicht mehr ganz warme Croissants. Fanni genießt sie trotzdem. Als sie das Geschirr in den Schrank zurückstellen will, findet sie eine Schachtel Zigaretten. *Gitanes*. Ihr war gar nicht aufgefallen, dass Wolf noch rauchte. Zumindest hatte sie nie etwas an ihm gerochen.

Im Schrank findet sie auch Whiskey. Er ist noch verschlossen und über dem Etikett ist ein roter Zettel angebracht. ›Jessi oder ich!‹ Wolf hatte Jessika gewählt.

Ihre Melancholie dauert kaum eine Sekunde. Mit leisem Knacken öffnet sich der Verschluss und das Aroma sättigt die Raumluft. Sie füllt sich einen ganzen Stamper bis zur Oberkante. Dann hebt sie ihr Glas – »Auf dich, Wolf.« – und trinkt es in einem Zug aus.

Ihr wird schwindelig, weil die Dämpfe ihr die Luft rauben und das Atmen verhindern. Erst als ihr ganzes Gesicht von Tränen bedeckt ist und sie sich auf den Bodenfliesen wiederfindet, saugen ihre Lungen den ersehnten Sauerstoff ein. Der Hustenanfall danach, der ihren Brustkorb beinahe zum Bersten bringt, gibt ihr wieder das Gefühl zu leben. Tatsächlich genießt sie diesen Schmerz. Jede Sekunde davon.

Anschließend stellt sie sich, noch immer ohne Bekleidung, ans Fenster und raucht eine von Wolfs Zigaretten. Auch das zerreißt ihr fast die Lunge, aber sie steht es durch.

Etwas benommen geht sie zum Bett zurück und zieht sich den Laptop auf den Schoß. Sie öffnet Paint und schreibt unter das Foto ›ICH FINDE DICH!‹, in blutroten Buchstaben. Ein flüchtiger Blick auf den Countdown verrät ihr, dass ihr noch dreißig Minuten bleiben, um sich als Spieler zu registrieren. Sie beschließt, zu warten.

7

Der Counter scheint verrückt zu spielen, aber das kennt er schon. Wer neu dabei ist, mag vielleicht erschrecken. Erfahrene Spieler – er zählt sich dazu – wissen, dass beinahe jeder Abonnent am Check-off Day live dabei ist, wenn der untere Countdown erlischt. Jeder Spieler ist bekannt, die Gewinnchancen werden errechnet und die Wetteinsätze fliegen als digitale Wechsel durch den Äther.

Noch drei Minuten.

So langsam kann Andi sich in Sicherheit wiegen. Kein Nachzügler in Sicht, der alles durcheinanderbringt. Vor zwei Jahren war jemand am letzten Tag eingestiegen und präsentierte einen hohen Beamten aus Costa Rica als Ziel. Der Plan war genial und er pokerte hoch. Hoch genug, um die Gäste zu überzeugen, einen Großteil auf ihn zu setzen.

Der Gewinner des Spiels hat nichts von den Wetten. Aber die nachfolgenden Bestplatzierten. Der Zweite bekommt fünf Prozent des Wettumsatzes, der Dritte immerhin noch drei. Ein gutes Standbein für einen erneuten Versuch im kommenden Jahr.

Andi gewann damals nichts und der verrückte Späteinsteiger endete mit einer Polizeikugel im Kopf.

Viele auf Ruin A Cops Life sind routinierte Dauerspieler. Einige sind schon dabei gewesen, bevor das Spiel 2009 gesprengt worden war. Das FBI hatte die besten Hacker aufgeboten, um die Codes zu knacken. Es gab einen Maulwurf und genügend unvorsichtige Mitspieler, die Anhaltspunkte auf ihren Fotos hinterlassen hatten. So dumm ist Andi nicht. Zumindest ist das seine feste Überzeugung.

3 ... 2 ... 1.

Der Countdown springt auf null und Andi atmet durch. Einige Sekunden später reißt er die Augen auf. Das Deep Web ist langsamer. Das hatte er nicht bedacht.

NEW PLAYER – LOCATION: GERMANY – LOG-TIME: 11:59:37 GMT

Direkt darunter erscheint ein neuer Countdown, der anzeigt, dass das Wettbüro in zwölf Stunden öffnet. Auch das ist ein Punkt, den Andi an Nachzüglern hasst. Sie verzögern das Spiel.

Ohne einen neuen Spieler wären die Wetten sofort losgegangen. So gab man dem Neuen zwölf Stunden, um das Profil der Zielperson hochzuladen, die Strategie aufzuschreiben, die für die Wettplatzierungen ebenso große Bedeutung haben, wie das aktuelle Ranking, und die ersten Fotos oder Videos ins Netz zu stellen.

Noch empörter ist er jedoch über die Tatsache, einen direkten Konkurrenten zu bekommen. Er überlegt krampfhaft, wer dessen Zielperson sein könnte. Deutschland ist in dieser Hinsicht schwierig. Kein Bulle erreicht hier so etwas wie einen Prominentenstatus, mal abgesehen von Toto und Harry aus Bochum.

In anderen Ländern ist das anders. Gerade in Lateinamerika, wo sie bis hin zum Staatschef aufsteigen können und Spieler von R.A.C.L. als Volkshelden gefeiert werden, wenn sie das Land von ihm befreien. Andi weiß nur von einem einzigen

Ex-Polizisten, der es in irgendeinen Landtag geschafft hatte.

Sein Tablet-PC meldet sich. Bei Jessika geht ein Anruf ein.

»Hi Schatz.«

»Mama!«

»Geht's dir gut?«

»Alles geht, wenn man weiß, wie's geht«, lacht Jessika.

»Woher hast du denn diesen Spruch?«

Jessy druckst rum.

»Hast du vielleicht einen Freund?«, stichelt ihre Mutter. »Jemanden aus Karlstadt?«

»Mama ...«

»Ist ja schon gut. – Ja? Hast du einen?«

»Mama!«

Franziska lacht und ihr Lachen ist gelöst und sorgenfrei.

Ich dachte, sie sei im Krankenhaus?

»Onkel Lois hat gesagt, du wärst im Krankenhaus. Geht's dir besser?«

»Viel besser, Schatz.«

»Dann kann ich bald wieder zu dir?«

»Ich muss erst noch was erledigen.«

Was musst du erledigen?

Andis Augen wenden sich besorgt dem schwarzen Bildschirm zu. Please wait, steht dort in rein-weißen Buchstaben.

Er hat ein unwohles Gefühl.

»Wie lange muss ich noch bei Oma bleiben?«

»Aber du hast doch einen Freund da, Schatz.«

»Es ist nicht dasselbe, wie ...« Sie bricht ab und muss kichern. »Mama!«

»Ich bin ...«

»... Kriminalkommissarin. Du weißt alles. – Schon klar.«

»Und? Wie heißt er?«

»Andi.«

»Andi? – Wie alt?«

»Vierz... ehn«, rettet sie sich.

»Vierz... ehn?«, äfft Franziska ihre Tochter nach.

»Oder Fünfzehn. Kein Plan.«

»Aber er küsst gut?«

»Boah, Mama!«

Beide lachen und legen nach vielen Küsschen auf.

Andi ist nicht zum Lachen zumute. Die ersten Pixel des Bildes tauchen gerade auf seinem Bildschirm auf. Es dauert eine Ewigkeit, weil das Bild zu hochauflösend ist. Nach einer Minute ist der Kopf vollständig geladen und er schlägt hart auf die Tastatur ein. Drei Minuten später prangt das Bild in voller Größe auf dem Profil. Franziska Voigt, vollkommen nackt, breitbeinig und mit frisch rasierter Muschi, starrt ihm über Kimme und Korn fest in die Augen. Unter dem Bild, als würden ihre baren Füße auf den Buchstaben ruhen, prangt in roter Schrift:

ICH FINDE DICH!

8

Brigadegeneral Herrmann trifft um neun Uhr am Kasernentor ein und begrüßt den Staatsanwalt, der mit Meier, Tina und der jungen taiwanesischen Kollegin Mi Chen Lu, die alle Michen nennen, dort auf ihn gewartet hat.

Meier und Tina versuchen unablässig, den richtigen Standort am Tor zu finden und wandern mit dem Bild umher. Die Ausdrucke der Screenshots sind zwar reichlich verpixelt, aber sie genügen vorerst. Das gesuchte Zimmer befindet sich irgendwo in dem vierstöckigen Gebäude gegenüber.

»Zweiter Stock, links«, wirft Michen ein. Auch Gratzerl und Herrmann drehen sich zu ihr um. Als Antwort tippt sie auf die Gardinen auf dem Foto und zeigt hinauf. »Alle anderen haben nur Jalousien.«

Während Herrmann sie in das Gebäude führt, entschuldigt er sich unablässig bei Gratzerl, dass es einen Tag länger gedauert hatte, die Anfrage zu beantworten. Er hatte seinen freien Tag. Das muntert den Staatsanwalt nicht wirklich auf.

»Was ist das für ein Gebäude?«

»Hier befinden sich nur Geräteräume«, antwortet er. »Sie wissen schon: Putzmittel, Werkzeug, Glühlampen, Leuchtstoffröhren und dergleichen.«

»Arbeitet hier jemand?«

»Die Versorger.«

»Versorger?«

Er lacht. »Wir nennen sie Hausmeister, aber das hören die nicht gern. Schließlich sind auch einige Unteroffiziere dabei.«

»Sind das alles Soldaten?«

»Nur zwei. Der Rest sind zivile Bundeswehrange-stellte.«

Sie erreichen die Tür mit der Nummer 2.28. »Das muss es sein«, sagt der Brigadegeneral und öffnet sie.

Michen nickt augenblicklich. Sie erkennt das Poster, dessen Spiegelung sie auf dem Video erkannt hatte. Sie hatte es für ein Wandtattoo gehalten, doch es ist ein großes A1-Poster links neben der Tür, mittig über einem Schreibtisch. Das Motiv ist ein Terrakottasoldat, der einen Speer hält. Daneben prangen die kalligraphierten, schwarzen Schriftzeichen.

»Können Sie uns eine Akte derer bringen, die hier arbeiten?«, fragt Gratzerl.

»Von den Versorgern? Sicher. Es dauert aber ein wenig. Die Verwaltung ist ein Stück weit ab.«

»Wir werden zu tun haben«, beruhigt er ihn.

»Gibt es da Einträge, ob sie Links- oder Rechts-händer sind?«, fragt Michen.

»Das weiß ich nicht«, sagt Herrmann.

»Wenn, dann brauchen wir nur die Linkshänder.«

»Ich tue, was ich kann«, lächelt er in Michens kohlschwarze Augen.

»Danke«, zwinkert sie zurück.

»Tina, geh mit ihm mit. Vielleicht erkennst du seine Visage ja gleich.«

»Klar, Chef.«

»Sehr gut, Fräulein Chen Lu«, lobt Gratzerl sie, als sie nur noch mit Meier im Versorgungsraum stehen. »Haben sie die Ermittlerlaufbahn im Sinn?«

»Ich denke drüber nach«, antwortet sie schmunzelnd. »Aber mein Familienname ist Mi, Herr Staatsanwalt. Chen Lu ist mein Vorname.«

»Wirklich?«

Sie nickt mit einem bezaubernden Lächeln.

Schon die ersten Untersuchungen zeigen, dass hier gründlich gereinigt wurde und Gratzerl stöhnt. Auf dem Schreibtisch befindet sich nur ein Aktenordner, der Fluchtpläne und Dienstvorschriften enthält. Den hatte der Täter mit Sicherheit nicht einmal angeschaut. Die Schubladen sind leer und sogar das Polster des Drehstuhls wurde mit Chlorreiniger behandelt. Das kleine Bad mit Dusche nebenan ist steril. Der krankenhausähnliche Geruch des Desinfektionsmittels ist allgegenwärtig.

»Hier finden wir nichts«, spricht Gratzerl nach einer Dreiviertelstunde aus, was Meier und Michen denken. Immer wieder starrt er an das Poster, das sie hierher geführt hatte. »Können Sie mir das übersetzen?«

»Wenn Du Deinen Feind kennst und dich selbst kennst, brauchst du das Ergebnis von hundert Schlachten nicht zu fürchten.«

Gratzerl wiegt nachdenklich sein Haupt und kratzt ihn sich schließlich. »Nur Mist, dass wir überhaupt keine Ahnung haben, wer unser Feind ist. – Packt ein.«

Auf dem Weg nach unten treffen sie auf Tina. Sie sieht niedergeschlagen aus und bestätigt das auch sofort. »Er ist nicht dabei.«

»Wo haben Sie den General gelassen?«, fragt Gratzerl.

»Der meinte, man bräuchte ihn nicht mehr.«

»Und ob. Wo sitzt der?«

Die Villa liegt im Grünen. Mehr oder weniger. Hinter ihr stehen die Verwaltungsgebäude. Groß und klobig. Zumindest die Aussicht von Herrmanns Büro auf eine frisch gemähte, dreieckige Wiese ist angenehm.

Schöner als Gratzerls Büro in Würzburg, findet er.

»Ich wollte schon immer mal wissen, wie man als General so wohnt«, scherzt er.

»Sie haben nicht gedient?«

»Ich diene noch immer«, gibt der Staatsanwalt zurück. »Meine Kollegin meint, der Gesuchte wäre nicht in den Akten. Gibt es noch andere Personen, die hier angestellt sind und Zugang haben könnten?«

»Nun, da ist die Hausmeisterfirma. Über deren Angestellte führen wir jedoch keine Listen. Sie dürfen sich aber auch nicht direkt auf dem Gelände aufhalten.«

»Welche Firma ist das?«

Herrmann drückt auf den Knopf der Gegensprechanlage und beordert die Sekretärin heran. »Geben Sie bitte dem Herrn Staatsanwalt die Unterlagen über den Hausmeisterservice?«

»Natürlich. Folgen Sie mir bitte, Herr Staatsanwalt?«

»Danke General«, nickt Gratzerl und gibt ihm die Hand.

»Immer wieder gerne.«

Der Staatsanwalt findet, General Herrmann lügt zu offensichtlich. Er weiß nur zu gut, wie sehr das Militär etwas gegen Ermittlungen auf ihrem

Gelände hat. Erst recht, wenn es NATO-Gelände ist.

Der Firmensitz des Hausmeisterservices befindet sich in Arnstein, südlich des Lagers Hammelburg. Dort treffen sie nur eine Bürokraft an, die jedoch sehr mitteilungsbedürftig ist. Ein überaus erfreulicher Umstand an diesem ziemlich ereignislosen Vormittag.

»Ja, das sind alle, die noch bei uns arbeiten.«

»Noch?«, fragt Tina nach.

»Wissen Sie, die Leute kommen und gehen. Ich meine, wer will schon als Hausmeister enden, was? Wir haben viele Studenten oder Leute, die sich was dazuverdienen. Auch ein paar Selbstständige, die Aufträge abarbeiten.«

»Ich suche einen Mann um die vierzig, groß, athletisch, dunkelblond bis braun«, beschreibt Tina.

»Das könnte jeder sein, Fräulein. Unter den Studenten sind eine Menge großer, gut gebauter Kerle.«

»Der Mann ist etwa vierzig. Sagte ich das nicht?«

»Vierzig? Wirklich? Ja, da gab es auch so einige. Michi, zum Beispiel. Der wohnt in Hammeln drinnen. Dann ... ach, jetzt fällt mir der Name nicht ein. Andreas? Anders?« Sie zuckt die Schultern. »Irgendwie so. Und dann noch die Verena. Aber die ist auch schon letztes Jahr fortgezogen.«

»Haben Sie noch Unterlagen über ihre früheren Angestellten?«

»Sicher. Also zumindest noch die Kopien der Sozialversicherungskarten.«

»Keine Lebensläufe oder so etwas? Vielleicht mit Lichtbild?«

292

»Oh, das hier ist eine kleine Firma, Fräulein Inspektor.«

»Keine Fotos?«

Die arme Bürokraft schüttelt traurig den Kopf.

»Na, dann nehme ich nur die Versicherungsnachweise, wenn ich darf.«

Sie kommt kurz darauf mit einem Stapel Ausdrucke wieder. »Tut mir leid, dass ich nicht mehr helfen konnte.«

»Trotzdem danke«, sagt Tina und schüttelt ihr die Hand.

Über Funk gibt sie die schlechten Nachrichten an Gratzerl weiter, der mit Meier schon in Richtung Hammelburg aufgebrochen war. Zumindest hatten sie jetzt Namen und Adressen, die Tina mit Michen abfahren soll.

9

Während die Kollegen beim Mittagessen sitzen, grübelt Alois Huber noch immer über dem Stapel ausgedruckter Screenshots. Immer wieder vergleicht er die Bilder mit den Videos, sortiert sie und versucht vergeblich Hinweise zu finden. *Wenigstens werden die Fanni helfen*, denkt er sich.

Während er vollkommen übermüdet über seine Augen streicht, taucht eine offizielle Ankündigung auf der Seite von Ruin A Cops Life auf. Es gibt einen neuen Spieler, steht dort und Alois wird schlagartig klar, wer dieser neue Mitspieler sein musste.

Als er das Profil aufruft, schlägt er die Hände über dem Kopf zusammen. Als wäre das nicht genug, klingelt sein Telefon. Eine unbekannte Nummer. Gegen seine Prioritäten verstoßend, geht er ran.

»Sag, bist von allen guten Geistern verlass'n, Fanni?«

»Ich habe keine Wahl«, sagt sie in einem ruhigen und gefassten Ton.

»Des is lebensmüde. Wieso nimmst du dir ned die Jessy und schleichst di?«

»Weil ich ohnehin zur Fahndung ausgeschrieben bin. Wenn ihr mich verhaftet, geht das Spiel weiter und er gewinnt. Und glaub mir, Georg wird nicht sein letztes Opfer sein.«

»Naa, sicher ned. Du wirst's san.«

»Pass auf Jessika auf.«

»Es san immer zwei Kollegen dort. Mach dir um sie keine Sorgen. – Wieso machst du des?«

»Weil unsere Methoden viel zu langsam sind, Lois. Hat euch mein kleines Geschenk überhaupt was gebracht?«

»I würd gegen die Vorschriften verstoßen, wenn i dir sagen würd, dass Sigi grad in der Kaserne is. Noch schlimmer, wenn i dir sagen tät, dass es ein Soldat sein muss, weil er Zugang zur Kaserne hat.«

Fanni schmunzelt am anderen Ende. »Ja, das darfst du mir auf keinen Fall verraten.«

»Mach keine Dummheiten, Fanni. Wenn du ihn erschießt, kann i nix für di tun.«

»Ich tue das für mich, Lois.«

»Was? Dass du blank ziehst?«

»Du hast es gesehen?«

294

»Von Sodom bis Gomorrha.«

Sie hört einen mitschwingenden Lacher in seiner Stimme. »Soll ich's dir per Mail schicken?«

»Naa. I seh di lieber lebendig. Aa in Sackleinen, wenns san muss.«

»Ich hab dir nie gedankt«, sagt sie und Alois fühlt einen Stich in der Brust.

»I wui nix hör'n, Fanni! Des wird koa Abschied.«

»Du liebst mich, oder?«

Alois beißt sich auf die Lippen, nur damit seine Angst ihn nicht überwältigt und seine Stimme hart und beherrscht bleibt. Erfolglos. »Lass uns des mochen. I fleh di o.«

»Machs gut, Lois.«

Mit dem Besetztzeichen springt er aus seinem Sessel und läuft aus seinem Büro, um Senger zu suchen, der die Idee mit den Bildschirmaufnahmen hatte. Abrupt unterbricht er dessen Mittagspause und zerrt ihn am Ärmel vom Tisch.

»Kommen's mit.«

In seinem Büro zeigt er ihm das Foto auf dem PC. Senger bleibt der Mund offen stehen. »Ist das ...«

»Ja. Sehen's den komischen Bildrand do? Des is doch eing'färbt, oda?«

»Ja. Ziemlich schlampig sogar.«

»Kriegen Sie des wieder hin? Damit i seh'n kann, wo Fanni unterg'taucht is?«

»Nein, Chef.«

»Nein? Wieso nein?«

»Na, ich könnte es, wenn ich darauf Zugriff hätte. Aber die Datei kann man nicht herunterladen. Die ist nicht einfach nur eingebettet, wie auf normalen Webseiten, Chef.«

»Kein Weg?« Senger schüttelt den Kopf. »Fix Laudon!«, flucht Alois, stopft sich seine Pfeife und zündet sie auch an. »San die von der Kasernen wieder do?«

»Noch nicht, Chef.«

»Machen's a Balken über ihre ... ihr ...«, fuchtelt er mit den Händen. »Danach kommen's in den Konferenzraum.«

10

Am frühen Nachmittag verdunkelt sich der Himmel. Sehr passend, findet Fanni, die der bedrohlich tief hängenden Wolkenwand von Wolfs Wohnung aus entgegensieht. Schwarze Wolken, die auch bald über 67A9X14 aufziehen sollen. Nur wird sein zu erwartendes Gewitter das Mündungsfeuer ihrer Walther PPK sein. Der Gedanke macht ihr eine angenehme Gänsehaut.

Jetzt ist alles erledigt, um den Kampf aufzunehmen. Der Anruf bei Alois war der letzte Schritt. Eine Schuldigkeit wegen seiner offensichtlichen, zurückhaltenden Zuneigung. Aber da ist noch mehr. Damals, als das mit Wolf passiert war, hatte er ihr den Rücken gestärkt. Seine Aussage vor Gericht gab den Ausschlag für Wolfs Rauswurf. Und das, obwohl Wolf und Alois jahrelange Partner und Freunde waren. Er hatte ihr buchstäblich den Arsch gerettet, als Wolfs Anwalt sie so weit getrieben hatte, Wolf an die Gurgel zu gehen und seinem siegessicher grinsenden Rechtsverdreher ins Gesicht zu spucken. Der Fall schien verloren und Wolf hätte Jessika bekommen. Weil sie nicht besonnen genug sei, sich um ein neunjähriges Mädchen zu kümmern.

Dann kam Alois und packte aus. Er erzählte von blauen Flecken, von zu spätem Erscheinen auf dem Revier, weil sie sich manchmal viel zu stark schminken musste und auch von den Flachmännern, die er gelegentlich in Wolfs Schreibtisch gefunden hatte.

Ja, er ist ihr teuer. Und sie hätte mit ihm geschlafen. Nicht nur aus Verzweiflung.

Mit einem tiefen Seufzer dreht sie sich dem Laptop zu. Eigentlich wartet sie nur auf den unbekannten Ami, der ihr zur Seite steht. Jedoch kommt sie nicht mehr dazu, sich darüber den Kopf zu zerbrechen. Auf dem Laptop erscheint ein neues Chatfenster.

›Franzi, Franzi. Du willst die harte Tour, was?‹

Zu ihrer eigenen Überraschung bleibt sie gefasst. Kurz überprüft sie ihren Puls an der Halsschlagader. Er ist gleichmäßig und ruhig.

›Stürzen deine Quoten schon ab?‹

Das tun sie. Minütlich. Als die Wettbüros online gingen, schoss Fannis Quote hoch, trotz ihrer aussichtslosen Lage. Neunzig zu eins, ist die Quote jetzt, und Andi kann nur hilflos zusehen, wie die Leute Bitcoin um Bitcoin auf sie setzen. Wettspieler wollen Geld machen. Schnell und viel. Außerdem haben die Leute ohnehin äußerst wohlgenährte Konten, und es stört sie nicht, die gleichen Summen auf ihn und den Zweitplatzierten zu setzen, oder auf Franziska Voigt. Dazu ist sie auch genau nach ihrem Geschmack. *Tough und äußerst sexy.*

›Bilde dir nichts ein, du Fotze!‹

›So aggressiv?‹ antwortet sie mit einem siegessicheren Lächeln.

›Denkst du wirklich, du könnest mich kriegen?‹

›Nein. Ich weiß, dass ich dich kriege.‹

›Du kannst nicht gewinnen!‹

Es öffnet sich ein zweiter Chat auf Fannis Bildschirm. Es ist der große Unbekannte, der Smileys schickt.

›Nicht jetzt‹, schickt sie ihm. ›Er ist im Chat.‹

›67A9X14? Er chattet mit dir?‹

›Ja.‹

›Da ist wohl einer verzweifelt?‹, schreibt er und schickt ein grinsendes Emoji hinterher. ›Kurz angebunden sein. Lass ihn explodieren.‹

›Ich habe keinen Sprengstoff‹, antwortet sie und lacht dabei.

›Soll ich dir welchen besorgen?‹

Schnell verwandeln sich ihre Lachfältchen in eine versteinerte Maske, als sie in das andere Fenster wechselt. ›Es ist mir egal, ob ich gewinne.‹

›Du wirst draufgehen.‹

›Du auch.‹

Andi stößt beim Aufstehen den Stuhl um und rennt wie angestochen durch sein Wohnzimmer. Franziska meint es ernst. Bitterernst. In seinen Hirnwindungen beginnt die Fehlersuche, denn er hatte sich in eine unmögliche Position manövriert. Er versteht nur nicht, wann und womit. Franziska ist untergetaucht und Andi hat nicht die geringste Ahnung, wo sie gerade ist. Die Chance, dass sie ihn findet, ist allerdings noch geringer als seine, sie ausfindig zu machen. Er zumindest weiß, wie seine Zielperson aussieht. Zudem verfolgt gerade sein Hacking-Tool die Spur

ihrer Kreditkarte. Irgendwann wird das Programm ausspucken, wo sie das ganze Geld von ihren Konten abgeräumt hatte, das nötig war, um die Startgebühr zu zahlen. Dann könnte er genau dort ansetzen, um sie zu finden. Eine Bankverbindung zu hacken ist jedoch langwierig. *Möglicherweise dauert es zu lange.*

›Du musst nicht sterben‹, tippt er in den Chat.

›Weil du verlierst, wenn du mich killst‹, ist die Antwort.

Andi schlägt mit der Faust auf den Tisch.

›Das hier ist mein Spiel!‹

›Das war es.‹

Er rauft sich die Haare. Franziska ist entschlossen und kalt. Die Einsicht, dass es ihr egal ist, ob sie dabei draufgehen würde, weckt Angst in ihm. Ein untragbarer Zustand. Gänsehaut, Schweißausbrüche, rasender Puls, Herabsetzung kognitiver Funktionen. – *Panik*, flüstert seine innere Stimme und beginnt ihn auszulachen.

›Ich teile mit dir‹, tippt er ein, ohne darüber nachzudenken und sich selbst klar zu sein, dass er sich ihr damit förmlich ausliefert.

›Du hast nichts anzubieten.‹

›Fünftausend Bitcoins.‹

›Halbe-halbe? Bist du verzweifelt?‹ antwortet sie mit einem weinenden Smiley.

›Du musst nur mitspielen. Wir faken deinen Selbstmord und schon schießen meine Punkte wieder hoch. Ich habe genug Vorsprung.‹

›Du hattest.‹

Andi minimiert das Chatfenster und sieht, wie er auf Platz zwei rutscht.

›Wie hast du das gemacht?!‹

Franziska schickt ihm einen Link, den er anklickt, um kurz darauf wie ein Besessener gegen die Außenmauer seiner Wohnung zu schlagen. Nicht einmal als seine Haut reißt und das Blut von seinen Knöcheln spritzt, hört er damit auf.

Fanni hatte die Webcam mitlaufen lassen. Alles, was er ins Chatfenster schrieb, wurde aufgezeichnet und als Livestream unter dem Stichpunkt ›Strategie‹ online gestellt.

Die Gäste honorieren es und strafen Andi ab. Einen Deal vorzuschlagen ist zwar nicht gegen die Regeln, aber nun würde man nur noch Videos mit einem durchlaufenden Timer honorieren. Seine Glaubwürdigkeit ist dahin.

Er stößt einen wütenden Schrei aus und hämmert seine Antwort in die Tasten.

›Du beschissenes Miststück!‹

›Du hast das geschrieben, Spasti!‹

›Du bist tot! Tot!‹

›Du kriegst mich nicht!‹

›Alles geht, wenn man weiß wie's geht!‹

Fanni spürt einen gewaltigen Stich in der Brust. Im selben Moment sackt sie zusammen.

Staatsanwalt Gratzel öffnet in dem Moment die Tür des Konferenzraumes, als Alois das Bild von Fanni an die Wand projiziert. Er wartet gar nicht auf Alois Hubers Kommentar, sondern fährt direkt aus der Haut.

»Wann ist das gekommen?«

»Vor einer halben Stunde, etwa, is es online g'angen«, sagt Alois in ruhigem Ton.

»Damit kannst du alles vergessen, Lois. Das ist Selbstjustiz!«

»Noch hod sie wohl niemand g'tötet, Sigi. Beruhig di.«

»Beruhigen? Wie soll ich mich da beruhigen? Hast du gesehen, was sie in ihrer Hand hält? Was ist das für eine Waffe? Ist die echt?«

»Es is bloß a Bild, Herrgott nochoamoi! Wie soll i wissen, ob die scharf is?«

Das kann er nicht. Die Chancen dafür stehen aber ziemlich hoch.

»Und was willst du jetzt unternehmen?«

»Des is a Affront«, beginnt er. »Fanni fordert den Täter heraus. Auch wenn Sigi des ned verstehen will, i kann's nachvollzieh'n. Sie hat ihr'n Job verlor'n, ihre Wohnung und Wolf, der endlich über sanan Schatten springen wollt', um die Sachen, die damals wor'n, mit ihr ins Reine zu bringen. Dann Georg, der ihr Partner wor und Beatrice Habermann, für die sie ... Na, ihr wisst's scho. Egal. I will Fanni den Rücken decken.«

»Was willst du?!«, schreit Gratzerl außer sich vor Wut.

»Himmi Oasch, Sigi. Du bearbeitest nur die Fälle, die bei dir auf am Tisch landen. Es geht hier um Menschenleben, ned nur um jemand, wer scho hinter Gittern is. Lass mi mei Arbeit moch'n!«

»Du arbeitest für die falsche Seite.«

»Tu i des? I versuch, den Mörder zu schnappen. Mir passt des aa ned, dass Fanni durchdreht, aber wos soll i mochen? Ihr findet's sie ja ned! Oiso Taktik.«

»Die Gelegenheit für uns nutzen«, sagt Chen Lu. Alois zeigt mit dem Finger auf sie und nickt ihr energisch zu. »So isses! Fanni lockt den Bazi naus. Es is g'fährlich aba sie hilft uns damit. Es mog manchem ned passen, mir aa ned, aber mia müssen 'etz aufspringan. Es is a Chance!«

»Sein Primärziel wird wahrscheinlich Fannis Familie sein«, sagt ein Kollege.

»Die Tochter, Chef«, ruft ein anderer.

»Des denk i aa. Oiso, verstärk'n mia die Einsatzkräfte um Lise Voigts Haus. Zeigen mia Präsenz, dann ko si weder der Täter noch Fanni dorthin trau'n.«

»Wir müssen mit dem Nachbarn reden, Chef.«

»Habt's ihr Informationen über den Mann raus g'kriagt?«

»Ein Anton Moosbrugger, einund...«

»Naa!«, ruft Alois aus und die Versammlung zuckt kollektiv zusammen.

In nur wenigen Sekunden fallen die Puzzelteile ineinander, während alle Farbe aus Alois' Gesicht verschwindet.

Dann ist er hellwach und sprintet los. »I wusst, i kenn die Visagen! I Rindviach, i deppertes! Sakrament! – In die Streifenwog'n«, befiehlt er in vollem Lauf. »Ruft's die Kollegen o! Sofort! Des issa!«

Zaghaft ist Jessikas Klopfen an Anton Moosbruggers Tür. Sie hatte den Schrei gehört und war hinaufgeeilt. Es ist abgeschlossen und sie stieß sich hart den Kopf, als sie mit vollem Schwung die Klinke herunterdrückte und vorwärts marschierte.

Er hört den Knall und wickelt sich schnell ein altes Shirt um die Faust. Als er öffnet, nimmt er sie in den Arm und streicht ihr liebevoll über das Haar.

»Wir haben heute wohl beide einen Unglückstag, was?«

Jessika lächelt und schaut zu ihm auf. »Was ist los?«

»Ich habe versucht, die Couch anzuheben, und zack, klemmte mir die Hand ein.«

»Scheiß Tag«, sagt sie, während ihre Stirn pulsiert.

»Dann sollten wir was Schönes aus ihm machen«, erwidert er, umfasst sie, zieht sie zu seinem Mund und küsst sie wild und leidenschaftlich. »Ich will dich.«

»Ich dich auch«, haucht sie zurück.

Mit gespielter Mühe löst er sich von ihr und nickt zur Dusche hinüber.

»Wieso gehst du nicht schon runter? Ich komme gleich nach.«

»Unter der Dusche?«, kichert sie und grinst.

Das Shirt fliegt davon und sie wackelt mit ihren jungfräulichen Brüsten vor seiner Nase.

»Gefällt dir das?«

»Unglaublich.«

»Dann beeil dich.«

Er schaut nicht hin, als ihre Hose fällt. Etwas viel Interessanteres spielt sich vor der Gartentür ab. Ein Streifenwagen fährt langsam heran, die Polizisten darin sehen zu seiner Wohnung hinauf und öffnen die Türen. Das Blaulicht ist ausgeschaltet, was ihm sehr gelegen kommt. Die Nachbarn, es gab nicht viele, hatten sich schon an patrouillierende Polizeiwagen gewöhnt und würden so keinerlei Verdacht schöpfen. Allerdings versperrten sie fast die gesamte Auffahrt. Es würde knapp werden.

»Soll ich ...«, fragt Jessika und hält seinen Rasierer hoch.

Er lächelt ihr zu und macht das Hecheln eines Hundes nach. »Okay. Aber dabei darfst du nicht zuschauen.«

Anton Moosbrugger ist es nur recht, als sie ihm die Tür vor der Nase zumacht. Mit zwei Schritten ist er in der Küche und holt die aufgezogenen Spritzen aus dem Kühlschrank. Zwei versteckt er in seiner Hosentasche, während er eine zwischen die Zähne nimmt. Aus der Schublade nimmt er das große Küchenmesser und wiegt es in der Hand. Es sollte genügen. Er hört noch, wie Jessy unter der Dusche ein Lied summt, dann schließt er leise die Tür hinter sich.

Noch bevor die Polizei die Klingel bei Lise Voigt betätigt, nimmt er hinter ihrer Wohnungstür

Deckung. Kurz darauf kommt sie hinaus auf den Flur und bittet lautstark um Geduld. Die Kanüle kommt ohne Vorwarnung und sticht tief in ihren Nacken. Er achtet nicht auf die Menge, die er ihr injiziert und verschwindet, als sie wie ein Stein auf den Boden knallt, unter der Treppe.

Die Haustür wird aufgebrochen. Moosbrugger hört das Splittern von altem Holz und das Entriegeln des Sicherheitsbügels an ihren Dienstwaffen. Sie tuscheln miteinander.

Lise ist nicht zu übersehen, wie sie da mit blutender Nase und pfeifender Lunge mitten im Flur liegt.

»Geh hoch«, hört er sie in seinem Versteck und da knarren auch schon die ersten Stufen über ihm. Jetzt muss es schnell gehen.

Der erste Polizist kniet sich neben Lise Voigt, um ihr den Puls zu fühlen. Kurz darauf fällt er seitlich um und landet mit dem Kopf auf den Dielen. Die Nadel ist abgebrochen und steckt noch in seinem Hals. Moosbrugger registriert, wie eilige Schritte die Stufen wieder hinabbrennen. Amüsiert hört er dem Flehen zu, als der andere Bulle den Puls seines Kollegen fühlt und ihm kurz gegen die Wange schlägt. Kurz darauf erhebt er sich und nimmt seine Waffe in den Anschlag.

Anton, der sich hinter der Kellertür verkrochen hatte, öffnet sie leise und jagt ihm die volle Ladung in den Oberschenkel.

Dieses Bein gibt sofort nach. Eilig versucht er, herumzuwirbeln und seinen Angreifer anzuvisieren, da trifft ihn schon das Messer, schlitzt ihm die Kehle auf und legt die blubbernde Luftröhre frei.

Mit Panik in den Augen bricht er zusammen. Moosbrugger selbst bekommt nicht einen Tropfen seines spritzenden Blutes ab. Geduldig wartet er auf die Trübung der Augen.

Plan B, rät ihm sein Gehirn und er schaut hinauf, wo das Wasser noch immer plätschert. Viel Zeit bleibt ihm nicht, *aber bestimmt genug.*

Mit lockeren Sprüngen ist er oben, schnappt sich seine Kamera und fotografiert die Leichen. Mag sein, dass die zahlenden Gäste sie nur vorsichtig, wenn überhaupt, honorieren würden, Franzi würde nicht so abgeklärt reagieren können, wenn sie ihre Mutter so sieht.

Mit einem Tastendruck stellt er auf Aufnahme um und die Cam in Position. In Ermangelung eines Steins, greift er zu der großen Meissner Bodenvase und schlägt damit so lange auf ihr Gesicht ein, bis das Jochbein vernehmlich kracht und der folgende Schlag ihren Unterkiefer aus den Angeln befördert. Der Boden der Vase splittert und zerbricht schließlich ganz. Kein Grund jedoch, mit seiner Attacke aufzuhören. Mit weiteren derben Hieben, trennt er ihr den Kiefer vom Kopf und rammt schließlich die gesamte Vase in ihren Schädel. Mit einigen prüfenden Stößen kontrolliert er, ob sie stehen bleibt. Sie tut es. Nun schnell ein Lächeln mit pinkem Lippenstift, den er aus seiner Hosentasche zieht, dann steht er zufrieden daneben und schaltet seine Kamera ab, als sich oben der Wasserhahn schließt.

Franziska war fast zehn Minuten weggetreten. Die Erkenntnis, dass sich der Täter schon längst in Jessikas Nähe befand, hatte ihr den Boden unter den Füßen weggerissen.

Jetzt ist sie wieder ganz bei sich. Drei Handgriffe und ihre Waffen sind verstaut. Sie registriert zwar, dass sie die Tür aufgelassen haben musste, dreht jedoch nicht um. Mit den Schlüsseln in der Hand, springt sie die Stufen hinab, stürzt dem parkenden Mietwagen entgegen und startet ihn.

Es ist 15:09 Uhr, als sie die Jahnstraße in Richtung Zentrum verlässt. Da liegt ihre Mutter schon mit zertrümmertem Schädel und Gesicht aus Meissner Porzellan im Flur und Moosbrugger schließt gerade ab.

Fünfundvierzig Kilometer!

Mit Vollgas schlängelt sie sich durch den beginnenden Feierabendverkehr. Zwei Blitzer nimmt sie mit, dann biegt sie auf die B287 ein, die der Saale bis Euerdorf folgt. Trotz bis zum Anschlag durchgetretenem Gaspedal, passiert sie Fuchsstadt erst nach zwanzig Minuten. Das entspricht der Zeit, die ein Rentner benötigt, der sich penibel an die Höchstgeschwindigkeiten hält.

Wieder machen sich starke Kopfschmerzen bemerkbar und gegen ihren Willen muss sie schließlich rechts ranfahren, weil es unerträglich wird. Ihr Sichtfeld flimmert, die Schläfen pulsieren und ihr Herz rast. Sie benötigt Hilfe. Sie benötigt Lois.

Jessika trocknet sich die Haare ab, als sie nackt in das Wohnzimmer kommt und ihn, in freudiger Erwartung, auf der Couch vorfindet. »Gefalle ich dir so?«, fragt sie mit verschmitztem, ungeschickt lockendem Gesicht, als sie sich an ihn schmiegt.

»Sehr«, schmunzelt er zärtlich zurück und küsst ihren Hals, den sie sehnsüchtig nach hinten biegt. »Wenn deine Mutter nur auch so gewesen wäre, wie du.«

»Was?«

Der Stich in den Nacken kommt überraschend und voller Angst versucht sie, sich aus seinen starken Händen zu befreien. Die Gegenwehr dauert jedoch nur einige Sekunden, dann sind die Arme schwer, bis sie ihr regungslos an den Seiten baumeln. Im nächsten Moment reißt sie die Augen auf und fällt plump vornüber an seine Schulter. Seine Brusthaare bohren sich in ihre offenen Augen, bis er sie von sich stößt und Jessika rücklings auf die Dielen des Fußbodens schlägt. Der Reflex will ihre Arme in Richtung Hinterkopf bewegen, aber ihr Körper reagiert bereits nicht mehr.

»Überraschung«, schmunzelt er, als er sich neben sie hockt. »Deine Mutter war so blöd, mir den Krieg zu erklären. Tja, da muss ich wohl die kleinen Trümpfe ausspielen«, lacht er und wackelt an ihren Brüsten. »Aber ich muss dir sagen, ich habe die Zeit mit dir sehr genossen und finde es wirklich schade, dass es so gekommen ist. Ich meine das ehrlich.« Mit tiefen Seufzern steht er auf und stellt sich über sie.

Mit der Kamera schießt er eine ganze Reihe Fotos und legt sie sich förmlich zurecht. Die Posen, die er ihr aufzwingt, sind erotisch bis frivol. Die würde er verkaufen können, wenn es sein musste.

»Gut, mein Schatz«, sagt er schließlich und geht dabei nah an ihr Gesicht, damit sie ihn auch erkennen kann. »Ich suche dir noch was zum Anziehen. Wir wollen doch nicht, dass du dich erkältest.«

Ihre Sachen liegen in Flur und Bad. Gewissenhaft sammelt er sie zusammen und legt ihren Slip unübersehbar auf seinem Schreibtisch ab. Von dort nimmt er sich Laptop und Handy und bringt beides hinaus zu seinem Wagen, der in der Auffahrt steht. Mit ein paar kurzen Blicken vergewissert er sich, dass die Luft rein ist, und schätzt ab, ob er seinen Golf an dem Streifenwagen vorbeiquetschen konnte.

Es dürfte gehen.

Frohen Mutes steigt er wieder hinauf, zieht Jessika Shirt und Hose an und legt sie sich auf die Schulter. Nachbarn muss er nicht befürchten. Das nächste Haus steht mehr als zehn Meter entfernt, gut durch eine dichte Hecke abgeschirmt.

Jessika legt er auf die Rückbank und verschließt dann die Haustür. Die Polizisten hatten es nur mit der Schnappfalle zu tun bekommen, die leicht aus dem entgegenliegenden Schlitz springt. Die nächsten sollten sich mit Riegel und dem darübersitzenden Sicherheitsschloss abmühen. Das würde vielleicht fünf Sekunden mehr Zeit kosten, aber mit seinem Auto würde er so in jeder Sekunde seinen Vorsprung um fast vierzehn Meter ausbauen. *Im Stadtverkehr.* Das würde mehr als genug Vorsprung bringen.

Moosbrugger fährt gemütlich vom Hof. Erst als er um die nächste Ecke biegt, hört er Polizeisirenen. Völlig entspannt macht er sich in Richtung Hammelburg auf.

15

Alois Huber ist nicht der Erste am Haus. Als er eintrifft, sieht er, wie Mi aus der Haustür gerannt kommt, um sich in der nächsten Blumenrabatte zu übergeben. Er ahnt Schreckliches.

Das Bild im Flur ist verstörend. Zwei tote Kollegen. Einer mit weit aufgerissenen und blutunterlaufenen Augen, wie sie so typisch für einen qualvollen Erstickungstod sind, und einer, der in einer Lache des eigenen Blutes zu schwimmen scheint. Am grässlichsten ist jedoch die schwere Blumenvase, die anstatt des Schädels, der nur noch Brei ist, auf dem Hals von Lise Voigt thront.

»Sperrt's ab«, befiehlt Alois und dreht sich zu Gratzerl um, der sich ein Taschentuch vor den Mund hält.

»Das ist schrecklich.«

Von oben kommt Meier. In seinem Beweismittelbeutel liegt der schwarz-pinke Slip mit Playboy-Bunny von Jessika.

Alois Nackenhaare stellen sich auf. »Wenn i den kriag!«, schimpft er. »Sigi, i wui a'n Hubschrauber in der Luft und a bundesweite Fahndung. Hier stand a Golf. A blauer 3'er. – Tina!«

»Ja, Chef?«

»Krieg raus, welch's Kennzeichen Mossbruggers Auto hod!«

»Klar!«

Jetzt machen sich auch seine sechzig Jahre bemerkbar. Alois fühlt sich ausgelaugt. Mehr zu schaffen macht ihm jedoch das Wissen, wieder einmal dem Fall hinterherzuhinken. Dieses Gefühl verfolgte ihn schon vom ersten Tag an. Wenn es keine Zeugen gibt, keine Spuren, keine sichtbaren Zusammenhänge, ist es mühsam, den Täter zu finden. Und man ist auf deren Fehler angewiesen. Hatte Moosbrugger einen gemacht? Offensichtlich nicht. Es ist blanker Zufall – *Schicksal*, redet er sich ein –, dass er nach sechsundzwanzig Jahren noch immer in Hammelburg ist.

Es war sein Fall gewesen. Einer seiner ersten als Polizeichef der Stadt. Maria, seine Frau, hatte sich um Fanni gekümmert, als ihre Mutter es nicht konnte, da sie in der Psychiatrie lag, und ihr Vater sich dem Suff hingab. Sie hatte Franziska aufgebaut, ihr geholfen, einen Weg aus diesem Tunnel zu finden, in den man fällt, wenn man zu einem wertlosen Objekt heruntergestuft wird. Lise hatte Moosbrugger nie zu Gesicht bekommen. Nicht während Fannis Beziehung mit ihm, noch während der Gerichtsverhandlung, die sie mit Valium im Blut verschlief.

Alois hatte von Fanni gelernt, dass Frau so etwas nie vergessen kann. Auch er war der Meinung gewesen, irgendwann verschwinden die Bilder. Aber sie tun es nicht. Sie sind immer da. An jedem Ort, zu jeder Zeit. Anton Moosbrugger war Fannis ständiger, schwarzer Schatten. *Und jetzt kommt er wieder ans Licht.*

Als sein Handy klingelt, muss er nicht aufs Display schauen. Auf der Rückseite des Hauses, außer Sichtweite der Kollegen und Gratzerl, nimmt er das Gespräch an.

»Lois? Er ist bei Jessy!«

»Komm ned her.«

»Was?!« Franziska klammert sich an ihr Lenkrad und versucht den Schmerz aus ihren Schläfen zu klopfen. Auch wenn ihr Gehirn sich gerade wie eine breiige, wabernde Masse anfühlt und die Augäpfel unter ihren Lidern scheinbar versuchen, die Höhlen zu erweitern, in denen sie liegen, ihr Verstand schaltet noch immer schnell.

»Er hat sie, Fanni«, gibt er zu und kann seine Tränen nicht mehr halten.

»Naa!«, hört er Fanni sich quälen. »Naa!«

»Es ist Moosbrugger.«

Durch den Hörer nimmt Alois ihre abgehackten Atemzüge wahr. Dann bitteres Weinen, Schreie und schließlich wuchtige Schläge, die sie auf Polster und Lenkrad hageln lässt. Dann ist es plötzlich still. Nur gelegentlich kommt ein ruckartiges Einatmen.

»Fanni, da ist noch was.«

»Mama?«

Alois antwortet nicht. Er nickt nur. Auch ihn schmerzt es zu sehr. Worte sind ohnehin nicht mehr nötig.

»Wo ist das Schwein!«, schnaubt sie wütend in ihr Telefon.

»I woass ned.«

»Komm schon, Lois!«

»Er könnt überall san, Fanni!«, brüllt er in den Hörer. »Was verlangst du? I woass genau so wenig, wo er hi is, wie du!«

Sie schnieft sich den Rotz hoch, der mit Tränen vermischt über ihr Gesicht läuft, als ihr Handy einen Klopfton von sich gibt. Augenblicklich schlägt ihr Herz schneller und in ihren Schläfen meldet sich der stechende Schmerz zurück.

Sie nimmt das Gespräch an.

»Du verfluchter ...«

»Na, na«, hört sie die verzerrte Stimme sagen.

»Das Ding kannst du abschalten, Moosbrugger!«, schreit sie.

Es wird kurzzeitig still, dann folgt ein unverzerrtes Lachen. »Wie hast du das denn rausgekriegt, Franzi?«

»Gib mir mein Kind!«

»Ich glaube, sie ist gerade unabkömmlich«, sagt er ruhig.

»Was willst du?«

»Ich wollte etwas«, antwortet Moosbrugger, jetzt weniger freundlich, »aber du hast es mir genommen! Hast du wirklich gedacht, ein Streifenwagen vor der Tür könnte mich von Jessika fernhalten? Da hast du dich geirrt, Franzi. Gewaltig.«

»Rühr sie nicht an!«

»Sie wollte mich«, stöhnt er in sein Handy.

»Du lügst!«

»Und wie sie mich wollte. Sie stöhnt genauso wie du, wenn sie kommt, weißt du das?«

»Nein! Du lügst! Du lügst!«, kreischt Franziska und beißt sich die Lippen blutig.

»Meinst du?«, lacht er. »Sie hat meinen Schwanz geritten, die kleine Fotze. Und sie ist ja so eng. So eng.«

»Halts Maul!«

»Sie hat sich sogar für mich die Muschi rasiert.«

»Sie ist erst vierzehn, du Schwein!«

»Und schon so unglaublich heiß ...«

»Halt die Fresse!«, bricht sie erneut in Tränen aus und sackt schließlich in ihrem Sitz zusammen. »Bitte, Toni«, fleht sie entkräftet und benutzt unbewusst seinen einstigen Kosenamen. »Hör auf.«

»Aber, aber, Franzi. Keine Sorge. Sie ist nicht so gut wie du. Du warst wilder, weißt du?«

»Lass sie in Frieden. Bitte, lass sie einfach in Frieden.«

»Vielleicht hättest du mich in Frieden lassen sollen. Aber nein, du musstest mir ja den Sieg streitig machen! Das ist ganz allein deine Schuld. Wieso konntest du dir nicht einfach eine Knarre in den Mund stecken und abdrücken? Hm?«

»Willst du das? Ja? Dass ich mich erschieße?«

»Oh, das wäre zu einfach. Du musst leiden!«

»Fass sie nicht an, bitte.«

»Wegen dir liege ich viertausend Punkte hinten! Ich glaube, du müsstest Stück für Stück drauf gehen.«

»Wo?«

Auf der anderen Seite wurde es still. Fanni macht sich nicht mehr die Mühe, ihre Tränen aus dem Gesicht zu wischen.

314

»Du willst das wirklich tun, Franzi? Wirklich?«
»Wenn sie in Sicherheit ist.«
Moosbrugger ist hörbar überrascht.
»Du gibst dich geschlagen?«
»Sag mir endlich, wo ich hin soll!«

RED ROOM

1

Die Ankündigung von 67A9X14, alias Anton Moosbrugger, auf R.A.C.L. schlägt ein. Noch glaubt man ihm nicht, *aber das wird sich bald ändern*, denkt er und lehnt sich in seinem Stuhl zurück. Plan B würde nicht nur aufgehen, Plan B würde alles übertrumpfen, was je war. *Selbst den live übertragenen Suizid der Scotland Yard-Tussi.* Er würde den ersten Red Room in der Geschichte von R.A.C.L. aufmachen.

Dafür kennt er den perfekten Rahmen. Den Klubraum der Sportgemeinschaft Hammelburg, Abteilung Bogenschießen. An diesem Ort hatte sie ihn gedemütigt. Jetzt würde Franziska dafür bluten.

Reserveplan!, mahnt ihn sein Verstand und Anton Moosbrugger wird nachdenklich, während er nach Norden, in Richtung Hammelburg abbiegt.

In Deutschland kann ich nicht bleiben. So viel ist klar. Sie weiß, wer ich bin, dann weiß es auch der alte Sack. Sie werden die Grenzen dicht machen. Auch klar. Scheiße! Sie gewinnt. Scheiße! – Aber ich kann mir das nicht nehmen lassen! Nicht diesen Triumph!

Alles geht zu schnell. Viel zu schnell. Auch wenn er uneinholbar vorne liegt – er ist überzeugt, dass es dazu kommen wird –, wäre es noch eine ganze Woche, bis er den Gewinn einstreichen kann. Eine ganze Woche, die er untertauchen muss. Es würde schwierig werden, sich abzusetzen, aber es könnte klappen, wenn er Plan D durchzieht.

Dieser schwere Fleischklops in der Ecke, der einst Jessika war, ist der Schlüssel.

Ich brauche einen Transport! Die Käufer machen das. Ja, ganz sicher! – Allerdings wird das die Zuschauer im Red Room stören. Sie wollen die Kleine. Scheiße! Die alten Pedos! – Sie muss vorher weg! Franzi muss sie nur ganz kurz sehen. Das reicht!

Anton parkt den Wagen an seinem Ziel und atmet tief durch. Es ist der perfekte Ort. Hier hat er die Möglichkeiten, die Illusion für Franziska so real wie möglich zu gestalten.

Er klettert aus dem Wagen und streckt sich ausgiebig. Plötzlich sind alle Bedenken wie ausradiert und sein Gesicht strahlt vor Freude.

Pack ma's!

Alois hatte alles mit angehört und knallt außer sich sein Telefon an die Wand, als Fanni, ohne Vorwarnung die Leitung kappt. Gerade als Moosbrugger den Treffpunkt durchgeben will. Wütend stampft er im Kreis, geht dann wieder zum Eingang zurück und packt Sigfried Gratzerl grob am Ellenbogen, um ihn in eine ungestörte Ecke zu bugsieren. »Fanni dreht durch.«

»Bitte?«

»I hab grad mit ihr telefoniert.«

»Du hast was?!«

»Du hosd mi g'hört.«

»Du hast Kontakt zu ihr? Wieso weiß ich nichts davon? Bist du verrückt? Das kostet dich deine Stelle, Lois!« Gratzerl fuchtelt außer sich mit den Händen in der Luft herum. »Was ... Denkst du auch mal nach? Sie ist auf der Flucht, Mensch! Das LKA sucht sie und du sagst mir, du telefonierst mit ihr?«

»Erst zweimal.«

»Erst? Alois!«

»Sie trifft sich mit ihm.«

Das muss Gratzerl erst einmal verstehen. Es ist, als würde man einen Film pausieren.

»Noch mal?«

»Wos verstehst du ned? Moosbrugger hat ihre Tochter und Fanni könnt' ihn den Sieg kosten. Er erpresst sie mit Jessika.«

»Sie macht einen Tausch?«

Alois stemmt die Hände in die Seiten und atmet tief durch. »Ihr Leben gegen des ihrer Tochter.«

»Ge, du spinnst!«

»I hob zug'hört.«

»Du meinst das ernst?«

»Fanni meint's ernst.«

»Aber das ist eine Falle, Mensch! Kann sie nicht mehr ...«

»Er hat ihre Tochter, Sigi! Stell dir vor, jemand schnappt sich deine Isa. Könnt'st da noch klar denken?«

»Es geht hier nicht um Isabelle!«

»Naa, aber du siehst ned, was außerhalb der Protokolle g'schiet, Sigi. Willkommen im Feld!«

Gratzerl lehnt sich verwirrt gegen einen Baum und reibt sich das Gesicht. »Also, Oberkommissar Huber, was hast du vor?«

»Er is noch in der Gegend. Täter kommen immer dahin zurück, wo sie straffällig g'worden san, richtig?«

»Statistisch ...«

»Moosbrugger hod Fanni am Schloss vergewaltigt. Beide san dort aufg'wachsen. Beide kennen si in Hammelburg aus. Mia sollten alle Ausfahrten kontrollieren.«

»Hammelburg einkesseln?«, zieht Sigfried fragend eine Augenbraue hoch.

»Hammelburg einkesseln.«

»Der kennt die Schleichwege. Dafür haben wir keine Leute.«

»Die Autobahnkreuze Hammelburg, Oberthulba und Wasserlosen, plus die Straße nach Elfershausen. Im Norden die Forststraße beim Sägewerk und Wartmannsroth. Dann Gräfendorf, die 27 nach Karsbach und im Süden Gauaschach. Neun.«

»Plus den Hubschrauber und die Wagen vom LKA sind vierzehn«, überlegt Gratzerl. »Könnte reichen.«

»Muss reichen.«

»Er könnte nach Schweinfurt.«

»Schick den Heli an die Dollwiesen. Wenn er's da versucht, können drei Wagen ihm den Weg abschneiden.«

»Klingt wie ein Plan.«

»Aber wir verlieren Fanni.«

Gratzerl klopft ihm aufmunternd auf die Schulter und winkt sich Meier heran.

3

Die Straße zum Klubhaus liegt außerhalb der Stadt. Es gibt keine Straßenlampen, keine Nachbarn und keine Spaziergänger, die sich nachts hierher verirren. Niemand bemerkt das Wohnmobil mit polnischem Kennzeichen, als es sich der Baracke nähert und versteckt dahinter anhält.

Die zwei Insassen steigen aus, geben Moosbrugger die Hand und gehen hinein. Die Ware liegt steif und nur in eine Decke gehüllt in einer Ecke. Jessika wird ausgezogen und begutachtet. Einer der Männer ist ein Arzt, der sie untersucht, Fotos macht und schließlich seinem Partner zunickt. Ihr wird ein Zugang in die Armbeuge gelegt, über die ihr eine Lösung und das Gegengift verabreicht werden. Sie lachen dabei, rauchen und sehen zu, wie Moosbrugger den Raum für den großen Auftritt präpariert.

Die Fenster sind schon mit Folie abgedunkelt, damit kein Licht hinausdringt. Zwei installierte Kameras sind auf Stativen zur Mitte des Raumes gerichtet, wo er Matten zusammengeschoben hatte, um ein provisorisches Bett zu bauen. Den Ort, wo alles passieren soll. Hinter ihm steht der Laptop, auf dessen Bildschirm Fannis Profilbild prangt. Darunter tickt ein Countdown.

Zufrieden sieht er die Anmeldungen. Neunundsiebzig Knocks. Jeder von ihnen hatte fünf Bitcoins gelassen, um dieses *spottbillige* Schauspiel zu erleben. Er muss seinen Fans, und vor allem den Kritikern, etwas bieten. Etwas, das spektakulär und gleichzeitig billig ist. Etwas, wovon so viele wie möglich noch jahrzehntelang schwärmen sollen.

Der Boden, belegt mit Plastiksäcken, knistert unter seinen Schritten, als er sich im Raum umsieht und zufrieden lächelt. An der Decke hängen die alten Bögen etwas zu tief herab. Jemand hatte daraus vor Ewigkeiten einen Kronleuchter gebastelt. Der hing schon hier, als er selbst noch aktiv geschossen hatte, und war gleichzeitig die einzige Lichtquelle. Er musste also bleiben. Zufrieden geht Moosbrugger zum Wohnwagen und kleidet auch den komplett mit Mülltüten aus. In eine Ecke bringt er Bögen, Pfeile und Schießscheiben in Stellung, damit es genauso aussieht, wie der Materialraum. Immer wieder vergleicht er den Anblick mit dem Foto, das er vorher geschossen hatte, verschiebt einen Bogen, legt Jessika zurecht und schmunzelt dann beifällig.

Franzi darf kommen.

4

»Chef!« Senger ruft ihm aufgeregt zu, als er aus dem Streifenwagen springt. Auf dem Arm trägt er Jessikas Laptop, für den er mittlerweile einen Akku aufgetrieben hatte. »Das müssen Sie sehen.« Es ist nur ein Countdown, aber alle wissen, was er bedeutet. Auch Gratzerl, der sich angespannt dazustellt.

»Was ist ein Red Room?«, fragt der Staatsanwalt, als er die Ankündigung auf dem Bildschirm liest.

»Da ... werden Menschen ... ermordet und ...«

»Live?«

Senger nickt und Alois trommelt seine Leute zusammen, die sich mittlerweile komplett am Haus von Lise Voigt versammelt haben. Gratzerl tut das gleiche mit dem LKA und bekommt von Alois seine Zustimmung.

»Das hier ist der Countdown, bis Fanni in Moosbruggers Falle geht. Wir ... werden nicht eingreifen können.«

Betretene Gesichter blicken auf Füße hinab.

»Wir sperren jetzt Hammelburg ab«, fährt Gratzerl fort. »Die Pläne gibt euch Meier. Ihr seid immer zu zweit in einem Wagen. Bleibt auf euren Positionen und wartet, bis wir mehr wissen. Am Rastplatz Dollwiese ist der Helikopter und in Westheim sollte bald das Sondereinsatzkommando aus Würzburg stehen. Sollten wir ein Go haben, werden die den Ort stürmen. Wir kümmern uns nur um den gesuchten Golf 3 oder ein anderes identifiziertes Fluchtfahrzeug. Jeder, der euren Posten passieren will, wird kontrolliert.

Rückbank, Laderaum, et cetera. Senger, Alois und ich postieren uns in Hammelburg und versuchen über das Video rauszukriegen, wo die Übertragung herkommt. Frequenz ist die Acht. Alles klar?«

»Klar, Chef!«

5

Zwei Stunden sollte Franziska warten, dann wollte er ihr eine Nachricht mit dem Treffpunkt schicken. Zwei Stunden, die nach zehn Minuten endlos waren und unerträglich eine Minute danach.

Sie schloss ab. Mit ihrem Beruf, mit Jessika, mit Alois, mit ihrem Leben. Anton Moosbrugger würde es noch einmal tun. Der Albtraum, der sie ihr Leben lang verfolgte, sollte wahr werden.

Anfangs hatte ihr Gehirn nach einem Ausweg gesucht. Es hatte Pläne für einen Überraschungsangriff geschmiedet. Die Waffe hinten im Bund versteckt, ein Messer im Strumpf. – Alles nichts wert, wenn sie Jessika nicht aufs Spiel setzen wollte. Die Argumente, die ihr in den Sinn kamen, ließen nur einen logischen Schluss zu: Jessika war vielleicht gar nicht mehr am Leben. Wenn doch, dann würde jeder Versuch, gegen ihn vorzugehen, ihren Tod bedeuten. Gäbe sie auf, wäre es ihr eigener Tod und Jessika weiterhin seiner Willkür ausgesetzt. Es gab keine Garantie, kein Versprechen, nur Hoffnung.

Plötzlich hadert sie mit sich und ihrer eigenen Dummheit. Über ihren Schock, der sie unfähig machte, klar zu denken. Sie hatte Alois aus der

Leitung geworfen. Aus einem irrationalen Impuls heraus, den sie jetzt aber klar definieren kann. Sie wollte ihn schützen. Sie fühlte etwas für diesen brummigen Bären mit Schmierbauch und einem gewaltig großen und gutmütigen Herz. Sie fühlte es in diesem Moment, wagte aber nicht das Wort zu denken, dass ihr auf die Lippen kam. Sie würde draufgehen. Für Jessika gab es wenigstens eine winzige Chance. Er jedoch war außer Gefahr. Nach Vanessa, Beatrice, Wolf, Georg und ihrer Mutter, wenigstens eine geliebte Person, der sie dieses Schicksal ersparen konnte, wenn ihr das schon nicht bei Jessika vergönnt ist.

Tränen kommen keine mehr. Sie fühlt sich leer. Jetzt wünscht sie sich, gläubig zu sein, aber auch dieses Gefühl fehlt. Es gibt keinen Gott, keine Jungfrau, kein Sohn, der ihr Trost spenden kann. Einzig ihr Verstand gibt ihr Kraft. Verstand und Hoffnung.

Sie sieht sich um. Es ist finstere Nacht. Noch immer steht sie in Fuchsstadt, mit den leer gefegten Straßen, den erloschenen Lichtern in den Häusern und den Katzen, die in der Dunkelheit durch die Straßen streifen. *Franz*, denkt sie und sieht sich um. Es ist halb elf abends.

Die Kneipe hat mit Sicherheit schon zu, aber Franz ist sicher noch dort. – Wieso sich nicht sinnlos besaufen? – Ja, wieso nicht?

Franziska steigt aus und marschiert mit strammem Schritt los. Es ist nicht weit, nicht mal ein Kilometer. Natürlich ist die Tür verschlossen, aber sie sieht den Wirt, wie er hinterm Tresen steht und die Gläser spült.

Wie eine Besessene klopft sie mit der flachen Hand an. »Aufmachen! Polizei!«

Franz kennt die Stimme. *Franziska Schmitt.*

»Was denn? Die Gäste sind alle schon weg«, brüllt er durch die Tür.

»Gib mir was Starkes«, sagt sie, als er öffnet und sie sich an ihm vorbeischiebt. Franz wirkt verwirrt, das lockt ihren Galgenhumor hervor. »Franz, bitte. Ich bin nicht im Dienst, nicht mal mehr bei der Polizei. Ich habe gerade gegen Paragraf 132 verstoßen, worauf bis zu zwei Jahre Haft stehen. Also gib mir deinen Selbstgebrannten und etwas von deinem Heroin, das du in deiner Kasse zwischen Schublade und Kasten versteckst, und mach mir einen Schuss fertig.«

»Woher weißt du ...«

»Ich bin ... Ach vergiss es.« Sie räumt ihre Taschen leer und drückt ihm knapp zweihundert Euro in die Hand.

»Fanni?«

Ihre Knie brechen ein. Wieder übermannt sie die Situation und sie fällt ihm entgegen.

»Bitte, Franz. Gib mir was! Irgendwas!«

»Du bist nicht ganz dicht.«

Ihre Stirn legt sich in Falten. Plötzlich ist sie wieder ganz klar und ihre Augen funkeln zornig. Ihre Hand geht an ihren Bund. Franz hört das Klacken und spürt das Metall, das sich von unten gegen seinen Kiefer presst.

»Ich werde in etwas mehr als einer Stunde sterben. Der Sack, der Vanessa tötete, hat Jessy und ich habe einen Deal mit ihm gemacht, damit sie weiterlebt. Mir ist alles egal, außer meine Tochter.

Denkst du wirklich, ich gebe einen Scheiß auf dich? Also gib mir das Zeug oder ich hole es mir, wenn du kalt hinter deiner Bar liegst.«

Franz, der ziemlich kräftig ist, hebt den Kopf und lächelt. Sie behält ihn im Visier, während er das Heroin holt und sich beiden einen seiner selbstgebrannten Wodkas einschenkt. Es ist ein scheußliches Zeug, das er nur dazu benutzt, seinen legalen Vorrat zu strecken.

»Nein«, sagt sie, als er ihr einen Joint drehen will. »Mach mir einen Schuss.«

»Weißt du, du solltest die Knarre entsichern, bevor du jemandem drohen willst.«

Sie steckt die Walther wieder weg. »Ich will dir nicht drohen. Du sollst mich nur ernst nehmen.«

»So, wie du grad drauf bist?«

»Na ja, wenn du je daran gedacht hast, könntest du mich dann endlich ficken.«

»Na dann, Prost«, sagt er, lacht und stößt mit ihr an. Sie leert das Glas und füllt sich beiden nach, bevor es im Kopf anfängt, zu drehen.

»Du weißt, dass das Schwachsinn ist?«

Fannis Zunge wird schwer. »Ja, weiß ich. Aber es gibt eine Chance, dass er Jessy in Ruhe lässt.«

»Das glaubst du doch selbst nicht«, sagt er, während er das Heroin mit Zitronensaft über der Flamme seines Feuerzeugs erhitzt und Fanni sich erneut nachfüllt. »Wenn du draufgehst, kann er machen, was er will. Du bist dann tot, Süße.«

»Ich hab's dann wenigstens versucht.«

Er mustert sie von oben, als er herumkommt und ihr den Arm abbindet, um ihre Ader hervorzuklopfen. »Es ist ein Fehler, Fanni. Das alles hier.«

»Quatsch nich' und drück's schon rein.«

»Das haut dich um.«

»Gewöhn' ich mich wenigstens schon mal dran«, gibt sie mit trüben Augen zurück.

»Wieso nimmst du nicht gleich DMT? Da siehst du das Licht.«

»Hast du das Zeug da?«

»Du bist wirklich daneben, was?«

»Nun schieß mich schon ab.«

Nach zwei Sekunden wird es warm und sie fühlt sich leicht. Franz greift ihr hart in den Schritt, um sich zu vergewissern, dass sie drauf ist.

Fanni lächelt und legt den Kopf in den Nacken. »Scheiße, ist das geil«, sagt sie, dann fällt alles von ihr ab. Sie hat keine Sorgen mehr, keine Angst, keine Trauer, keinen Schmerz. Alles ist friedlich, alles ist schön.

Ihr Turn dauert eine Viertelstunde und sie hat Mühe, sich danach einigermaßen aufrecht auf den Barhocker zu setzen.

»Meine Hosen sind ja noch an«, stellt sie verwundert fest.

»Klar. Hältst du mich für so bescheuert?«, zwinkert Franz ihr zu.

»Entschuldige wegen vorhin.« Er nickt. »Wie spät ist es?«

»Du bist seit zwanzig Minuten hier. Wie viel macht das?« Fanni öffnet den Mund, kommt aber auf kein Ergebnis. »Und welcher Tag ist heute?« Das Bild wiederholt sich und Franz muss schmunzeln. »Du hast noch Zeit. – Also, Süße, du willst dich von diesem kranken Sack schlachten lassen, ja?«

»Live und in Farbe«, sagt sie mit einem irren, unkontrolliertem Grinsen.

»Was zur Hölle ist los mit dir? Wieso sagst du deinem dicken Kollegen nicht Bescheid?«

»Lois?«

»Ja, der Almöhi.« Fanni gackert beim Vergleich mit Heidis Großvater. »Die könnten den Kerl hochgehen lassen.«

»Dann geht Jessy drauf.«

»Tut mir leid, Schätzchen, aber ist dir der Gedanke schon mal gekommen, dass sie vielleicht schon tot ist?«

Ihre Züge verhärten sich. »Sie lebt! Ich fühle, dass sie lebt.«

»Das sind die Reste vom 6-MAM.«

»Geh mir nicht mit der chemischen Scheiße auf den Sack, ja?«

Sie leert ihr Glas, das schon zwanzig Minuten darauf wartet, getrunken zu werden. Danach zieht sie die Jacke fest um sich und quält sich in die Vertikale. »Machs gut, Franz«, sagt sie und schwankt.

»Dann les' ich von dir also in der Zeitung?«

»Bring eine mit, wenn du nachkommst. – Ach, welcher Tag ist denn nun heute?«

»Der fünfte August.«

6

Der Wagen steht offen. Sie hatte vergessen, die Tür abzuschließen. *Aber in Hammelburg passiert ja eh nie was*, schießt es ihr durch den Kopf und sie muss lachen. Ihr Handy vibriert in ihrer Tasche und Franziskas Herzschlag verlangsamt sich dramatisch. Auf dem Display erscheint die Adresse. Tränen laufen ihr unablässig über das Gesicht und einige Minuten sitzt sie mit angezogenen Beinen auf dem Fahrersitz und schaukelt sich selbst.

Ich gehe wie ein Schaf zum Opferaltar, denkt sie und ein hysterischer Lachanfall reißt sie aus ihrer Lethargie. Dazu fällt ihr eine Melodie ein, die sie summt, während sie durch die Straßen schlingert und dabei so gut wie jeden schief geparkten Wagen mitnimmt. Jeden Aufprall feiert sie mit lautstarkem Lachen und dem Ausruf »Bums!«, wenn es kracht.

Der sechste August. Ich sterbe am sechsten August! Ist das nicht genial? Diese scheiß Sechs!

Die Walther in ihrem Kreuz stört sie und sie holt sie heraus. Wieder spendet der Stahl in der Hand ihr Sicherheit. Ein gutes Gefühl. Ein Mächtiges. Sie lässt die Scheibe herunter und ballert das Magazin leer.

Nicht ein Licht geht in Hammelburg an, nur die Hunde kläffen.

»Scheiß Stadt!«, schreit sie und lehnt sich aus dem Fenster. »Ihr scheiß Hammel!« Danach kichert sie wie verrückt und hüpft auf dem Fahrersitz, bis sie sich am Verdeck den Kopf stößt. Danach lässt sie es bleiben, brummt aber im Gleichklang mit dem Motor, während sie auf dem Mittelstreifen über die 27 kurvt. Sie ist bald da.

7

»Chef, wir kriegen Anrufe, wegen irgendeines besoffenen Autofahrers. Jemand will dazu auch noch Schüsse gehört haben.«

Alois verzieht sein Gesicht und legt seinen schmerzenden Kopf in den Nacken, um ihn locker zu kreiseln. »Mia ham koane Wag'n übrig. – Wo soll des g'wesen san?«

»Am E-Center.«

»Wir könnten den Heli eine Runde kreisen lassen«, bemerkt Sigfried.

»In Ordnung. I will nur ned, dass er, wo immer der aa steckt, Verdacht schöpft.«

Mi Chen Lu, die Innendienst bekommen hatte, da sie sich noch in der Ausbildung befindet, schaut um die Ecke. Sie hält den Telefonhörer in der Hand.

»Chef? Hier ist einer dran, der Sie sprechen will.«

»Wer?«

»Ein Franz.«

»Und weiter?«

»Das hat er nicht gesagt. Er sagt, er kennt Sie.«

»A Franz?« Sie nickt und zieht eine fordernde Grimasse. »Mei, stell'n's ihn durch.«

Kurz darauf blinkt der Knopf an seinem Telefon auf. Alois drückt auf Freisprechen.

»Huber.«

»Nicht nett, dass du mich nicht mehr kennst, Lois. Franz aus'm Fuchsbau.«

»Ach! Entschuldige. Hast du Probleme, mit a paar B'soffnen? Weil i hob grad ...«

»Fanni war grad hier.«

Gratzerl, Meier und auch Alois heben den Blick. Sogar Michen schaut wieder zur Tür herein.

»Sie ist vor zehn Minuten los.«

»Woasst wohin?«

»Nein. Aber sie hat eine Knarre dabei und ein Messer. Sie sagte was, sie ginge zum Schafott. Die ist ... Ah, Scheiß! Sie hat ein Blech gedrückt und vier vierfache Füchse intus. Sie fährt einen Mietwagen. Einen weißen Corsa und ist Richtung Stadt gefahren.«

Gratzerl und Alois starren sich an. Beide nicken gleichzeitig.

»Danke, Franz. I versprech dir ...«

»Lois! Sie zu, dass du sie da rausholst!«

Sigi stürzt sich ans Funkgerät und beordert den Hubschrauber in Richtung Innenstadt, während Alois die Einheiten aus dem Süden und Osten näher an die Stadtgrenze zieht.

Keine Minute später erklingt eine blecherne Stimme aus Jessikas Laptop.

8

Als Erstes bemerkt er ihre Schlangenlinien, als Franziska mit dem zerbeulten Corsa den Feldweg hinauf kommt. Sie schafft es nicht ganz, sondern landet im Straßengraben.

Moosbrugger kocht vor Wut, stampft zum Wagen und zerrt sie an den Haaren aus der Beifahrertür hinaus.

»Du willst, dass sie krepiert? Lässt sich einrichten!«

Franziska greift an ihren Bund, aber da steckt die Pistole nicht mehr. Anton schenkt ihr nur ein müdes Lächeln.

»Suchst du die?«, fragt er und kramt sie unter dem Beifahrersitz hervor. Er kontrolliert Magazin und Lauf, dann findet er die Munition im Handschuhfach und lädt sie nach. Fanni torkelt und übergibt sich an Ort und Stelle auf ihre Schuhe.

»Du blöde Schlampe!«, flucht er. »Selbst das ruinierst du! Du bist echt zu blöd!«

»Wo ist Jessy?«, stöhnt sie und wischt sich das Erbrochene vom Mund.

»Meinst du wirklich, du könntest ohne Knarre irgendwelche Fragen stellen?«

Plump greift sie an ihre Hose und schleudert ihm blitzschnell das Messer entgegen. Auch darin ist sie gut, wenn sie nüchtern ist. Die Klinge beißt sich tief in seinem Oberarm fest und Moosbrugger schreit wütend, als er es sich herauszieht.

»Du verfluchtes Miststück!«, brüllt er und wird noch zorniger, als er ihr besoffenes Lachen hört. Er hebt seine Waffe und zielt.

»Na komm schon, du Schlappschwanz. Schieß, und du verlierst!«, lallt sie herausfordernd.

Moosbrugger kämpft mit sich. Schließlich reißt er den Mund auf und drückt schreiend ab. Die Kugel trifft sie an genau der Stelle, wo sich bei ihm das Messer in den Oberarm gebohrt hatte. Franziska schreit auf und bricht zusammen.

Voller Wut kommt er auf sie zu, krallt seine Finger in ihre Haare und zieht sie mit sich. Fanni schreit auf und ihre Beine strampel wie von selbst, um den Zug an ihren Haaren zu verringern. Sie ist völlig entkräftet, als er sie in der Mitte des Raumes erlöst. Moosbrugger zieht sich eine Maske auf. Es ist das Grinsen von Pinocchio.

Die Zuschauer warten schon.

9

»Willkommen«, krächzt die Stimme in englischer Sprache auf dem Schirm, »und danke für euren finanziellen Beitrag.«

Die Kamera schwenkt von Pinocchio weg und zoomt auf Franziska, die aus einer Schusswunde am Arm blutet. Sofort hagelt es Minuspunkte und Pinocchio stampft wütend auf.

»Irgendwie musste ich sie ja wohl hier herbringen, oder?« Die Klicks hören auf, aber er bleibt zornig. »Ihr habt die Wahl zwischen Messer, Pfeil und Bogen, Flex und natürlich einer Walther PPK. Übrigens ihre eigene Waffe. Ist das nicht ein Spaß? – Also, wer will zuerst?«

Der Bildschirm bleibt leer.

»Er wird austicken«, sagt Gratzerl, der an seinem Funkgerät klebt und ständig versucht, den Funk vom Hubschrauber zu verstehen, gleichzeitig aber der Übertragung zuzuhören.

»Es klappt ned. Sie springen ned o.«

»Wirklich keiner?«, brüllt Pinocchio hinter seiner Maske und fuchtelt mit der Walther herum. »Ihr Wichser kriegt hier was geboten, für das ihr sonst tausende Bitcoins hinblättern müsst. Tausende! Kommt schon!«

»Wo ist das Mädchen?«, schnarrt eine blecherne Stimme.

»Sie meinen Jessy«, sagt Alois und kann sich nicht mehr auf dem Hocker halten. Nervös läuft er im Flur der Polizeistation auf und ab, während er ständig zu Sigi hinüberschaut.

»Ham's endlich wos?«

»Sie ist doch da, Lois. Da fährt kein Corsa mehr.«

»Ihr wollt also das Mädchen sehen?!«, brüllt Moosbrugger. »Ja? Ihr kleinen, Schwanz knetenden Wichser wollt das Mädchen? Gut! Ich zeige euch das scheiß Mädchen!«

Das Bild verwackelt, als er die Kamera samt Stativ anhebt und mit ihr durch den Nebenraum geht. Die Türen zum Wohnmobil sind verdeckt. Ebenso das Mobiliar.

Auch Franziska starrt gebannt auf den Monitor, der bei ihr im Raum steht.

»Hier ist sie! Hier ist eure kleine Fotze. Seht ihr? Sie ist vollkommen lebendig!«, beteuert Moosbrugger und stellt die Kamera so auf, dass ihr Bild auf dem Laptop erscheint.

Jetzt sieht auch Franziska sie. Es ist tatsächlich Jessika. So nah. Sprichwörtlich hinter der nächsten Tür.

Mit Klebeband fixiert, wälzt sie sich hin und her. Ein Knebel erstickt ihre Schreie.

»Jessy?«, stöhnt Franziska, als sie ihr Wimmern hört. »Jessy!«

»Brüll du nur!«, ruft Pinocchio zurück. »Du bist zuerst dran!«

»Du hast gesagt, es passiert ihr nichts!«, ruft Fanni und dreht sich der zweiten Kamera zu. »He said she'll be safe! He promissed!«

Augenblicklich spürt sie einen harten Schlag auf den Hinterkopf und ihr schwinden kurzzeitig die Sinne.

»Halts Maul!«

»Du hast gedealt?«, krächzt eine Stimme auf Englisch aus den Lautsprechern.

»Was wollt ihr, he?! Sie ist hier! Ich mache sie fertig! – I ruin a cops life!«

»Das ist nicht das Spiel«, ist die mechanische Antwort.

Franziska hört es und lacht irrsinnig auf. »Du hast einen Fehler gemacht«, spottet sie und jeder Lachanfall zieht entsetzlich an der Schusswunde und lässt ihren Schädel pulsieren.

Moosbrugger schreit, wirbelt herum und tritt ihr mit Schwung gegen den Kiefer. Ein lautes Krachen dröhnt ihr in den Ohren, als er bricht.

Mit Freuden sieht er zu, wie ihr Blut aus den Ohren tropft.

Alois hält es nicht mehr. Er reißt Sigfried Gratzerl das Funkgerät aus den Händen und brüllt hinein. »A Kollegin stirbt do! Findet's endlich wos, Herrgott nochoamoi! – Senger, schick die Wagen aus dem Süden nach Fuchsstadt. Die Leut' ham g'sagt, jemand B'soffenes wär do los g'fahr'n. Die soll'n der Spur folgen, wenn's oane gibt.«

»Das tun sie schon, Chef«, sagt er und versucht Ruhe auszustrahlen. »Sie haben es auch nicht ausgehalten.«

Franziska kommt stöhnend zu sich. Die Schmerzen sind furchtbar und ihr Gehirn meldet sich zum ersten Mal wieder rational zurück. – *Wie gut, dass ich gesoffen habe!*

Das war es tatsächlich. Die schmerzlindernde Wirkung des Alkohols hatte sie es bis hierher überstehen lassen. Die Qualen verdrängt sie aber. *Jetzt muss dir was einfallen!*

Sie nuschelt irgendetwas Unverständliches und Pinocchio hockt sich zu ihr. »Willst du was sagen?« Er packt sie am Kinn, sehr wohl wissend, dass die Nerven bei jeder Berührung ein grausames Feuerwerk an Impulsen an die Schmerzsensoren ihres Gehirns senden. Es hat den gewünschten Effekt. Ihre Beine treten aus und versuchen den Körper von ihm fort zu strampeln. Gleichzeitig stoßen ihre Arme nach vorne, ertastet seinen Oberkörper, um dann ebenfalls vor ihm zu fliehen. Ein wunderbares Schauspiel, doch als er sich umdreht, ist der Punkteschirm schwarz.

»Hifhem!«, stöhnt sie so laut sie kann und schreit durch die Schmerzen sofort auf.

»Was willst du?«

»Hehemfim«, wiederholt sie, als ihr Kopf endlich wieder brauchbar genug arbeitet, um auf Englisch umzuschalten.

»Hehemfim?«, äfft er sie amüsiert nach.

Franziska hebt die Finger. Das Mitzählen ist schwer und sie muss überlegen, ob sie schon bei fünfzehn oder noch zehn ist. Dann fällt es ihr wieder ein und sie dreht sich der Kamera zu, um es zu wiederholen. »Huh hehemfim«, fleht sie.

Moosbrugger ist amüsiert und dreht sich ebenfalls zur Kamera um.

»Habt ihr gesehen? Sie kommuniziert mit euch. Ist das nicht allerliebst?« Auch er macht die Bewegungen nach. »Wisst ihr vielleicht, was sie will? Vielleicht sollte ich ihr diesen Wunsch ja noch erfüllen?« Wieder macht er es nach. »Sieht aus wie siebzehn, oder? Siebzehn.«

»Huh hehemfim«, fleht sie erneut.

»Seventeen. Habt ihrs gehört?«, lacht er.

»Rule seventeen«, krächzt sie Stimme und im selben Moment erscheint es auch auf dem Bildschirm. Dann ein weiteres Mal, und wieder, bis das Chatfenster voll ist und zu laufen beginnt.

»Was?«, lacht Pinocchio. »Was soll das?«, und sein Blick verfinstert sich, als er sich zu Franziska umdreht. »Was hast du getan?«

»Heke Hipfehm!«

»Heke Siebzehn? Heke?«

»Hekel.«

»Regel?«

Fanni nickt und ihre Augen leuchten triumphierend. »Hu haf vehohen!«

Unter seiner Maske versteinern Moosbruggers Züge. Panisch dreht er sich zum Monitor um und sieht, dass er hinter dem Amerikaner gelistet wurde. Trotz höherer Punktzahl.

»Das könnt ihr nicht machen! Das könnt ihr nicht!«

›17‹, erscheint abermals in dem Chat, um kurz darauf auch hinter seinem Alias 67A9X14 aufzuleuchten.

10

Fannis Kollegen jubeln auf. Auch Alois, für einen winzigen Moment. Dann wird ihm schlagartig klar, dass sie in höchster Lebensgefahr schwebt. Während Michen gerade Senger umarmt, stürzt er sich auf das Funkgerät, um die Streifenwagen zu erreichen.

»Sagt's mir, dass ihr wos hobt!«

»Wir sind in Thulbafeld«, krächzt Tinas Stimme aus dem Funk.

»Thulbafeld?« Alois springt zum Bildschirm zurück, aber der Raum hat keine Form, keine Schattierungen. *Bis a 'f...* – »Senger, zoom' mir des ran!«

»Das geht nicht, Chef.«

»Wos is des?«

»Die Schatten da?«

»Schatten?«

»Von der Lampe.«

Alois sieht geschwungene Linien, die sich überlappen. Sie verschwinden fast auf dem Grau der

Müllsäcke, aber sie sind da. Immer wieder geht er sie mit der Hand nach, schwingt mit den Fingern hin und her, bis es ihm dämmert.

»Des is der Schießverein! Moosbruggers alter Schießverein! Fannis Rekord!« Wieder reißt er das Funkgerät an sich. »Tina, ihr müsst's zur Rampe naus!«

»Rampe?«

»Schützenverein!«

»Alles klar!«

Kurz darauf sitzt auch er in seinem 3'er und rast mit Blaulicht vom Hof.

11

In Rage prügelt Moosbrugger auf Franziskas Kopf ein. Dabei schreit er sich die Lunge aus dem Leib, flucht und steht am Ende völlig durchgeschwitzt auf, um sich der Kamera zuzudrehen.

»Ihr Wichser!«, brüllt er und reißt sich die Maske vom Kopf. »Ihr undankbaren Arschlöcher!«

Voller Zorn ballert er das Magazin leer, schnappt sich einen Bogen und Pfeile. Mit seinen Fingerspitzen hebt er, vor Adrenalin schnaufend, eine dreieckige Pfeilspitze hoch. Er dreht sie ausgiebig und mit irrem Blick vor der Kamera hin und her.

»Kennt ihr das? ›Very 100‹. Jagdspitzen«, sagt er in kalter, abgeklärter Stimmlage. »Nicht nur Sie hat hier einen Rekord gehalten. Ich auch«, sagt er mit zu Schlitzen verengten Augen. »Wollen wir doch mal sehen, ob ich's noch drauf hab. Seht gut zu«, zischt er in die Kamera und schraubt die

340

Spitze auf den stumpfen Pfeil. Grob packt er Franziska am Arm und schleift ihren bewusstlosen Körper an die Wand, wo er sie aufsetzt und eine Ampulle Ammoniak unter ihrer Nase zerbricht.

Ihre Gesichtsmuskeln ziehen sich zusammen und der Schmerz in ihrem Kiefer lässt sie augenblicklich aufschreien.

»Hallo Franzi. Du wolltest das doch nicht verschlafen, oder?«

Er geht ein paar Schritte zurück und spannt. »Wisst ihr«, moderiert er sich selbst, »die Very-100-Spitzen sind für Rotwild. Die leichte Krümmung der dreieckigen Klingen verstärkt den Drall, damit die Spitze tiefer eindringen kann. Sie fräst sich wörtlich durch die Haut und durchbohrt sogar Knochen. Etwa so.«

Das Pfeifen registriert Fanni gleichzeitig mit dem Splittern ihres Oberarmknochens. Ihre linke Schulter wird durch den Pfeil nach hinten gerissen und springt aus dem Gelenk. In Fannis Kopf blitzen stechende Lichtfunken auf und glitzern wie Raketen in einer Silvesternacht. Sie rauben ihr den Atem und betäuben sie, während sich ihre Lungen in einem einzigen Schrei entleeren.

Moosbrugger hatte genau getroffen, wo er wollte. Dort, wo auch schon die Kugel steckte. Er jubelt und geht mit der Kamera zu ihr hinüber. Der Pfeil geht komplett durch ihren Arm und steckt fest in den Brettern der Barackenwand. Lachend hebt er das Projektil der Walther auf, das der Pfeil aus ihrem Arm geschleudert hatte.

»Seht ihr das? Die Kugel! Die scheiß Kugel«, kichert er. »Noch mal? – Oberschenkel vielleicht?

Ja? Meint ihr, das kriegen wir hin?« Mit einer flinken Bewegung spannt er den Bogen und lässt den Pfeil frei. Er trifft wuchtig aus kurzer Distanz.

Die Gewalt presst das Bein zu Boden, nagelt sie fest und überdehnt das Knie ruckartig. Ein Kreuzband reißt sofort. Fannis Atmung zittert. Schon rollen sich ihre Augen nach oben und Anton springt dazu, um ihr abermals das Fläschchen unter die Nase zu halten. Mit flatternden Lidern drehen sich die Pupillen wieder zurück.

»Du bleibst gefälligst wach!«

Als er sich umdreht, um eine weitere Spitze an einem neuen Pfeil zu befestigen, sieht er den Chat, der fast vollkommen leer ist. Aber sie bleiben online. Er weiß, dass sie auf die Punkteskala schauen.

Einer der Wichser dort ist ein Moderator. Mit Sicherheit.

Und er würde da bleiben.

Bis zum Schluss.

Ein Zuschauer reicht ihm. Moosbrugger spuckt aus.

12

Draußen im Wohnwagen warten die beiden Fahrer. Ihnen waren zehn Riesen versprochen worden, um auf den Kunden zu warten, der einen Transport wollte. Sie vertreiben sich die Zeit mit Kartenspielen. Interesse an den kranken Interessen ihrer Klientel haben sie schon lange nicht mehr. Wohl aber an einem sicheren Abgang, der plötzlich in Gefahr gerät. Einer von ihnen bemerkt das Licht am Himmel. Ein Scheinwerfer, der über der Stadt schwebt. Sekunden später bemerken sie auch den gewitterähnlichen, bläulich aufblitzenden Schimmer hinter den Baumkronen.

»Policja«, zischt einer schließlich und springt aus der Fahrertür, um die mit Mülltüten präparierte Tür zum Innenraum zu schließen.

Schon startet sein Partner den Wagen und rollt ein Stück voran. Ob ihr Kunde mitbekommt, was draußen geschieht, ist ihnen egal. Ein anderer Kunde hatte ein Paket bestellt. Dieses Paket liegt im Wagen. Bereit, ausgeliefert zu werden.

13

Fanni sieht dumpf und leer an ihm vorbei. Ihr Atemrhythmus ist unregelmäßig und sie verliert eine Unmenge Blut aus Arm, Schulter und Oberschenkel. Auf dem kleinen Monitor sieht sie noch immer Jessika, wie sie ängstlich, gefesselt und geknebelt, in einer Ecke kauert. Als sich das Bild verändert, erhöht sich ihr Herzschlag und ihre Muskeln fangen an, zu zucken.

Jemand stößt die Kamera um, die sich im schwachen Licht der Kennzeichenbeleuchtung auf ein Reifenprofil fokussiert. Stöhnend hebt sie den Arm und streckt ihre Finger flehend zum Bildschirm aus, als das Bremslicht rot schimmert.

»Was?!«, brüllt Moosbrugger und folgt ihrem ausgestreckten Arm. Gerade huscht ein Schatten am Objektiv vorbei. Dann erlöschen die Lichter.

Er lässt den Bogen fallen und greift nach Fannis Walther, die er im Hosenbund trägt. Er sprintet zur Hintertür, aber sieht nur noch die milchigen Reste einer Staubwolke, die in der Nacht verschwindet. Wütend legt er an und das leere Klicken des Abzugs lässt ihn vor Wut aufschreien. Dann bemerkt auch er das pulsierende Geräusch der Rotorblätter über ihm und die nahenden Blaulichter der Streifenwagen.

Wütend stampfend und mit eiskaltem Blick lädt er nach, legt an und feuert alle sieben Schuss auf die Wagen ab, bevor er zurück in die Baracke stürmt, um erneut nachzuladen.

14

Alois jagt seinen 3'er mit Vollgas durch das trockene Rapsfeld. Herausragende Steine und Felsbrocken schleudern hoch und zerreißen ihm die Ölwanne. Er bemerkt die Warnleuchten, gibt aber nichts darauf.

Von allen Seiten stürmen die Einsatzkräfte vor, und das Klubhaus taucht im grellen Fernlicht auf. Mündungsfeuer erhellt blitzend die Nacht und einige Wagen schleudern reflexartig herum oder bremsen abrupt ab, wodurch die Staubwolke undurchsichtig wird. Alois drückt das Gaspedal noch fester durch.

Ein weiteres Aufblitzen und ein Knall, der seine Windschutzscheibe splittern lässt. Sie hält, registriert er und behält den Fuß auf dem Gaspedal. Wieder Schüsse und er spürt ein Zucken in seiner

Schulter. *Ein Splitter*, denkt er und sieht einen
Schatten in der Hütte verschwinden.

Kurz darauf schließt sich der Kreis um das Haus.
Alle Einsatzkräfte springen aus ihren Wagen und
gehen hinter ihren Türen in Deckung. Das Sondereinsatzkommando springt aus den Laderäumen
der Mannschaftstransporter und stürmt vor, um
sich an allen Ausgängen zu verteilen.

»Komm naus!«, brüllt Alois in das Megafon und
wiederholt es sofort noch einmal. »Moosbrugger!«

15

Franziska hört die Schüsse, hat aber keine Zeit
dafür, Hoffnung aufkommen zu lassen. Mit ihrem
rechten Bein versucht sie, den Pfeil zu erreichen,
den Anton Moosbrugger fallen gelassen hatte. Sie
erwischt ihn mit dem Hacken und zieht ihn zu sich
heran. Schon schlägt draußen eine Tür zu und sie
begräbt ihn unter ihrem Oberschenkel.

Gehetzt betritt Moosbrugger den Raum. Er achtet
gar nicht auf sie, sondern späht aus den verhäng-
ten Fenstern.

Fanni nutzt den Moment, um den Pfeilschaft zu
umfassen.

»Dieser Sack!«, schimpft Moosbrugger, der weiter
nach einem Ziel sucht und dabei von Fenster zu
Fenster huscht. Endlich findet Moosbrugger die
richtige Stelle und sieht die Umrisse eines Mega-
fons. »Hab ich dich!«

Der Schuss zerschneidet die Stille und bohrt sich
in Alois Hubers Leiste, der draußen mit einem

Schmerzensschrei zusammenbricht. In der Hütte kichert Anton wie ein kleiner Junge, der Knallfrösche in die Luft jagt. Dann hoppelt er hinter den Fenstern zu Fanni hinüber und stößt sie zur Seite. Er will einen weiteren Schuss anbringen. Das Fenster neben ihr bietet einen viel vorteilhafteren Winkel. Moosbrugger wiegt in der Hocke hin und her, legt an und feuert.

Fanni stößt zu. Mit aller Kraft spießt sie Moosbrugger auf. In einem aufrechten Winkel trifft sie genau die weiche Stelle zwischen Rippen und Rückenmuskulatur. Die ›Very 100‹ dreht sich mühelos durch sein Fleisch und hinein in den Lungenflügel.

Er fällt zur Seite, sieht frisches Blut an Fannis Hand und schließlich den Pfeil, der aus seiner Seite ragt. Erstickend kippt er rücklings und landet auf dem Pfeil, der durch Moosbruggers Gewicht abrupt tiefer in dessen Leib hineinstößt, bis er auch den zweiten Lungenflügel zerfetzt.

Kein Ton mehr, denkt Fanni. – *Du wirst keinen Ton mehr sagen. Niemehr!*

Anton japst nach Luft, wie ein Fisch auf dem Trockenen, und seine Augen werden starr und wissend. Zitternd hebt er seine Waffe und richtet sie auf Fanni. Sie schließt zufrieden die Augen. Dann hallen zwei Schüsse durch den Raum.

16

Staatsanwalt Gratzerl nimmt an Hubers Schreibtisch Platz und reibt sich die müden Augen. In seiner Hand zittert das Funkgerät, das er umklammert.

Alois' Büro erstrahlt im goldenen Licht der aufgehenden Sonne und Vogelgezwitscher dringt herein. Vor ihm steht der aufgeklappte Laptop Jessikas. Noch immer ist er online und die Titelseite von R.A.C.L. prangt auf dem Bildschirm. Thanx for supporting, steht es weiß in einem dunkelroten Rahmen geschrieben und darunter tanzt die ›18‹ in einem Regen aus Silvesterraketen.

Mi Chen Lu schaut schüchtern zur Tür herein und nähert sich dann vorsichtig mit einer Tasse Kaffee. Die stellt sie neben ihm ab und tippt ihm leicht auf die Schulter. »Herr Staatsanwalt?«

Sigfried schreckt auf, beruhigt sich aber ebenso schnell. »Irgendetwas Neues?«

»Sie haben einen Wohnwagen gefunden. Er wurde mit den gleichen Mülltüten ausgekleidet, wie das Schützenhaus.«

»Ist er leer?«

Mi Chen Lu nickt betrübt und Gratzerl tritt verzweifelt gegen den Schreibtisch, während ihm Tränen in die Augen schießen.

Als er sich wieder beruhigt hat, atmet er tief durch, während er Michen in die traurigen Augen sieht.

»Machen Sie die Vermisstenanzeige fertig und stellen Sie ihr Foto auf die Suchliste von Interpol«, sagt er mit schwacher Stimme, fährt den Laptop

herunter und schaut zum Fenster hinaus. Wenig
später erhebt er sich mühsam. Sein Gang ist
plump und es ist ihm anzusehen, wie schwer es
ihm fällt.

An der Tür zum Büro nimmt er das Namensschild
von Alois Huber ab. Die schweigenden Blicke der
Beamten begleiten ihn.

POST

1

»Bitte erheben Sie sich!«

Alle folgen dem Aufruf. Alle bis auf die Angeklagte, die in ihrem Rollstuhl sitzt und den Blättern im
Park zusieht, wie sie durch die ersten Herbst-
stürme vor dem Gerichtsgebäude herumgewirbelt
werden.

Nur langsam löst sie ihren Blick und dreht ihren
Kopf dem Schöffengericht zu. Die Spuren in ihrem
Gesicht sind deutlich. Ihren Kiefer stützt ein
Außenskelett, der Kopf ist bandagiert und ihre
Hände verbunden. Jede freie Hautstelle zeigt Blut-
ergüsse, Narben oder Kratzer.

Der Richter nimmt Platz, dann setzen sich auch
die Zuschauer. Es ist die komplette Belegschaft
der Hammelburger Polizeiinspektion. Sie waren
nicht von ihrer Seite gewichen, nachdem sie
zusammen auf Alois Hubers Beerdigung waren.
Gemeinsam hatten sie Franziska vor der Presse

abgeschirmt und ihr einen Weg durch die Stadt gebahnt.

Eigentlich ist der Gerichtssaal viel zu klein. Aber keiner ihrer Kollegen dachte eine Sekunde daran, den Saal zu räumen. So drängten sie sich dicht an dicht, um ihr beizustehen.

»In der Strafsache Franziska Voigt ergeht folgendes Urteil: Im Anklagepunkt eins, Verstoß gegen das Waffengesetz, §51, Abschnitte 1 und 2, befinden wir die Angeklagte, in dubio pro reo, für nicht schuldig. – Im Anklagepunkt zwei, Strafvereitelung, beziehungsweise versuchte Strafvereitelung nach §258 StGB, befinden wir die Angeklagte für nicht schuldig. – Im Anklagepunkt drei, gefährlicher Eingriff in den Straßenverkehr, nach §315b StGB, Abschnitte 1 und 3, in Tateinheit mit Verstoß gegen die Paragrafen 315c, Abschnitte 1a, 2a, b und d, sowie 316, Abschnitte 1 und 2, befinden wir die Angeklagte für schuldig im Sinne der Anklage. – Im Anklagepunkt vier, Totschlag im minderschweren Fall nach §213 StGB, befinden wir die Angeklagte für schuldig im Sinne der Anklage. – Bitte setzen Sie sich.«

Aus Franziskas Augen spricht kein Zorn. Sie nimmt es hin. Regungslos. Es war ein zu erwartendes Urteil.

Einzig Sigfried Gratzerl sieht man die Erleichterung an. Ihm, der die Anzeigen gestellt hatte, weil er sie stellen musste.

»Zur Urteilsbegründung. – Geht es Ihnen gut, Frau Voigt?«, erkundigt sich der Richter mit ehrlich gemeinter Sorge. »Wollen Sie ein Glas Wasser?«

»Nein, danke«, antwortet sie kaum hörbar und schaut auf ihre Hände, die bandagiert in ihrem Schoß liegen.

»Gut. – Beim Anklagepunkt eins, illegaler Waffenbesitz, konnte das Gericht nicht eindeutig den illegalen Kauf, beziehungsweise Besitz einer Walther PPK Kaliber 7.65 nachweisen. Die Fingerabdrücke auf der Waffe stammen lediglich von Anton Moosbrugger. Das legt nahe, dass die Angeklagte die Waffe nicht benutzt hat. Die aufgefundenen Projektile, die in der Nacht zum sechsten August in der Hammelburger Innenstadt abgegeben wurden, entsprachen dem Fahrweg der Angeklagten. Es kann jedoch kein eindeutiger Nachweis erbracht werden, dass die Angeklagte die Schüsse tatsächlich abgegeben hat. Im Zweifel für die Angeklagte erfolgte hier ein Freispruch. – Im Anklagepunkt zwei, versuchte Strafvereitelung, befanden wir Franziska Voigt für unschuldig, da zu diesem Zeitpunkt zwar eine Verhaftung durch das Landeskriminalamt in Auftrag gegeben wurde, ihr Verschwinden allerdings erst nach vierundzwanzig Stunden Arrest geschah. Zu dieser Zeit lag noch kein Haftantrag vor. Rückblickend muss man sogar sagen, dass die Handlungen der Angeklagten bei der Aufklärung der Mordfälle Vanessa Aschbrenner, Beatrice Habermann, Wolf Schmitt, Torsten Gebrez, Johan Zeiz, Lise Voigt und Alois Huber nicht nur dienlich, sondern notwendig waren und sich hiermit Frau Voigt meinen und auch beider Schöffen allergrößten Respekt verdient hat. Dennoch, Herr Kollege Gratzerl, ich muss Sie dringend bitte, ihre Pflichten ernster zu nehmen. Es ist ihr Verschulden, dass wir diesen Strafantrag ablehnen mussten. – Gut für Sie, Frau Voigt«, lächelt ihr der Richter zu.

Auch Sigi schmunzelt und schaut auf den leeren Block, der vor ihm liegt. Franziska bleibt regungslos. Die Namen der Opfer schmerzen sie zu sehr. Vor allem die beiden Letzten.

»Im Anklagepunkt drei, gefährlicher Eingriff in den Straßenverkehr, Gefährdung des Straßenverkehrs und Trunkenheit im Straßenverkehr, befanden wir Sie für schuldig im Sinne der Anklage. Sie haben ihre Hintergründe offen dargelegt und die Schuld in allen Punkten eingeräumt. Betrachten wir die Tathergänge in dieser Nacht, spricht jedoch alles für eine ungewöhnlich ausgeprägte psychische Belastung, der Sie sich ausgesetzt sahen, und gehen auch nicht davon aus, dass sich solch ein Vorfall wiederholen kann oder wird. Somit hat das Gericht beschlossen, diese Taten dem Strafrahmen der gewichtigeren Straftat unterzuordnen. Sie müssen jedoch mit weiteren zivilrechtlichen Schritten des Autovermieters und der Besitzer der angefahrenen Fahrzeuge rechnen. – Zu Punkt vier der Anklageschrift, Tötung im minderschweren Fall, oder auch Tötung im Affekt, befindet Sie das Gericht für schuldig im Sinne der Anklage. Georg Schuster starb nachweislich an den Schüssen und nicht an dem Gift, das ihm von Anton Moosbrugger injiziert wurde. Auch hier ist der psychische Druck, unter dem Sie zum Tatzeitpunkt standen, maßgebend für das zu beschließende Strafmaß. Nach Antrag des Staatsanwalts Gratzerl und auch ihrer Zustimmung, Frau Voigt, haben wir eine Gesamtfreiheitsstrafe von einem Jahr und zwei Monaten befunden, die zur Bewährung ausgesetzt wird. Gibt es irgendwelche Einwände, Herr Staatsanwalt?«

»Nein, Euer Ehren.«

»Verzicht auf Rechtsmittel?«

»Verzichte, Euer Ehren.«

»Frau Voigt, Sie vertreten sich selbst, haben Sie Einwände?«

Kaum erkennbar schüttelt sie den Kopf.

»Dann ist das Urteil rechtskräftig. – Frau Voigt?«

Sie sieht zu ihm auf, als er sich erhebt und zum ersten Mal sieht er ihre blutunterlaufenen Augen, die ihr einen erschreckenden Augenaufschlag verleihen. »Ihr Verlust tut mir unendlich leid und ich möchte Ihnen hiermit mein ganz ehrliches Beileid ausdrücken und ihnen für Ihr Engagement danken. Wenn Sie gestatten, würde ich mich gerne darum bemühen, Ihre Wiedereingliederung in die bayrische Landespolizei durchzusetzen.«

»Verzichte, Euer Ehren.«

»Dann ... Sie werden uns fehlen, Frau Voigt. Mit Ihnen verliert die bayrische Polizei eine Kollegin, wie es sie nur ganz selten gibt. Ich wünsche Ihnen viel Glück und Erfolg bei der Suche nach ihrer Tochter.«

Selbst Tränen schmerzen, wenn sie über das geschundene Gesicht laufen.

2

Das Taxi bringt sie nach Hause und der Fahrer schiebt sie über die eingeworfenen Reklameblätter. Er fegt sie noch mit den Händen zusammen und legt sie ihr auf den Wohnzimmertisch, bevor er sich verabschiedet.

Fanni bleibt noch eine Weile reglos in ihrem Rollstuhl sitzen, bevor sie die Augen öffnet und sich eine Träne aus dem Augenwinkel wischt.

In diesem Haus fühlt sie sich verloren und die Stille erdrückt sie. Am Küchentresen lehnen ihre Krücken. Sie rollt sich zu ihnen hinüber und stellt sich mit deren Hilfe auf. Um sich vom Ziehen ihrer Nähte abzulenken, blättert sie die Reklame durch und findet einen Brief. Abgestempelt ist er in Portage, Alaska. Sie hält es für eine Fehlsendung, in Hammelburg leben viele Familien mit amerikanischen Wurzeln, bis sie ihren Namen auf der Anschrift liest. Etwas Hartes ist in dem Umschlag verborgen.

Während sie sich die Stufen hinauf müht, lässt sie ihn nicht aus den Augen. Erst als sie sich auf Jessikas Bett setzt, öffnet sie ihn.

Meine werte Freundin,

entschuldige bitte, dass ich dich so nenne, aber du bist mir mit deinem Mut und deiner Unbeugsamkeit ans Herz gewachsen. Vergeblich habe ich auf deinen Namen im Chat gewartet, deshalb will ich dir nun auf diesem Wege zu deinem Sieg gratulieren. Es mag dir befremdlich vorkommen, dass

*ich das tue, aber als Moderator ist es mir eine
Pflicht und in diesem Fall sogar eine Freude.*

*Ich bin jubelnd aus dem Sessel gesprungen, als du
diesem Kerl den Pfeil in die Lungen gehämmert
hast. Nach all dem Schmerz, den er dir zugefügt
hat, nach all den Demütigungen und Schlägen. Du
überraschtest mich. Du überraschtest uns alle.*

*In unserem ersten Gespräch hattest du mich
gefragt, was es denn mehr geben soll, als die
Rache, die in deinen Adern pulsiert. Erinnerst du
dich? Ich sagte dir damals, ich könne es dir nicht
sagen, weil du ansonsten verlierst. Nun, du hast
gewonnen und ich gönne dir diesen Sieg von
ganzem Herzen.*

*Anbei ist deine Visakarte. Ich war so frei, dir eine
zu organisieren, auf die ich deinen Gewinn depo-
niert habe. Nach Regel 18 hast du mit der Tötung
von 67A9X14 das Spiel vorzeitig beendet und wur-
dest gleichzeitig zum Sieger ernannt. Der Gesamt-
gewinn von zehntausend Bitcoins, ist bereits auf
deiner Karte verbucht. Auch hier habe ich mir die
Freiheit genommen, diesen Betrag in deine Währung zu wechseln, da ich nicht annehme, dass du
für Bitcoins in naher Zukunft Verwendung findest.
Es sind heute, als ich diesen Brief schreibe, etwas
mehr als vier Millionen Euro. Sie gehören dir. Und
glaube mir, wenn ich sage, ich habe sie nie jemand
anderem mehr gegönnt, als dir.*

*Falls du dich jetzt fragst, was du mit dem ganzen
Geld anfangen sollst, hätte ich noch einen Tipp für
dich. Für nur zwanzigtausend Euro steht ein
Häuschen zum Verkauf. Es liegt an einem See mit
dichtem Schilfgürtel. Gut, es ist vielleicht etwas*

heruntergekommen, aber die Aussicht aus dem runden Fenster muss atemberaubend schön sein. Es herzurichten, dürfte mit deinen finanziellen Möglichkeiten kein Problem darstellen. Dann bleibt dir noch genügend übrig, um daraus den Ausgangspunkt für deine zukünftige Suche nach deiner Tochter zu machen. Ich bete, dass du sie findest.

Viel Glück, werte Freundin, und die allerbesten Wünsche.

Vorsichtig zieht Fanni die Karte von der Klebefolie ab. Sie trägt ihren Namen. Die Rückseite der Kreditkarte besteht aus zwei aufgedruckten Fotos: ein Haus, Stil: Finnenhütte. Drei Zimmer, Küche, Bad und ein ausgebauter Dachboden, der nur aus Wandschrägen besteht. Mittig prangt ein rostiges Bullauge. Es steht offen und es ist ein rundes Foto von Jessikas Gesicht, das ihr daraus zulächelt.

LINKED

CLEAR- UND DARKNET- WEBSITES
IN GESICHTER AUS STEIN

(Keine Gewähr auf Aktualität – Stand 3/2018)

Denk nach, bevor Du etwas anklickst!

T.A.M.

(*= diese Seiten sind nur mit Browsern wie TOR erreichbar)

TOR-Browser:
(Ohne Vorkenntnisse geht ohne ihn gar nichts!)
www.torproject.org/download/download.html.en

*unzensierte Hidden Wiki:
gxamjbnu7uknahng.onion/wiki/index.php/main_page

*Blackbook-Registrierung:
(online meist zwischen 01:30 und 03:30 cet)
blkbook3fxhcsn3u.onion/new/

*DuckDuckGo-Suchmaschine:
3g2upl4pq6kufc4m.onion/

*Bitpharma-Shopsite:
s5q54hfww56ov2xc.onion/

R.A.C.L.A. feat. Deea ›Nu te-am uitat‹
www.youtube.com/watch?v=WhYe7MCYy5o

Thanx 4 Ur Music!

Bifrost Software:
bifrost.codeplex.com
(4bidden! U'll need a code to access a download!)

*Facebook (Deep Web Entry):
(log-in ohne Authentifizierung wie übers clearnet)
https://www.facebookcorewwwi.onion/

*EuroGuns-Shopsite:
2kka4f23pcxgqkpv.onion/

*OnionWallet:
ow24et3tetp6tvmk.onion/

NACHWORT

ich weiß, hier sollte es eigentlich eine vollkommen uninteressante Kurzbiografie über mich geben, aber ich bin da dickköpfig und schreibe lieber an Dich, anstatt etwas zu liefern, was ich selbst immer furchtbar langweilig finde, immerhin wiederholt es sich auch ständig. Bitte sieh es mir nach.

Ein paar Kleinigkeiten über dieses Buch: Es ist mein erster Krimi, und da Du es bis hier geschafft hast, hoffe ich, dass es Dir gefiel. Und wenn es das tat: Ja, es wird eine Fortsetzung geben, wie Du wohl schon bemerkt hast. Fanni ist mir ans Herz gewachsen, als ich diese Geschichte schrieb. Ich hoffe, Dir geht es ähnlich. Auch Alois war eine meiner Lieblingscharaktere, von der ich mich jedoch trennen musste. Selbst ich weiß nie genau, wie sich eine Geschichte entwickelt.

Ich würde mich freuen, wenn Du mich einmal auf meiner Homepage oder auf Facebook besuchst. Keine falsche Scheu. Ich antworte. Zuletzt bitte ich dich, eine Bewertung zu hinterlassen. Die moderne Zeit bringt es schließlich mit sich, dass Rezensionen, Likes und Sternchen verteilt werden müssen. Ich hoffe auf Deine.

T.A.M.

Bereits bei

›Als du fortgingst‹
T.A.M. LANG, Drama, 2015
ISBN: 978-3-7386-5504-9